廖亦武《リャオイウ》
LIAO YIWU

福島香織［訳］

武漢病毒襲来
THE WUHAN VIRUS

當武漢病毒來臨

文藝春秋

目次

C = CCP

O = OUTPUTS

V = VIRUS

I = IN

D = DECEMBER

19 = 2019

CCP Outputs Virus in December 2019

日本語版への序文
なぜ「武漢ウイルス」というタイトルに拘るのか

「武漢《ぶかん》ウイルス」という言葉は政治用語ではなく、真相を客観的に描写したものだ。武漢は目下、世界に禍《わざわい》をもたらしているこの猛烈なウイルスの発生源地である。こうも言える。このウイルスがもっともはやく発見されたのは、武漢においてである。「武漢ウイルス」は「チェルノブイリ原発事故」「福島原発事故」「エボラウイルス」と同じ性質をもつ呼び名なのだ。しかし、世界保健機関（ＷＨＯ）が名づけるところのコロナウイルスディジーズ２０１９、略してＣＯＶＩＤ-19というのは一種曖昧ではっきりしない妥協の産物であり、わざとウイルスの原産地表示を回避している。二〇〇三年に中国でアウトブレイクしたＳＡＲＳも同様にウイルスの原産地表示を回避した。だから、大多数の中国人はその後、ＳＡＲＳ患者の最初の症例が広《カン》東《トン》省仏山《ぶつざん》で発見されたことを忘れている。

「武漢肺炎」も、一度は武漢地方当局が使用した用語だったが、後になって中国共産党中央が使用禁止を厳命した。そして、ナショナリズムと外国人嫌悪の風潮を引き起こし、世界各国にＷＨＯに追随して、武漢ウイルスをＣＯＶＩＤ-19と呼ばせるようにもした。これも数年後の歴史の改ざん（これも共産党のお得意とするところだ）に利することになる。数年のイデオロギー宣伝を経れば、大勢の中国人はＣＯＶＩＤ-19が米国から中国にもたらされたもので、武漢は最初に感染させられた中国の都市、とのみ知るのである。――まさに一九五九年から一九六二年の大飢饉のときに四千万人近くが餓死したことについて、官製教科書によれば「毛主席と共産党の指導の下、我々はソ連の修正主義がもたらした三年の自然災害に打ち勝った」と書かれているように――。これはかの有名なディストピア小説『一九八四年』の中に出てくるオセアニアの洗脳の箴言《しんげん》の中でも確認できる。――現在をコントロールするものが、過去と未来をコントロールするのだ。

廖亦武

二〇二一年五月一日

武漢病毒襲来

＊中国語の人名、地名などのルビについて

歴史的人物や日本のメディアによく登場する人物名は日本語の音読み（ひらがな）、小説の登場人物やなじみのない現代の人物名は中国語発音（カタカナ）のルビを付した。地名は原則的に日本語の音読み（ひらがな）、ただし「ペキン」「シャンハイ」など、広東語や中国語の読みとしたものにはカタカナでルビを付した。

装幀　石崎健太郎
DTP制作　エヴリ・シンク

プロローグ　闖入者

二〇二〇年二月二十六日、二十五歳の〈キックリス《Kcriss》〉は早起きし、いつもと同様、甲冑《かっちゅう》のような防護服に身を包み、マスクとゴーグルで顔を覆った。遠くからみると、まるで月面に着陸した宇宙飛行士のようだった。

彼はそろりそろりと階段をおり、車のエンジンをかけて路上にでると、深呼吸した。特に慎重でいようと自分に言い聞かせる。きょうは超弩級《ちょうどきゅう》に敏感なＰ４（欧米でいうＢＳＬ＝バイオセイフティレベル４に相当）実験室を探りに行き、武漢ウイルス漏洩の謎を解き明かそうと試みるつもりなのだから。

思い立ったが吉日だ。どれほどハイリスクであるかなど彼は考えていなかった。武漢が都市封鎖されてすでに一か月以上が過ぎていた。道沿いには陽光がきらめき、すがすがしい空気の流れがあり、空には何もなかった。信号機は依然旧式のまま、交通警察も見当たらない。しばし車を猛スピードで走らせると、江夏《こうか》区の〈中国科学院武漢ウイルス研究所鄭店園《ていてんえん》区〉に到着した。Ｐ４実験室はこの中にある。予想通り、ここは軍事管制区となっていた。区域はドラム缶めいた鉄の柱でぐるりと囲まれている。銃を構えた青い制服姿の男が、車を止めて検査を受けるよう彼に命じた。幸いなことに必要な書類は全部そろっている。体温も正常だ。彼は「通り過ぎるだけです」と言い、命令に従ってすぐに車をバックさせた。「Ｐ４」の二文字はあえて口にしなかった。

〈キックリス〉は少し気持ちがくじかれたが、それを振り払い、車でドラム缶風の囲いをぐるりと回った。時々きょろきょろして見せ、路に迷ったふりをしながら走りつつ、チャンスを探っていた。しかし、なんら運気に恵まれないのに天気だけは極めてよく、見晴らしはいいのに、荒涼として、なんの命の気配もない。

冬の名残の中で植樹林がまばらに広がり、朽《く》ち葉がまるで爪を侵す疥癬《かいせん》のように大地に広がっている。人も犬も猫も鳥も、いったいどこにいるのかわからなかった。

〈キックリス〉は短い路地に入り車を停めた。背後には高速道路につながる三差路が見える。前方に立っているのは三階を越えない高さの建物ばかりで、直方体と円筒形の塔からなる建物――Ｐ４実験室――は見えてはいるが、近づけそうにない。問題の建物が空の半分を覆うようにそびえ立っている様子は、旧ソ連のチェルノブイリを連想させた。爆発を起こしたあの原子力発電所の建屋も、直方体と円筒でできていた。そこから漏れた放射能は、数か月内に欧州大陸全体を草一本も生えない荒野にしてしまうといわれ、数万人が一分一秒を争って、生死を顧みずに比類なき巨大な遮蔽物を鋳造し、原子力発電所の廃墟を永遠に密封したのだった。あたかもパンドラの箱を再び閉じるがごとく。――だが今回、武漢からのウイルスは早々に国外に飛び出し、世界の至るところに感染を広げ、数万キロ内外で、毎日死亡者数を激増させている。果たしてこのパンドラの箱を再び閉じることはできるのか？

〈キックリス〉は手持無沙汰な様子で、車の中でぼんやりとネットに接続して、柴静《チャイジン》（元ＣＣＴＶの女性キャスター。中国の環境問題についての独自調査をドキュメンタリー映画としてネットで公開）のドキュメンタリー映画『穹頂之下《アンダー・ザ・ドーム》』の動画をＹｏｕＴｕｂｅで眺めていた。このフィルムを彼は繰り返し見てきたが、何度見ても色あせない。時間が知らず知らずのうちに過ぎ、彼は自分がどこにいるのかを次第に忘れ、この国が警察国家であることも失念していた。

数十メートル離れたところの三階の窓から、数人の公安部国内安全保衛局（国保）の人間がずっとこちらを見ていた。最初、彼らは〈キックリス〉が誰かと待ち合わせているに違いないと思っていた。いずれあやしげな潜伏中の特務《スパイ》がひらりと現れ、〈キックリス〉に情報を手渡すかもしれないと期待していた。だが、そんなドラマのようなシーンは起きなかった。

国保隊長の老趙《ラオジャオ》はつぶやいた。「かれこれ二、三時間たつな。まだ動かない。ここで夜を過ごすつもりなのか？」それから身振りでパソコンを持ってくるよう部下の小李《シャオリー》に命じ、液晶ディスプレイで車内の〈キックリス〉の様子を映画のように鑑賞した。

「もう少し近づいてみるか。なあ、何か任務に就いているようだが、あんな長いスモッグの映画を見るのにはふさわしい場所があるだろう。たまたま車を停めて、Ｐ４のそばで見るなんてことは普通ない。きっと、なにかある」と老趙が言う。

天網《スカイネット》プロジェクトは数年前にほとんど全国の監視をカバーしていた。小李がマウスをクリックすると、車窓の両側の建物に取り付けてある隠しカメラが上下左右に回転し、ディスプレイ上に二つ、やがて四つに分割された画面が開いて、〈キックリス〉の左耳左目、右耳右目、鼻、口元、それぞれを拡大して映し出した。毛穴まで大きく見える。

「口角にニキビができていますね。上火（中医学的に体に熱がこもる状態、陰陽のバランスが悪い状態。男性は射精によって解消できるとされる）がひどいんだ。こんなにハンサムなのに、女とやってないんですね。ゲイでしょうか」という小李に、老趙は「知るか」と返す。

続いて老趙は室内の部下全員を呼び寄せた。七人が頭を突き合わせて、ディスプレイを見つめる。「趙隊長、ずいぶん時間が経ちました」と太っちょの小周《シャオチョウ》が提案した。「ひっぱりましょうよ」

「そうですよ、局に連行してから考えましょう」と小劉《シャオリユウ》も相槌を打った。

「お前ら、まだわかってないのか」と老趙は眉を顰めた。「あいつは方斌《ファンビン》（武漢のビジネスマンで、公民記者活動をしていた）みたいな地方のユーチューバーもどきじゃない。捕まえて、釈放して、ネットで騒ぎになって、はい終わり、ですむと思うのか」

「じゃあどうします？」

「やつの装備をみろ。ドイツのフォルクスワーゲン社のオフロード車に、最高級の防護服、HDカメラ搭載の超大画面のスマートフォン。一挙手一投足まで、あのゴキブリ野郎の方斌と比べ物にならんだろう？　あれはすべて、党中央を相手にすることを想定してのことだろう。方斌は壊れた自転車、陳秋実《チエンチユウシー》（人権派弁護士。公民記者活動をしていた）は壊れた原付に乗ってたし、外の様子も撮影してな……」

「外の様子の動画、撮影してましたよ。方斌は病院を撮影して、死体らしきものが並んでいるのを数えて『八人が死んだ』と八遍は繰り返してました」

「いいか、この〈キックリス〉ってやつはもともとフェニックス衛星テレビとＣＣＴＶ（中央テレビ）でキャスターをしてた。で、突然、あっさり辞職してしまったんだ。こういう性格はな、明らかに紅二代、紅三代、つまり紅何代、っていうような共産党貴族のおぼっちゃんのものなんだよ。万が一……」

「万が一、奴が上層部の偉いさんの、アイヤ、誰がどこの派閥でどうのみたいのはおれらにはまったくわかりませんが。今回の件では死人が多すぎて、こんなに人死にが出たことなんて過去にないから、誰も責任が負いきれないでしょうなあ……」

「無駄話はもういい。我々はここの国保だ、理屈でいえばＰ４に万が一のことがないよう、いかなる闖入者もすべてまず捕まえるべきなんだ。だが、このハンサムな兄さんに限っては、やはり国安局（国家安全部の地方機関）に対処してもらうか」

老趙は地元国安局長に電話をかけ、簡単に状況を伝えた。局長は、人手が足りない上、国安局はいわゆる「隠密戦線」であるので、〈キックリス〉の背後関係と脅威度を評価するために出来るだけ情報は共有するが、公安と国安の協力の慣例に従って表向きは国保がやってくれ、と言う。老趙は即座にきっぱりとダメだ、といい、彼はあなた方の管轄の人物だ、「隠密戦線」も表に出てくるときだ、と主張した。

国保は身柄拘束のエキスパートであり、いったん行動するとなると、対応は稲妻のごとく速い。〈キックリス〉以前にも、セルフメディアで武漢のアウトブレイク状況を報道する二人の〝公民記者〟——陳秋実と方斌——が、跡形もなく蒸発したことがあった。老いた陳秋実の母親は、ショックのあまり、中国のインターネット統制の壁「グレートファイヤーウォール」をＶＰＮなどを使って越えて、中国でアクセスが禁止されているツイッター上でその消息を求める「尋ね人」ツイートを毎日投稿し続けた。

方斌は、鉄柵と鉄門の向こうにいる国保に対して、「熱は全くないんだ、隔離は必要ない！」と言い返したところを、門が不意打ちのようにバタンと開き、それに吹っ飛ばされて転倒させられた。こういう国保の荒っぽいやり方は、文化程度が極めて高い国安様と比べると見劣りがする。国安の得意技は、ハイテク領域か敵の内部への潜入だ。だから国安局長は、部下の丁《ディン》剣《ジェン》に二人ほどつれて公務執行を命じたとき、国安ナンバーの公用車を使うなと命じたのだった。

丁剣はちょっと躊躇《ちゅうちょ》したものの、すぐ部下をつれて車庫に行き、白いオフロード車を自ら運転して出動した。このとき〈キックリス〉は、自分の車の中で数時間を過ごしたところだった。ペットボトルの水は飲み終わってしまい、口のなかはずっとカラカラだった。あたりには何もなく、Ｐ４の前を離れて飲料水を買って来ようと思った。

彼の車が路地を出ようとしたところで、丁剣の車が一方通行の道を逆走してきた。〈キックリス〉は、交通ルール違反の車が近道のために入ってきたのだろうと考えた。だが予想に反して逆走車はキーッと音を立て、車体を横にして道の真ん中をふさぐように停止した。

〈キックリス〉は急ブレーキを踏んでハンドルを切り、サイドブレーキを引く。タイヤから青煙が二本立ちのぼったが、衝突は避けられた。そこからの反応は見事なもので、彼はスキール音をあげながら車をスピンさせると、クラッチをつないでアクセル全開で反対側の路地口から一気に走りさった。これは国安のミスだった。国保なら、二台の車で挟み撃ちにしていただろう。おかげで〈キックリス〉は甕《かめ》の中の亀にならずに、命からがら逃げおおせた。時速二百キロを優に超えるスピードでしばらく逆走し、ようやく公道に出た。後方の車は追い付けず、彼に聞こえているかどうかお構いなしに、ただ「すぐさま停車せよ、直ちに停車するよう命じる」と叫び続けている。

しかし、このクレイジーなカーチェイスを除けば、この公道はあの世への道のように、延々と、何の生き物の気配もなかった。

夕日がゆっくりと落ちていく。連綿と続く建物群の起伏はまるで深海の波のようでもあり、神の手のひらの脈打つ血流のようでもあった。

かつてはこのあたりの数百キロ四方の江漢《こうかん》平原は、車と人、船と貨物でいっぱいだった。武漢は歴史的に有名な都市であり、古来、最大かつ最重要の水陸交通の要衝であり、地図でみても、この華夏《かか》（中国の古称）の心臓に位置する。四方八方に伸びた道は毛細血管のように絡み合い、拍動し、流通していた。京広《けいこう》鉄道と滾々《こんこん》たる長江は二本の大動脈であり、この独裁帝国の日常を牽引してきたのだ。

一九六六年、七十三歳の怪物・毛沢東《もうたくとう》が国家主席・劉少奇《りゅうしょうき》を粛清するために発動し、八億の中国人を惨禍に巻き込んだ文化大革命は、この武漢から始まった。毛沢東はこの長江の数キロの流れを泳ぎ切り、岸に上がって詩を書いた。曰く、「才飲長沙水、又食武昌魚」（長沙の水を飲み、武昌の魚を食う）、「自信人生二百年、会当水撃三千里」（自ら二百年を生きると信じられ、三千里を泳ぎきることができそうだ）。この事件は、大衆にマグニチュード8相当の精神的地殻変動を引き起こした。現地の『紅衛兵戦報』にもこの出来事は転載され、最新の科学的検証によると全世界の人民の心の中におわす最も赤い、赤い、赤い太陽・毛主席のお体の目下の健康状態は、少なくとも百五十年から二百年以上維持できるだろうと報じたのだった。

今日、こうした武漢神話は風と共に去り、これとは正反対の真実の神話が、まるで文革中の実証されない〝毛沢東神話の口コミ〟のように民間に流布されている——

——P4研究チームは蝙蝠《こうもり》の体内からSARSウイルスを採取し、低温処理して仲間宿主《しゅくしゅ》に感染させ、この新型コロナウイルスを作り出した。しかもこのウイルスは発明者から賦与された〝人工の知能〟を持っている。例えば潜伏と偽装。これはともに中国共産党の早期の地下党員が最も得意としたやり方だが、ウイルスも同様に、患者に感染したあと、最初は発熱もせず咳もなく、しばらくしてから軽い発熱と咳の症状が出て、そこから一気に呼吸困難の末期に入り、突然、津波のように症状が悪化したかと思うと、瞬《また》く間に死の奈落へと突き落とされる――海外の華字ネットサイトにはそんな噂が広がった。

――武漢ウイルスは独裁が民主を駆逐するために作られた「究極のバイオ兵器」であり、本来の最初の攻撃目標は中国に屈服しない香港だった。だが、想定外のチェルノブイリ事故と同様、官僚体制の統制ミスのせいで、ウイルスが漏洩、拡散してしまった。そこで国家利益を守るため、〝デマ〟を弾圧し、公衆を騙し、パンドラの箱を再び閉じるタイミングを逸し、都市《ロック》封鎖《ダウン》して軍の管理下に置くという計画目標を香港から武漢に変えたのだ、という噂だ。

　生まれたばかりの子牛が虎を恐れぬように、怖いもの知らずの〈キックリス〉は、坊間に流れる種々のP4に関する噂を耳にした。武漢が都市封鎖されたことで、都市の中心に位置するP4については、すべての武漢人が心中はっきり意識しつつも言葉に出せない政治的禁忌となった。つまり〈キックリス〉は本当に生死を顧みなかったのだ。まさに、三十年余り前の天安門事件のあった未明に、廖亦武という一人の詩人が天安門の銃撃と悲鳴の中で、「大虐殺」という詩を朗誦したように……。やがて逮捕され投獄されることは決まりきっている。だが、このくそったれな青春の正義の血というものをどうして抑え込むことができようか。

　彼は三十秒あまりのSOS動画を発信した。〈キックリス〉は車全体が飛んでいるように感じていた。ハンドルがいうことを聞かない。「僕は今、移動中だ。国安の人間が運転する公用車じゃない車に追いかけられている……今武漢にいるんだ。僕自身、超ハイスピードで運転しているんだけれど、やつらが追いかけてきてる、きっと僕を隔離するつもりなんだ……」。

直後、立体交差橋にさしかかると、彼は少しだけ減速した。後方の車が追い付き、車体をこすりながら追い越しにかかった。〈キックリス〉はハンドルを思いっきり左に切り、スパイ映画よろしく、相手の脇から後ろへすり抜けた。そしてアクセルをやけくそで踏み込んだ。

ついにアパートメントの地下駐車場に逃げ込んだ。入り口の電動ゲートが車のすぐ後ろで閉じたとき、国安の車が到着した。これが国保だったら、車ごとゲートに突っ込んできただろう。だが、ややお上品な国安は、髪の毛一本分のところで急ブレーキをかけ、電話でガードマンを呼び出した。

ここは高級アパートメント社区であり、駐車場はやたら広い。しかも厳重な都市封鎖戒厳令中だ。プルゲート式駐車場内はすでに何日も停電していた。手を伸ばせば五本の指すら見えないような暗さの中、〈キックリス〉はあえてヘッドライトをつけず、何度も出入りした記憶と肉眼の力だけで、駐車場内をぐるぐる回り、蜂の巣の幼虫のようにみっしり並ぶ車両の間に、空いているスペースを見つけた。エンジンを切った刹那、国安車がハイビームをつけてやってきた。〈キックリス〉がフロントシートの下に体を伏せて息をひそめていると、国安の車はゆっくりと近づいてきて、左右の車両の間をくまなく照らしていく。〈キックリス〉の車の窓にもその光が差し込んだ。だが、それは過ぎ去った。まるで幽霊のように。彼は車から滑り降りて、イタチのようにエレベーターホールに駆け込み、カードキーをかざしてドアを開いた。エレベーターが動きだすと、国安たちがすぐに飛んできた。

キックリスは国安より数分先んじて上階の自分の部屋に入り、しっかりとドアに鍵をかけた。猫の爪に狙われて巣穴に閉じ込められたネズミのような気分で、彼は部屋の明かりもつけず、鎧のような防護服も脱がなかった。全身が汗でびっしょりだった。
職業本能から、彼はパソコンを開き、カメラのレンズを漆黒《しっこく》の闇の中にあるドアに向けて、いつその漆黒が破られるかと待つように、ライブ配信を開始した。
ドンドンドン、ドンドンドン、ドアをたたく音が響いた。
〈キックリス〉はドアを隔てたところにしばらく立ちすくみ、そろそろと部屋の隅まで後ずさりしはじめた。ドンドンドン、ドンドンドン。ノックの音は執拗で、〈キックリス〉は部屋の隅に移動し、幽霊のように壁際に身を縮めた。すでにライブ配信を八百人以上の中国国内のネットユーザーが見ていた。ハンドルネーム〈喫瓜群衆〉を名乗るネットユーザーが、VPNを使って国外のネットに流し、YouTube上ではこの黒い画面の動画について、実況コメントでの議論が盛り上がった。

ドアを開けてくださーい。水道局ですがメーターのチェックにきましたー。

内心どんなだろう？　明かりをつけてなくても中にいることはバレてるだろ。

電気を消しても意味ない。監視システムが一式あるし、もうどこにも隠れるところがない。

あんたの勇敢さはみんなが見てるからな！！！

あんたに影響されて多くの80后、90后（八〇年代〜九〇年代生まれの若者の意）が立ち上がるぞ！

明かりをつけろよ、電気消していても意味ないし、奴らはあんたが家にいるのを知ってる。電気をつけてもつけなくても一緒なら、電気をつけて何が起きているか説明して、より多くの人に注目してもらうべきだ。

この動画主は90后の若者だ。もともとプロのメディアの人だよ、CCTVで娯楽番組の司会者をやっていた。前途洋々だったのに、たったひとりで武漢の重篤感染地域で真相を報じようとしている。本当ありえない尊さだ！　みんなもっともっと注目して助けてやろうよ！

撮影モードを広角にして、カメラをもう少し遠くに置け。万一あんたが捕まったとき自分が映るように。パンか何かちょっと食べとけよ。そしたら気力を持ち続けられるよ。

天朝（共産党政府に対するネットスラング）はこんなもんだ。

CCTV出身なの？　なら信頼できるな。ドアの外にはゴキブリどもがまだいるのか？　もしあんたが街角で死体になって転がってしまったら、二度とこのアカウントからのアップがなくなるんだな。

神のふりした悪魔の遊びかよ、世論を誘導して何様のつもりか！　国安がお前のようなやつを捕まえるって？　国安を何だと思ってる。昨日は追われて、今日は捜査を受けて、で、明日は何なんだ？

そんなすごくもなくね？　何やったの？　無理して最初は偉そうなこと言ってたけど、もともとヘタレなんだろ？　マスクとかしちゃってさ。一体何にビビってるの？

家に帰れよ。おれらを振り回すな。この基地外が死のうがどうでもいいわ。

このお騒がせ野郎、さっさと消えろ！

お願い、大丈夫だから、おしゃべり相手になってあげるから、そんな怪しげなことしないでね？

お前みたいなガキにそんな値打ちがあるもんか、ここにはクズばかりだな。

安全をまず考えて、ライブ配信をまず止めて。

私もメディアの人間だ。もし女房子供がいなかったら、あんたと一緒にいたかもしれない。慚愧《ざんき》にたえない。

もう馬鹿な事すんな……その狼の巣からどうやって脱出するか考えようぜ。

怖がるな、あんたをどうにかなんてできないさ。

兄弟、勇気を奮い起こして、自分を保て、自分の表現したいことを表現するんだ。

兄弟、安全第一だよ、ライブをやめて！

自分で自分を怯えさせるんじゃない、あなたの動画には大して敏感な内容なんてないから、せいぜい茶を飲む式の警告をちょっと受けるだけだよ、違法なファイヤーウォール越えをしたとかで。

若いの、気を落とすな。

早く逃げろ、永遠に中国から離れるんだ。

逃げおおせられなかったら、座って話し合えばいいんだ。だって政治難民のふりして移民したいための自作自演でしょ？

おまえら無責任な冷やかしはやめろ、みんな心当たりの大物に連絡しろよ。

必ず無事でいて、でないとコロナ強制隔離臨時病院に入れられて、感染して、それこそ悲惨だよ。コロナ隔離病院はあなたを助けてくれない……。

彼らは急いでいない。上の指示を待ってるんだ。多分あなたのライブ配信を見ているよ。だから突入してこないんだ。配信をやめたら絶対突入してくるから、まずどうするかを決めなよ。こっちはまだあんたを見ていたいんだ。だから早くどうするか対策を決めて、撤退の道がないんなら、奴らがまだ命令を受けていない今のうちに、証拠資料を全部処分して反撃にでたら？　ドアを開けて、あんたら何のつもりだ？と尋ねるんだ。どっちにしても拘束されるだろうけど、正大光明に拘束されるのと、インターネットが途切れたあと消息不明になるのとでは……。

陳秋実、方斌、〈キックリス〉……、いったい次に隔離されるのは誰なんだ？　鋭い批判が完全に消滅させられたら、今度は穏当な批評が耳に痛く聞こえるようになる。穏当な批評すら許されなくなったら、沈黙は何を考えているのかわからない、とみなされる。沈黙も許されなくなったら、賞賛の言葉が足りないのは一種の犯罪行為になる。もし一種類の声だけが存在を許されるというなら、その唯一の声は嘘でしかない。

ざっとコメント欄をスクロールして眺めながら、〈キックリス〉の心は麻のように乱れた。スマートフォンの振動音が響いた。耳元にそれを持っていくと、相手は自分を支援してくれていた現地の友人とわかったが、彼はすでに国安の手に落ちていた。「彼らは君が中にいることを知っている。逃げきれないからドアを開けるんだ」

〈キックリス〉はため息をつき、通話を切らずにスマートフォンを傍《かたわ》らに放り投げた。マスクを外し、ガサガサと防護服を体から引きはがすように脱ぐと、数分の間、横になった。ふたたびパソコンの黒いスクリーンの前に座りなおす。過去のことが雲のように湧き上がり、蕭然と流れる涙を止めることができなかった。

この時、万里のかなたのベルリンで、ある亡命中国人作家、荘子帰《ジュワンズーグイ》がこの黒いスクリーンを瞬きもせずに見つめていることを〈キックリス〉は知らない。荘子帰は、〈喫瓜群衆《やじうま》〉と同様、耐えきれずにコメントを投稿した。

〈キックリス〉の物語は人を悲憤させ、鼓舞している。この祖国、我々の古い書籍の上になんども登場し、我らが父親世代の魂が夢にみたこの故郷は、共産党のものではないし、毛沢東や習近平《しゅうきんぺい》のような無神論の田舎者のものでもない。25歳のキックリスが勇気をもって独裁の頑な石壁に一つの卵をぶつけたというなら、我々はどんな理由で絶望する必要があろうか？　我々は各々個人の心の中深くにある祖国と故郷を取り戻し、我々の普通きわまりない正常な憤怒、憐憫を取り戻し、我々の普通きわまりない正常な人間性と心を取り戻す。何度でも、我々の胸を強く打つ美意識を取り戻そう。晋末南宋の隠者であり詩人の陶淵明《とうえんめい》が、秦の始皇帝の刺客荊軻《けいか》を詠じた『君子死知己、提剣出燕京（君子知己に死す、剣を提げて燕京を出づ）』の詩心に込められたような。ありがとう、95年生まれの〈キックリス〉、君は中国の未来だ！

荘子帰はこの投稿を送信しながら、グーグル検索で「キックリス」を検索し、ひそかに驚いていた。この九五年生まれのハンサムな若者は中国伝媒大学を卒業したのち、順風満帆でCCTVに入社し、人気番組『時尚大転盤』の司会を担当、SNSフォロワー数百万をこえる人気スターとなった。番組で〈キックリス〉は全国各地を回りながら、ご当地の絶景スポットと美食を紹介し、グルメ観光ブームに火をつけてきた。砂漠の真ん中でシシカバブを食べてみたり、船に乗って魚釣りにチャレンジしたりして、「おお、こんな大きな魚を釣ったのは初めてです」「うわ、スイカを使った鶏の丸焼きですか！　ではまずちょっとスープから……」などと言いながら。

荘子帰は目の前の〝闖入者〟に違和感を覚えた。その過去をみるかぎり、二〇一八年にCCTVを退職し、YouTubeで『不服TV』というセルフメディアを創設したのは、「CCTVに屈服しない」という意味だろう。最初の動画は「よぉ、みんな元気？　僕の名前はキックリス・リー、キックリスと呼んでくれ。〈仁一アニキ〉というのが僕の浪人時代のあだ名だったんだけど、未来のナンバーワンVロガーとしては呼び名って一番重要だからね」といったあいさつから始まり、画面中でラップ、ヒップホップをかけ、バック転を披露し、世界をオートバイで旅する動画などを紹介したりした。あるいはサングラスをかけて、憧れのユーチューバー、ケイシー・ナイスタットの真似をしてみたり、背景の壁に米国のグラミー賞歌手、ブルーノ・マーズやアップル創業者のジョブズのポスターを貼ってみたり。

〈キックリス〉の人生を変えてしまったのは、ある微信のメッセージだった。旧暦の大晦日にあたる日、彼は数億人の中国人と同じく、CCTVの数十年来不動の定番年越し番組、『春節聯歓晩会』（略称『春晩』）を見ていた。今年のテーマは「衆志成城、抗撃肺炎」（心を合わせて城壁のように固い結束でもって肺炎に立ち向かう）。その時〈キックリス〉のスマートフォンが短く震えた。

金銀潭医院の医者たちは連日何も食べておらず、現在すでに我々協会に食糧支援を募っている。信じられるか？　私だって信じたくはないよ。でも信じざるを得ない。医者たちは新しい防護服もなく、一日中飯も食えない。防護服を脱ぐことができないんだ。脱いだら、使えなくなるからな。

目下、我々協会は病院と連携して、レトルト食品を送る準備をしている――全く春晩を見るに最適なムードだよ！　外の人は根本的に目下の武漢の絶望を全く理解できていない。病人が床に横たわり死にそうなのに、治療する医者がいない。すべての物資が足りないからだ。テレビのニュースを見れば、スローガンだけ。内心ではばかげているとわかっているんだろうな。結局みんな自分しか頼ることはできないんだ！　他には何もない！　強大なる国家は、〈文芸の夕べ〉のためには何でも調達できるのに……

このメッセージを読んで、羞恥《しゅうち》がこみ上げた。〈キックリス〉はすぐにも武漢に行き、この問題を徹底的に調べようと決めた。まず父親に電話して支持を求めたが、成果はなかった。母校・中国伝媒大学の同窓の友をネットを通じて誘い、感染状況調査チームを組織してみないかと提案したが、反応は寂しいものだった。結局、参加が確定したのは二人だけ。それでも、孔子のたまわく「三人行けば、必ず我が師有り」だ。〈キックリス〉は心中ひそかに喜んだ。

しかし、出発の数日前、後方支援をしてくれるはずのチームメートは、警戒していた両親により二十数階建てのマンションの寝室に閉じ込められ鍵をかけられてしまう。両親が交替で見張り、交渉にも応じてもらえなかった。もう一人からもメッセージが来て、インドネシア旅行から帰ってきたばかりで、国外で武漢人と接触したことがわかり、すぐに隔離されることになった、という。〈キックリス〉は二日の間に二度も棍棒で殴られるようなショックを受け、意気消沈の中、単独で危険に挑むしかなくなった。

北京《ペキン》も相当な緊張ムードであり、政府は会合の禁止を厳命し、あらゆる集会場所を封鎖、社区に出入りするにも《通行証》を必要とし、出入りの時間と人間を制限していた。にもかかわらず、〈キックリス〉は出発間際、武漢出身の別の先輩を訪ねた。二人は社区の入り口前で落ち合い、〈キックリス〉は体温を測られ、消毒スプレーを頭のてっぺんから吹きかけられ、やっとガードマンにエレベーターまで案内されたのだった。彼らは二十四階にあがり、部屋に入ってからマスクを外した。さらに消毒液で手を洗った。先輩の母親が茶を淹《い》れてくれ、彼らは座った。先輩は率直にこういった。「君が今行くのはとても危険だと思うよ。しかも大して意義もない」

「なぜですか？」

「そのうち、北京も武漢のようになるからさ。中国のあらゆる都市は武漢になる。都市封鎖のプロセスも全く同じだろうから、北京に残って、武漢でやりたかったことをここでやった方がいいじゃないか」

「しかし、北京は発生源ではないです。武漢だ」

「武漢も発生源じゃないよ。長江にたとえれば、長江の本当の源流は青蔵《せいぞう》高原のゴラタントン雪山の周辺の、本当に小さな水たまりから始まっているそうだ。君はその水たまりが探せるかね？」

「やってみないわけにはいきません。目下の資料で明らかなのは、最も早期の感染者は華南《かなん》海鮮市場の野生動物売場だということです」

「あそこは封鎖されて、徹底的に清掃されてしまった。痕跡など蜘蛛の糸すら探し出せないだろう」

「やってみないわけにはいきません」

「やってみるな、といっている！」と先輩は断固として言った。「絶対に行くというなら、普通のボランティアとして、出来るだけ人を助けることだけを喜びとして、あまり敏感でない動画をついでに撮影するくらいにして、自分を守り、そして人に迷惑をかけないようにしないと」

〈キックリス〉は黙ってしまった。しかし、内心はメラメラと燃え上がっていた。彼はチェコの作家のミラン・クンデラの『存在の耐えられない軽さ』の中の描写を思い出していた。プラハの春が旧ソ連軍のタンクに鎮圧されたあと、主人公のトマーシュがフランスに亡命するが、愛人のテレーザがプラハにいるため、友人の忠告も顧みずにパリからテレーザの元へ帰り、永遠に自由を失ってしまう――。〈キックリス〉はまさにこうした小説を無視できない年ごろであり、この時、ことの真相は彼のテレーザであり、嘆きに満ちた武漢は彼のプラハだった。

先輩は彼の心を見透かしたように、ため息をついて言った。「武漢は君が想像するよりずっと恐ろしいところだろう。当局が発表している確診数（確定診断感染数）と死者数はほんの一部に過ぎない。多くの人たちが、感染しても診療を受ける方法すらないんだ。感染疑いにすらカウントされなければ、治療を受けるなんて言わずもがなだ。

病院は患者であふれ、ベッドも足りない。たとえベッドが空いたとしても、薬もないんだ、医者はどうやって治療を行う？　物資が不足している状況で、どんな治療が行える？　だから、当局と民間、みんな訳が分からなくなっているんだ。君とすれ違う誰もが『感染者疑い』、あるいは確診患者かもしれないんだぞ、危険すぎる！

だから、君が行くというなら、出来るだけ人との距離を保つこと。もし感染したら、あるいは突然呼吸がおかしくなったら、応急措置が必要だ。物資はある程度十分に持っていくべきだね、防護服、防護ゴーグル、できればヘルメット、これらは武漢では手に入らないだろう。あとアルコール、消毒液、マスク、全部基本だ。

まだある、どうやって武漢までいく？　誰かに迎えに来てもらう必要がある。でなければ両目がふさがれたも同然だ。何の交通手段もなく、どこに泊まるのかもわからないようでは……」

先輩にいとまを告げて外に出ると、空は暮れなずんでいた。夕焼け雲が天空の大半を覆っている。〈キックリス〉は家に帰らず、そのまま車で高速道路を南下した。夜も走り続け、中国の半分の距離を横断して長沙《ちょうさ》にたどり着いた。路肩に車をとめ現地の友人を待っている間、彼はＶＰＮを使って海外のサイトに接続し、武漢市長の周先旺《しゅうせんおう》のＣＣＴＶのインタビュー取材での発言を読んでいた。

「地方政府として、私は情報をもっていたが、その公開は許可を得てからやっとできるもので、この点については、当時ほとんど理解してもらえなかった」

この発言の意味は、中央政府は情報公開の権限を地方政府に与えておらず、私は隠蔽しなくてはならなかった、死者がどんなに多くとも隠蔽せざるをえなかったのだ、ということだ。

その下に、ネットユーザーによる時事討論が掲載されていた。「習大大（習近平への愛称、「ビッグダディ習」の意）はどうして武漢に行かないのか？」という質問に対して、こんな答えが書き込まれていた。彼の腹心の北京市党委書記の蔡奇《さいき》が西城《せいじょう》区衛生当局を視察した時に、不幸にも新型コロナ肺炎に感染、その足で微熱のあるままビッグダディにその成果を報告しに行ったため、習近平皇帝も感染が疑われて中南海に隔離中うんぬん。これを読んで〈キックリス〉はハハッと大笑いしてしまい、旅疲れの眠気も晴れた。

長沙の友人と落ち合うことはできた。友人は武漢に向かうあらゆる公道はすでに封鎖されているという情報も持ってきてくれた。今日、つまり二〇二〇年二月十二日の夜に、鉄道も封鎖されるという。その上、外地ナンバーの車両はすべて、官僚、メディアの車両も含めて、武漢への侵入が禁止されているという。

〈キックリス〉が、どうしたらいい？　と尋ねると友人は、タイミングのよいことに最終の高速鉄道列車が午後にこのあたりを通過する、といった。〈キックリス〉はすぐに長沙南駅に向かうことにした。武漢駅ではなく次の駅まで切符を買えば、よけいな注意をひかないだろう、と友人はアドバイスした。

〈キックリス〉は自分の車を友人に預け、バックパックを背負い、キャリーバッグを引っ張って高速鉄道に乗り込んだ。車両には数人しか乗っていなかった。

彼はスマートフォンを取り出して、最初の動画を撮影し始めた。まず語ったのは、以前に統制の厳しい北朝鮮に取材にいった経験だった。あのときはストレートに撮影したもののみならず盗撮したものも少なくなく、おそらくCCTVの看板のおかげもあったのだろうが、金三胖（金デブ三世、金正恩の蔑称）の臣民たちも自分をどうするわけでもなかった。だが今回は違う。

　すっかり暗くなった頃に武漢駅に到着した。連絡通路とコンコースを抜けていく。かつての賑わいが嘘のように、人はまばらで寂しい様子だ。武漢方言で子供に話しかけながら歩いている地元客がいて、〈キックリス〉はその後ろについて行った。迎えにきた友人は駅の外に立っていた。二人が白いボックスカーに乗り込むと、友人の妻が現地では品薄で貴重なマスクと消毒液をくれた。〈キックリス〉はいたく感動しつつ、各地からの支援物資は受けとれているかと聞いた。友人は「支援物資ってなんだ？」と尋ね返し、「疫病がはやると、物価が跳ね上がり、なんでもかんでも金がかかる」と言った。

「それはおかしい。中国赤十字は毎日大量の医療・生活物資を受け取っており、規定にしたがって各社区の住民に無料で物資の分配を行っているはずだ」

　友人は言う。「〇三年のSARS、〇八年の四川《しせん》大地震から今に至るまで、官僚機構が無償で何かやったことなどない。どんなものが赤十字に寄付されたとしても、一周まわって、価格は何倍にも跳ね上がるのだ。諺にあるだろう、『過ぎる雁の毛を抜く』だ。奴らは転んでもただではおきないのさ、わかる？」

「ああ、わかるさ。奴らは、渡り鳥が飛んでいくのを見ても、飛び上がって『通行料はらえ』って大声で足止めくらわせるんだ。渡り鳥が嫌だといえば、雲の上からつかみ下ろして、毛をむしってスープにする」という〈キックリス〉に、友人は笑って返した。

「そういうイメージがわく説明っていいね。なら教えてくれよ、WHOの事務局長を中国ではなぜ〝譚徳塞《タンダサイ》〟って呼ぶんだい？」

「譚は酒壜（酒瓶のこと）の壜と同じ発音だ、徳は道徳の徳、塞は閉塞の塞。つまり『酒の飲みすぎで道徳が閉塞している酔いどれのテドロス』って意味なんだ」

友人はハハハと大笑いした。「あのアフリカの酔いどれは確かに道徳観が皆無だよな。やつが率いるＷＨＯの道徳心のなさに肩を並べられるのは中国赤十字くらいだ。両方とも酔いどれで、習大大が派遣した党支部書記がトップだ。毎日、政府が感染症を制圧できているという嘘の武功を讃えている。特に中医薬の双黄連解毒液が新型コロナ抑制に効くという奇跡さ。一昨日だったか、テドロスは習大大からお呼びがかかって、帰ってきたら奴の財布と金玉はパンパンに膨れ上がっていたぞ。あげくに毛沢東の座右の銘『星星之火、可以燎原』の一句を引きあいに出して武漢ウイルスの国外拡散を形容して、みんなをだまくらかして中国に寄付させ続けているんだ……。

『苦中作楽』っていうだろ？　こういう苦しい状況の中からユーモアって生まれるんだ。他の民族文化にもこういう特性があるよ。たとえばドイツ人が一家離散してやってきたイラク難民歌手に歌を一曲うたってくれと頼んだことがあったそうだ。そのイラク人歌手が声高らかに歌い上げると、ドイツ人は聞き終わってから茫然とした顔で『歌ってくれと頼んだのに、どうしてずっと泣いているの？』と言った、みたいにね」

友人夫婦は〈キックリス〉を、旅館を自称する建物に連れて行き、宿泊登録を記入してから別れを告げた。あとには持て余すほどの空間が残った。彼が廊下を数歩あるくと足音が遠くまで響いた。公民記者の先輩である陳秋実が武漢に来た時も、近くの別の宿に泊まり、逮捕される前夜も部屋でライブ配信をしていた。最後に彼は、うめくように「死ぬのも怖くないのだから、きさまら共産党など怖いものか」と言っていた。
運命だな、と彼は思う。〈キックリス〉はのちに外部撮影で、高速鉄道の上と下、封鎖された都市の中と外、空の明暗、そして武漢肺炎軽症者隔離施設として地元政府に暴力的に徴用されたソフトウエア工程職業専門学校の学生カバンや教科書が打ち捨てられている校舎などをフィーチャーしてきた。しかし最初のライブ配信のキャスタールームは陳秋実と同様、宿屋のベッドルームで、ベッドの端に座って放送するしかなかった。ただし彼の放送の画面は、広角レンズを使い、音響処理もそれなりにプロっぽく仕上がっていた。

インターネット時代の情報伝達は、本来、空間的距離の制約を受けない。疫病のアウトブレイクに伴い、情報も爆発的に広がったが、多くの事情はむしろ人々にとって捉えがたく、当局の武漢に関する報道は、僕らを真相からますます遠ざけている。
僕は自分の目と耳で情報をとり、判断しようと思う。ここに来る前、ある主流メディアの友人が僕にこう言った。すべての公式メディアの記者は、政府の手配した武漢駅近くのホテルに泊まらされ、統一管理され、報道内容を指定されていると。公式メディアの後ろ盾がなければ、このロックダウンされた都市でメディアの仕事をすることは非常に難しい、いや、もっと言えば多少の危険を伴うことだろう——なぜなら、この疫病の感染状況の都合の悪い情報は、中央によって統一報道の中にしまい込まれているからだ……

配信が佳境に入ったところで、電話が入った。この〈旅館を自称する〉建物の管理人からだった。焦った口調で、すぐに下に降りてくるように言った。〈キックリス〉がスマートフォンをもったまま降りていくと、管理人の年配女性は彼を外に連れ出し、マスクをつけた派出所の女性警官に引き合わせた。〈キックリス〉がとっさに自分の甘いマスクを利用すべく相手に「お姉さん」と大声で呼びかけると、女性警官もちょっと照れ臭くなったようで、声の調子も柔らかく「ここに通知が出ています。あなたはここに泊まることはできませんよ」と告げた。

「お姉さん、僕、今ここに着いたばかりですよ？　まわりを見てください、こんなに真っ暗な中で、いったいどこに行けと？」

女性警官が「ここに泊まれないのは、私が決めたことじゃないのよ」というと、〈キックリス〉も「ならどうしたらいいんです」といい、管理人のほうに振り返って、哀れを誘うような表情を浮かべてみせた。管理人も「あたしも鍵を預かるだけの立場なもんだからね、同情はするけどお役に立てないわ」という。しばらくしてもう一人、警官がやってきた。〈キックリス〉はまたもや「お兄さん」と叫んだ。お兄さんとお姉さんは目くばせを交わし合って、一晩だけ泊まって明日は必ずここを去るように、ということで納得した。

部屋に上がると、ライブ配信の続きを始めた。〈キックリス〉は少し情緒不安定になったようで、陳秋実はここに一週間以上滞在したのちに失踪したけれど、自分は一晩しか泊まれない、と話した。続いて、携帯のハンズフリーボタンを押して、すべての視聴者に管理人の年配女性の発言を聞かせた。

「お兄さん、実際方法がないのよ、あたしもあんたのために四方八方電話したり、微信でメッセージおくったりしてみたけれど、誰もあえて引き受けようとはしないの。今はね、政府の職権が市レベルから区レベルにまで降りてきて、区から住宅区一つ一つにまで来てるのよ。言ってみれば鎖国状態で、どの家どの家族も、三日ごとに一人だけ、それも通行証をもって、生活必需品を買うために一度しか外出できなくなっているのよ。ある小区では、ゲートをくぐって敷地を出ることすら許されないそうよ。小区ごとに、買いたいものを登録して統一管理して、統一価格で買わないとだめなんだって。与えられるものだけを食べろ、ってまるで刑務所にいるみたいじゃないの……だからね、あんたのようなよその人がどこに行くっていうの。警察も言ってたけど、明日、あんたがここを出ていったかどうか、一室一室、立ち入り捜査をするって。あんたをかくまうことなんてできないわ……」

俗に「八仙、海を過ぐるに、おのおの神通を発揮」という言い回しが中国にある。〈キックリス〉はCCTVを退職し、危険を冒してここにきて、ついに彼の神通力を使うことになった。匿名の友人たちの助けをひそかに借りることにしたのだ。ボランティアと称して住宅に引っ越し、数日ごとに転々とすることにした。自家用のフォルクスワーゲンのオフロード車も一台調達した。これに純正の北京なまりの言葉と正規品の防護服が加われば、彼のIDカードをチェックしようとする警察は、いいとこの坊ちゃんだとみて多少は礼儀正しくなる。

初めてこの住宅街にやってきた〈キックリス〉は、日差しや空気、静かな街並みを感じて、何と美しく、そして欺瞞《ぎまん》に満ちていることか、と思った。

まず彼は微信と微博で得た情報を通じて、インタビューを申し入れ、何人かから返事を得た。しかしその後、彼は地元の人たちの家の中に入ることができないため、約束は反故にされた。二月十五日、彼は春節前に「万家宴」が行われた江漢区の〈百歩雅庭〉に行ってみた。そこは華南海鮮市場に次いで最も注目されたクラスター感染源だ。ここで何人もの宴会参加者が感染したが、PCR検査薬の不足で感染の確定診断ができず、地元政府は上級政府に報告することを恐れて、死者数を隠蔽したと、ある少女が告発していた。

〈キックリス〉はこの超大型住宅地を急ぎ訪れた。二百棟以上の集合住宅に十数万人が暮らしている。周辺の店舗はすべて閉店しており、二号門の外に、省外から来た官制メディア記者が一人うろうろしていた。ガードマンに行く手を遮られて大声で揉めている二人組の記者もいた。彼らが別の門にまわり、お互い連携して、どさくさに紛れて中に入り込んだので、違う門を見張っていたガードマンが慌てて走ってきた。〈キックリス〉がこの様子を眺めていると、ある記者は「おれに近づくな！　距離を保て！　あぶないじゃないか？　おれはあんたにはついていかないぞ、なんなんだ？」と大声で再び叫んだ。ガードマンたちが気おされていると、十数階もの上から様子を見ていた住人たちが、窓を開けて声援を送った。「どうして記者をおっぱらうんだ？　私たちはここで長い間閉じ込められて、清掃や消毒をする人もいないんだ……」

〈キックリス〉は振り返って、本当か？　と尋ねた。一人の小役人風の住人が答える。「私たちは清掃と消毒の記録をつけている！」

　何人かの婦人が〈キックリス〉の質問に答えようと下にあわてて降りてきた。ある婦人は「アパートに通じる通路の門の外の記録帳には毎日、清掃と消毒を行ったというチェックが入っているけれど、実は全くやっていないの。まったく消毒液のにおいもしないし、エレベーターのボタンには蜘蛛の巣がかかっているわ。以前は、三日に一度は正門口にあるスーパーに行くことができた。生活必需品を買うためにね。でも一人がそこで感染して死んでからは、行かなくなったわ」

〈キックリス〉は続けて質問した。「この小区で発熱した病人の状況を知っていますか？」婦人たちは、知らない、と言った。ただ微信でお互いに、どの棟に〝発熱棟〟の張り紙があったかを聞きあっている、という。だが〝発熱棟〟の張り紙が張ってある棟のどの家の誰が感染していて、それが疑似なのか確診なのか、死者が出たのか、すでに搬出されたのか、運び込まれた先は仮設隔離病院なのか正規の病院なのか、火葬場なのか、まではっきりしていない。政府はこうした情報を公開したことはない……と。

ガードマンはますます増えて、最後はこの住宅区の管理企業のトップが自転車にのってあわてやってきた。彼はPCR検査薬や人手などの資源に限りがあり、たとえ発熱者が出ても、上層部に報告するのを待たねばならない、と説明した。たとえば今日は数十から百以上の発熱者があっても、PCR検査を受けられるのは二人までで、明日はそれが一人になり、明後日には一人も受けられない、ということもありうる。そんな中でどうすればいいのか？　ただ家の中でじっと隔離されるしかない。自分しか頼りにならないよ、毛沢東主席も大衆を全面的に信頼するといっていたじゃないか、と。

こんな風に、〈キックリス〉は封鎖都市の中をあちこち動きまわったが、なんら妨害にはあわなかった。ツイッターでは、毎日、惨劇と不条理ドラマが交錯するショート動画が流出している。たとえば――

パソコンの前に座っていたガードマンの体が突然傾いたかと思うと、地面に倒れこみ、数秒痙攣《けいれん》したあと、動かなくなる。

ある病院で診療を拒絶された確診患者が、エレベーター内で狂ったように唾を吐き散らかし、なすりつけて、「報復してやる、もっと多くの人に感染させるぞ」と喚いている。

もう一つ例をあげれば、車いすに座った老人が病院の外来診療を受けようと三日三晩並んだあと、結局うなだれて引き返してしまった。

ほかにも、遺体運搬車を追いかけて走る少女、飛び降り自殺する前に、大勢の前で泣いて訴える九十代の老人……

「ステイホーム」の最終結末は、往々にして誰かひとりが確診を受け、その他みんなが道連れになるというものだった。一家全滅のニュースが次から次へとながれた。まるで黒々としたハゲタカの群れが都市の上空を旋回しているようだった。人々は耐えられず、インターネットを通じてフラッシュモブをやろうと約束した。真夜中の同じ時刻に、数百棟のマンションの住人たちは同時に明かりを消して窓をあけ、手負いの狼のように吠えたのだ――ウォーウォーウォーウォーウォー！　ウォーウォーウォー！

湖北《こほく》映画制作廠の監督兼映像部主任の常凱《チャンカイ》一家は四人全員が十七日の間に感染し、全員死亡した。彼は遺書を残していた。

除夕（旧暦の大晦日）の夜、私は政令を遵守して、高級ホテルでの宴会の予約をキャンセルした。その代わり、自分が腕を振るい、両親と家内とで楽しい一家団欒の宴を行った。なのにまさか、悪夢が降臨するとは。春節初日に親父が発熱と咳、呼吸困難を起こし、何軒も病院を回ったが、受け入れられるベッドがない、と全部断られた。いろんな伝手で助けを求めたが、やはり一床のベッドも見つからなかった。失望して、家に戻って自分たちで何とかしようとした。病床の傍らで親孝行を尽くすも、空虚に日は流れ、救済のすべもなく、老父は恨みを含んだままこの世を去った。たび重なる打撃のもと、慈母の心身も困憊し、免疫力が落ち、また激しい感染にあい、老父を追うように逝《い》ってしまった。

病床の両親を数日看護した愛妻と私も、無情なコロナウイルスにむさぼり食われた。いくつもの病院に泣きついて転々としたが、位《くらい》卑しくして言高し、ベッドが見つからない、病膏肓《やまいこう》《こう》に入る、もう手遅れだ、などと言われてしまった。気息奄々《きそくえんえん》の中、親友たち、そして遠く英国にいる我が息子に告げる――わが一生は子としての孝をつくし、父として責を尽くし、夫として妻を愛し、人として誠を尽くした！　永遠にさようならだ！　愛する人たちよ、私を愛してくれた人たちよ。

二月十九日夕方、〈キックリス〉のスマートフォン画面に、突然ネットの広告がポップアップした。《遺体運搬人募集》――

武昌《ぶしょう》葬儀会館は今夜、遺体運搬人20人を至急募集する。
業務内容：男女不問　16－50歳、幽鬼を恐れず、大胆で、気力のあること。
業務時間：00時－04時、短時間の休憩をはさむ
給与待遇：４時間４０００元、夜食つき

集合場所：今夜23時00分　地下鉄二号線楊家湾《ようかわん》駅

これは取材のいい手がかりだ！　彼はすぐに車を運転して調べに行った。夜のとばりがいつの間にか降りていた。武昌のあたりにたどりついたあとも、まだしばらく時間があったので、近くの青山《せいざん》葬儀会館に向かった。『聊斎志異《りょうさいしい》』の幽霊話と同じく、「鬼門関《きもんかん》」に通じる道は漆黒の闇に包まれ、不気味な風の音がした。彼は遠くに門灯をみつけて、ゆっくりそれに近づくと、車を停めて、門をくぐった。女の声が暗闇の中から響いた。「何のご用でしょうか？」

「ネット広告で、ここで遺体運搬の仕事があるというのを見ました。四時間四千元だと」

「なんですって？」

「ネットで募集していたんですけど……」

「そんなのありませんよ」

押し問答をしていると、一台の車が突然入ってきて彼の尻を撥ねそうになった。車上の男は降りずに、窓をあけて頭を突き出してこう言った。「遺体運搬者を募集しているのはおれだよ、希望者か？」

「ちょっとここを通りがかったので、聞いてみたんです」

「この仕事をやりたいのか？」

「僕たちの微信のチャットグループの中に、やりたがっている人がいるんです」

「お前はボランティアか？」

「チャットグループの友人が仕事を探しているんで、手伝っているんです」

「じゃあ、おれの電話番号を控えておけよ、１３４３７２８２」

「青山ですか、それとも漢口《かんこう》ですか」

「青山だ。おれの微信アカウントも入れておいてくれ」

「わかりました。全部登録しました」

「お前の友達っていうのは若いのか？　年とってる奴もいるのか？」

「若いです」

「いくつだ？」

「三十歳くらいです」

「農村からきた？」

「もちろん」

「そいつらは怖くないのか？」

「金がよければ……えっと、いったいいくらもらえるんです？」

「こういうことだ。――もし今日、遺体運びがないなら、金はない。もしあれば、五百元からだ。最初の一体が五百、二体目が二百、三番目が二百。上限はなし。十体、百体でもいいぞ。ただやり続ければいいだけだ」

「すでに誰かやっているんですか？」

「今のところ、おれの手下は二人だ。前は大勢いた」

「一日、どのくらい稼げるもんですか？」

「千元以上だ。五百元からはじまって、二百、二百プラス、多くてもそんな感じだ」

「何人必要ですか？」

「二人一組で、何人でもいい」

「仕事は何時から開始ですか？」

「おれの電話を待て。金払いは早いぞ」

「ちょっと少なくないですか。遺体を運ぶんでしょう？」

「少なかないさ。正式の工場労働者だって一か月せいぜい三千元だ」

「僕が見た遺体運搬募集の広告は四千元でした。今は需要が大きいんです」

「この数日に値下がりしたんだ。これ以上は出せない。四千元なんてありえない。払えんよ。青山区の遺体はすべておれが請け負っている。おれだって遺族から三千五百しか受け取っていないのに、どうして四千元なんて払える？　一般的にいえば、おれについて一日中稼ぐとしても、千元ちょっとだ」

「例の肺炎患者なんですか、それとも普通の人？」

「両方ともある。ちょっとばかり危険だが、装備は全部提供するぞ」

「それでいいです、わかりました」

口頭での交渉は成立し、遺体運搬請負人は車で走り去った。〈キックリス〉が空を見上げると、叢雲の間からきらめく三日月が遠くに見えた。疫病区の亡者を満載している渡し船のように思えた。

彼は二分間息を詰め、それから八分間深呼吸をして、自分の肺になんの疑いもないことを確認した。それからやっと陰鬱で静まり返ったオープンスペースを突っ切って、轟音を響かせている火葬場に近づいていった。階段を二段あがったところに観音開きのガラスドアがあり、〈重要業務地、関係者以外立ち入り禁止〉と書かれてあった。その下に小さい字で一行〈遺族は、一人が署名による審査を受けてください〉とあった。彼は暗闇に隠れて、カメラレンズも同じように懐に隠し、一番奥の堅い壁に突き当たるまで灰色の通路を進んだ。左側にはしっかりしまったドアが並んでいる。遺体を焼く焼却炉はこの中にあるのだろう。思い切って入りかけたが、消毒のにおいのする煙霧が顔にぶつかり、遺体を焼く轟音が耳を震わせた。彼はおびえた猫のように縮み上がって、あわてて引き返した。

彼は次のように音声記録をつけた。

夜10時に撮影、11時に現場を撤収。ボイラーはまだ稼働中、非常に大きな音がしている。2月19日、公式発表によれば武漢市区の新型コロナ肺炎の死亡者は1497人、1月12日に最初の公式の確診死者が出てから38日目。毎日の平均死者数は40人。

武漢市政府サイトで公開されているデータによると、2018年、同市の戸籍上の人口は883・73万人、死者4・79万人、死亡率1000人あたり5・51人。毎日平均137人が死亡。

武漢市区には全部で7つの葬儀会館、火葬炉74台。漢口30、武昌15、青山5、蔡甸《さいでん》10、江夏7、黄陂《こうひ》7、新洲《しんしゅう》5、1台の火葬炉で1体の遺体を処理する所要時間は60分、137体の遺体を平均して割り当てれば、各火葬炉で毎日処理する遺体は平均1・74体。

だとすると、新型コロナ肺炎の遺体を専門に火葬する漢口葬儀会館を例にすれば、30台の火葬炉が一日8時間稼働して、240体が火葬できる。公式発表の新型コロナ肺炎による死者は一日平均40人、通常に亡くなった人の分の52人をくわえて92人。
理屈でいえば、火葬場がこんなに残業する必要がないのでは？

この種の簡単な算数にフィールド調査を加えれば、強権から生まれた国家の嘘は、火葬炉と外界を隔離していた扉のように、軽く押すだけで自滅する。

しかし、数千年来、人類は、この軽く扉を押すことによって、何度も何度も苦い代償を支払ってきた。

〈キックリス〉は知らず知らずのうちにソクラテス、孔子、老子以来の真相探求の方法を受け継いでいた。いわゆる「常識的推理」だ。ソクラテスは常識的推理をもって魂の不死を論証した。だがソクラテスは青年を惑わせた罪で死刑判決を受けた。

最後にソクラテスは、法に定められた毒酒による死刑執行前の数時間、牢獄で魂はなぜ不死なのか人々と討論した。彼は平静かつ温和に質疑に応えた。彼の舌鋒《ぜっぽう》は鋭く、討論相手たちは、その深い善意と良知に感銘を受け、屈服せざるをえなかった。のちに、この一幕は民主政治の第一の礎《いしずえ》に昇華され、一方では〝神は遍在する〟という観念の比類なき解説ともなった。これは司馬遷の記録する放浪の孔子と学生たちの日々の問答と、その精神において通じるものでもある。さらには孔子が自身と対立する政見の持ち主たる老子を訪問した折の挿話をも思い起こさせる。会見ののちに孔子は「吾、こんにち老子を見るに其れなお、龍のごとし」と相手をたたえ、それに老子は、「いつか私とあなたがともに朽ち果てたとしても、きょうの私たちの対話は、人々の耳に響きわたっていることでしょう」と応えたという。

そうした先人と同様、〈キックリス〉も自分を抑制するよう言い聞かせ、そうすることで彼は武漢の地に長く滞在でき、少しずつ真相を掘り起こすことができたのである。〈キックリス〉は、この配信の最後にようやく、婉曲ながら、こう疑問を発した。「合理的に考えれば、彼らにはこのような残業は必要ないのではないか？」

彼は婉曲でありつづけようと考えた——その後何日か、彼は封鎖が厳しい華南海鮮市場のあたりを何度も車で通った。この場所こそ、武漢ウイルス発祥の地として世間の知るところなのだ。ここから三十二キロの距離にあるP4ウイルス実験室の扉も軽く押してみようかと、彼は考え続けていた。フランス国際放送ラジオ《ラジオ・フランス・アンテルナショナル》の報道によれば、中国政府が武漢市封鎖を宣言した二日後の二〇二〇年一月二十五日、中国の首席生物化学兵器防御専門家、陳薇《ちんび》少将が、自ら兵士を率いてこの実験室——フランスの支援でつくられた中国最高レベルのウイルス実験室で、軍事管制区内にある——を管理下に置いたという。

二〇二〇年二月二十六日深夜、ライブ配信の黒いディスプレイの中、P4から逃げかえった〈キックリス〉の姿は、ゴーグルをつけた頭部の輪郭と、くぼんだ瞼《まぶた》の影が薄ぼんやりと見えるのみで、まるでどくろのようだった。彼は荒い息をフーフー吐き、再び懸命に呼吸をとめ、安全局がドアをたたいてもピクリとも動かなかった。ガサガサと衣服の擦れる音が黒いディスプレイから聞こえていた。彼は無意識のうちに震えているのだ。

この画面を〝グレートファイヤーフォール〟をよじ登って見ている国内外のやじうまたちは、〈キックリス〉に向けたアドバイスをコメント欄に投稿し続けていた。彼は二度、スマートフォンのスクリーンをパソコンに向けて、コメントを視聴者に見せた。そこには「奴らはドアの鍵をピッキングしているぞ！」というコメントがあった。すると突然、スマートフォンの着信音が二回響いた。彼は慌ててミュートした。視聴者たちには見えなかったが、〈キックリス〉が暗闇の中で涙を流していることは感じ取っていた。

多くの人たちの一生は、〈キックリス〉のこの一日と同じだ。なんでこうなったのかなど早々に忘れてしまい、年を取ったあとで振り返ってみて、何をやっても手遅れだったのだと頭に冷や汗をかく——「すごく非現実的な感じがする」と彼は言った。「以前、僕が動画を撮っていたのは、すべて他人に言いたいことがあったからだ。だがきょう、こういう状況に陥って、今は自分自身に言いたい。もちろん視聴者はこの真っ暗な舞台の下にいるだろう、いったい何人見てくれているのかな、ひょっとしたらそんなに多くないかもね。舞台の上からは見えないからね。

僕はなにを間違ったのかな？　もうどんづまりで進めない。あとから狂ったように追っ手が来る。飛んで逃げるしかないのに。……すこしリラックスしてきた。怖くなってきた、怖がったってしかたないからね？　まえに、陳秋実さんの動画をみたけど、彼はすごいと思う。病院、仮設病院、居住区のアパート、全部行って、インタビューした人も僕よりよっぽど多くバラエティに富んでいた。彼は武漢肺炎で亡くなった患者の遺族のインタビューで一本番組をつくっていた。さらにはネットで流れた〝病院の廊下に三体の遺体が放置されている〟動画の裏をとりに問題の病院にいって、看護師から『動画は本当だ。でも私たちを責めないでほしい、私たちも葬儀会館の車を待つしかないのだから。あの日は葬儀会館の車が忙しすぎて来られなかった……』という証言をとった。

陳秋実さんが連行されたとき、どんなふうだったのか僕は知らない。体を張って抵抗したのかな？　今、どうしているんだろう？　僕は武漢に来る前、いずれこうなることは予測していたけど、こんなに早くにこうなるとは思っていなかった……」

我ながら話がちょっと支離滅裂になってきたと思ったようで、彼はパソコンの電源を落とし、立ち上がった。暗闇のスクリーンの中で彼の影がぼんやり動く。「今、アドレナリンがドバドバ出ている感じだ。落ち着かない。体温をちょっと測ってみたら、とても高かった。でも疑似感染じゃないよ、興奮しているんだ」

散発的に音が響き、やじうまたちは動画の前から離れられずにいた。ある台湾の少女があとでこう語っていた。「しばらく見ていたけれど、通信容量不足で画面が途切れたのかと思ってました。でも彼はあの深い暗闇の中で戦い続けていたのね」

ベルリン在住の亡命作家の荘子帰は、密閉された火薬桶の中でさいなまれるような気持ちで、〈キックリス〉の動画に張りついていた。二時間二十五分たったとき、やっと彼が明かりをつけた。マスクを引き下げて、押し殺した声で、「今、客間から寝室に移動してきた。この防護服のたてる音が大きすぎて。やつらがどのような方法をとるのかわからない、ドアの前でずっと待っている」と言った。

〈キックリス〉は立ち上がって、ベッドの端まで行った。ガサガサ音をたてて防護服を脱ぐと、そろそろと動いて明かりを消した。さらに三時間八分まで経った。ディスプレイからは絶えず電話が鳴り響く音が聞こえる。安全局に捕らえられた現地の友人からの電話だろう。

三時間五十四分二十二秒にわたって閉じ込められた獣の状態におかれつつ、〈キックリス〉は、時折あかりをつけて、この〝暗闇の瞬間〟についてすこしずつ解説した。

荘子帰は何年も前、自分自身が何度か逮捕されたときのことを思い出していた。ただ急かされて恐慌状態のなか、現場を記録するものもなく、ただ過ぎ去った時間と記憶があるのみだ。あるときなどは、精神病院から逃げ出した法輪功学習者を取材した荘子帰を尋問しようと、官憲が彼の家にやってきたことがあった。荘子帰はアパートの七階の屋上から飛び移って、隣のアパート棟の出入り口から脱出した。またある真冬の日には、ドアを激しくノックする音で夢の中からたたき起こされるや、ベッドから飛び起きて、ズボンをさかさまにはいたまま、当局に連行されたこともあった。

友人の劉暁波《りゅうぎょうは》が自らとらわれの身となった時のことを思い出す。今も二〇〇八年冬のあの致命的な逮捕のことは、記憶の断片のほか、文字や映像の記録は何もない。のちにこのノーベル平和賞受賞者は死んだが、その死も完全に統制され、うさん臭い監獄内火葬によって、すべての疑いがもみ消されてしまった。

さらに同郷の成都の王怡《おうい》（弁護士であり、非公認キリスト教会・秋雨聖約教会の主任牧師）の記録にあった一言を思い出す。「ドアを敲《たた》いて入ってくるのが友人なのか、豺狼なのか、一瞬わからない」――二〇〇八年五月十二日、四川大地震十周年の前夜に王怡が自宅の玄関から連行されたときのビデオを彼は探し当てた。この録画は、王怡の妻、蔣蓉《しょうよう》が撮影したものだろう。彼は二〇一八年十二月にまたも逮捕され、二〇一九年十二月に懲役九年の実刑判決が出たばかりだったが、このときの逮捕については、なんの動画も文字記録も流出しなかった。

彼はさらに多くの逮捕の情景を思い出す。ソルジェニーツィンの『収容所群島』の冒頭には、数十におよぶ逮捕の状況が描写されている。ソルジェニーツィンは言う――

「ここに入ったことのない人間にとって、群島は高い夜空の群星のように、はるか遠く、測り知れないほど深く、どうしたら到達できるか誰も知らない。ある日、突然の大禍が降りかかり、やっとそこに至る唯一の道が逮捕であることを知るのだ。いつ何時戻って来られるのか、永遠に戻ってこられないかも、誰にもわからない……」

ネット世代の〈キックリス〉も、彼なりの逮捕の記録を残したのだった。答えのないままの疑問は数多くとも、それなりに完成されたものであり、ＹｏｕＴｕｂｅで発信されることで、数えきれないほど転載され、コピーされ、中国共産党帝国もこれを破壊することはできなかった。中国および海外の独裁政権の逮捕史において、これは極めてまれなことだった。

人は〝失踪〟する運命にあっても、真相を残すことができる。〈キックリス〉がやりたかったのはそういうことだ。彼は密閉された鉄のカーテンの中から出てきて、ドアに手をかけ、スマートフォンのカメラに向かって、自らの「被逮捕宣言」を発表した。

僕はこれからドアを開ける。ちょっと話していいかな。

第一に僕は、僕を追ってきた人たちに敬服している。白昼堂々、いろんな手段を使って、かくもたやすく僕のいる正確な位置を探し当て、僕の友人まで捕まえてやってきたことに、非常に敬服している。

第二に、僕が武漢に到着してから今現在まで、僕がやったことはすべて、中華人民共和国憲法および中華人民共和国各法律条文規定に則っている。危険な場所だと認定されているところを訪れたときはすべて、防護服、防護ゴーグル、使い捨て手袋を身に着け、消毒液を持って行った。それもとてもたくさんね。防疫物資は十分にもっていた。３Ｍマスクは僕を支援してくれている友人がかわりに買ってくれた。だから、僕は体調良好で、体格も非常に壮健で、もし発熱があれば、それは単に防護服が暑苦しいせいで、アドレナリンの分泌が急上昇して、体温が上がっただけだろう。

第三に、今回の件で僕が連行されたり隔離されたりすることは、もちろん、ありえない。はっきりさせたいのは、僕は自分に恥じるところはないし、父母に恥じるところもないし、僕の家庭に恥じるところもないし、僕の卒業した中国伝媒大学に恥じることもないし、僕が学んだメディア、ジャーナリズムに恥じるところもないってことだ。

この国家に恥じるところもないし、国家の不利益になることは何もしていないんだ！　この僕、〈キックリス〉は、今年二十五歳、柴静のような第一線の仕事をすることができた。彼女が二〇〇四年の世論環境のもと、『北京　ＳＡＲＳとの戦い』のようなドキュメンタリー映像を発表し、二〇一五年にも『穹頂之下』で環境問題を告発したように。この作品はインターネット上ではブロックされてしまったが、僕はこういう仕事こそが素晴らしいと思ってるんだ！

ドアの外にいる立派な男たちよ、もしあなたが中学校を出ているなら――当然出ているだろうけど――もし記憶力が十分あるなら、教科書にあった魯迅の『中国は自信を失ったか？』のエピソードを覚えているはずだ。僕はずっとそれを自分の規範として大事にしてきた。「わが国にはむかしから、脇目もふらずに仕事に励んだ人間がいたし、命がけでことに当たった人間がいたし、民衆のために命乞いした人間がいたし、身を捨てて法を求めた人間がいた……それが中国の背骨であった」

僕は炭を呑んで啞となることを望まない！　目を閉じたくないし耳を塞ぎたくもない！　僕には妻子を持ってぬくぬく暮らす能力がないというわけじゃない。もちろんあるさ。僕がなぜＣＣＴＶを退職したのか？　中国にもっと若者が増えてほしいから、もっと僕のように立ち上がる若者がいてほしいからさ。

　自分なら何かができると思ってるわけじゃない、蜂起しようとかそんな意味じゃない。党に歯向かえということじゃない。僕は理想主義があの年（一九八九年）の春から夏にすでに破滅したことを知っているし、無言の座り込みの抵抗には何の影響力もなくなったことを知っている。今の若者たちは動画投稿サイトのｂｉｌｉｂｉｌｉやＴｉｋＴｏｋに投稿し、いろんなＳＮＳの著名人をスワイプしても、歴史上で何が起こってきたのかなんて全く知らないし、たぶん今だって、自分たちが獲得している歴史の結果こそ、自分たちが獲得するにふさわしいものだと思っていることだろう。

　すべての人が映画『トゥルーマン・ショー』のトゥルーマンみたいなものなんだ。偶然ラジオから奇妙な通信を聞いたり、ニセモノの世界から外に抜け出せるドアを発見したら、みんな彼のように外に出て二度と戻ってこないだろう。日本の少年漫画の『ＮＡＲＵＴＯ』を読んだことがある人なら僕の言いたいことがわかるだろう……、さあ、もう話はおしまいにしよう。ごめん、最後にもう一言だけ……

　簡単に言えば、僕たちはドアの外側のあなた方のことをよく理解しているし、あなた方が命令に従っていることもわかっている。しかし、僕は同時にあなた方に同情するよ。あなた方が無条件に理由もなく、こんな残酷な命令を支持しているならば、いつか最後には、この種の残酷な命令が自分たちの頭の上に降りかかることになるだろうからね！　オーケイ、ときは来た、ドアをあけるよ。

〈キックリス〉がドアを開けると、頭の部分が見切れた二人の人影がひょいと入ってきた。

〈キックリス〉が「これはこれはわが友人よ……」と言う。そして画面は突然、ガタついて止まった。しかし、字幕がそこに固定されていた。「僕は今、取り調べを受けている!!　僕は今、取り調べを受けている!!」

　取り調べの映像は何もない。だが、過去に逮捕歴のある人はみんなわかっていた。これから全面的な取り調べが始まる。身体から始まり、デバイス、部屋全体、トイレのタンクから窓の外まで、まるで地雷を探す工兵のように、隅々まで繰り返し、一センチごとにチェックするのだ。

　まずパソコンとスマートフォンが押収され、ネットが遮断され、防諜専門家が急いでそれらを運び出し、半時間もたたないうちにパソコンとスマートフォンの中身のすべてが解析され、削除されたデータの痕跡もすべて復元される。その後、身体チェックとなり、衣服をすべてはぎとられる。荘子帰も、一九九〇年三月十六日、天安門事件の犠牲者を悼む長編詩『大虐殺』の朗読の録音テープを持っていたために逮捕されたが、その時は衣服をはぎ取られるだけでなく、繰り返し電気ショックを与えられ、つねり上げられ、さらには尻の穴に箸を突っ込まれてかき回された。これはこの中共帝国で、大量の犯罪事件を証明するために必ずやることだった――尻の穴は人体の中で唯一、罪の証拠を隠すことができる場所だからだ。ドラッグや、最上ランクの有害思想が記録されたＵＳＢメモリなどが、括約筋の上の直腸の中に隠されるのだ。

　彼らがどのように〈キックリス〉を取り扱ったのか、誰も知らない。人間の強い意志を破壊することにかけて、国家安全局はプロフェッショナルだ。

　国安局は隠密戦線であり、一般的には表舞台には出てこない。ただ、彼らは監視対象に対する分析と評価を行い、たとえば〝普通〟〝困難〟〝危険〟〝特別危険〟といった評価をし、対応への提案を出すのみであり、その具体的実施は公安部の国内安全保衛局にまかせられる。

　しかし今回は、国安が出張ってきたのだった。

　この〈キックリス〉捕獲網を張り、撤収するまでの責任者である国安隊長の丁剣は、ドアの中に入ると〈警官証〉（警察手帳）を見せて宣言した。「刑事訴訟法第七五条と公安機関弁理刑事案件取扱規定第一〇八条に基づき、武漢市某社区に一時居住中の外地居民〈キックリス〉に対し、指定居所における居住監視を実行する。期限六か月。捜査に必要な場合、検察機関の批准を経て、この期間は適宜延長される」

　彼は警察車両に押し込まれ、手錠をかけられ、頭に黒い袋をかぶせられ、誰も知らない、彼のための〝指定居所〟へと連行された。どれほどの期間、隔離されるのかもわからない。もちろん家族にも通知はされない。陳秋実の時も、何日か後に、「指定居所での居住監視」を受けていると人づてに知らされた。あるいはキックリスも同じ場所に行くのかもしれない。だとしても、壁に隔てられて、永遠に相まみえることはないだろう。


　ディスプレイは静止した。グレートファイヤーウォールの向こうから覗いていたやじうまたちも一斉に散っていった。しかし荘子帰はそのまま動けなかった。時間が知らず知らずのうちに過ぎ、彼は木彫像のように、窓の外が白むまで、ぼんやり座ったままだった。妻が起きてきて、続いて五歳の娘の螞蟻《マーイー》が、パタパタパタと彼のところに駆け寄って、大声で呼んだ。「パパ！」

　彼は頷《うなず》きながらも、視線は自動的にシャットダウンしていたパソコンからはずせなかった。

妻もやってきて早く寝るようにうながした。服を着たまま横になった時、キックリスの「被逮捕宣言」が頭の中に響いていた。なかでも魯迅について語った時の言葉が。今が一九二〇－一九三〇年代であれば、魯迅と彼は師弟関係にあっただろう。当時軍閥に殺害された劉和珍《リユウホーチン》や柔《ロウ》石《シ》のように。『劉和珍君を記念す』と『忘却のための記念』は、魯迅の最も有名な二編の追悼文だ。それぞれ、〈キックリス〉と同様、未熟な熱血青年のまま夭折した劉和珍と柔石の二人を追悼している。〈キックリス〉は、およそ九十年後に落とされた彼らの影だ。

『劉和珍君を記念す』の中にこうある。「私は衰亡する民族の、黙して声なき理由を知った。沈黙よ、沈黙よ！　沈黙の中から爆発するのでなく、沈黙の中に滅亡する」（増田渉訳）『忘却のための記念』では、魯迅はこう書く。「ある深夜、私は旅館の中庭に立っていた。周囲にはガラクタを積み上げてあった。人々はみな寝静まっていた。私の妻や子供たちも。私は自分が良き友人を失ったこと、中国が良き青年を失ったことを痛切に感じた……」（竹内好訳）

荘子帰は、魯迅のひそみに倣って、「中国が失った良き青年」のために何か書くべきだと感じた。

ペンを動かしはじめてやっと理解した。〈キックリス〉を書くことは非常に難しかった。劉和珍と柔石の二人は魯迅の文字の内によみがえった。一人は街頭デモの最中に軍閥に射殺された。一人は地下出版の罪で投獄されたのちに、銃による集団処刑にあった。事件は簡単明瞭であり、国家機密とは無関係だった。だが〈キックリス〉はＰ４付近にしばらくいただけなのに逮捕された。荘子帰がネットで検索すると、Ｐ４にまつわるいろいろな情報や憶測があふれんばかりにでてきた。「〈キックリス〉が車でＰ４近くに行くと、頭のてっぺんから足の先まで生物化学防護服に身を包んだ銃を持った軍人に阻まれ、逮捕されかけた。何をすることもできず、取材放棄するしかなかった……」

　荘子帰は机に寄り掛かるようにして、〈キックリス〉の記録を書き始めた。翌日の夕方からさらに深夜までかけてついに原稿を書き上げた。それをEメールでヒューストンの国際交流雑誌『インターナショナル・フォーカス』に送った。二日後、彼の家の電話がなった。雑誌編集者のジョンからだった。

「ハロー、荘先生、玉稿拝読しました。ちょっとよろしいでしょうか？」

「どうぞ」

「第四段二行目、『一人の患者が突然倒れ、叫んだ。「中標！」』というのはどういう意味ですか？」

「『中標』というのは、弾が的に命中、という意味ですが、これはウイルスが命中した、ということです」

「なるほど。こういう戦争術語は先生の造語ですか？」

「いや、多くの武漢人は、ウイルス感染が確定診断されると、『中標《命中した》』といいますね」

「わかりました、ありがとうございます。次に、後ろから二段目、『〈キックリス〉、この軽はずみな「闖入者」は、チェルノブイリの真実を世に知らしめた旧ソ連の科学者ヴァレリー・レガソフらを連想させる。レガソフは一九八八年四月、重圧に耐えきれず自殺した――しかし〈キックリス〉は、国家安全局の猛追の末に逮捕されたとき、最後に助けを求めた』。先生、こうした比喩は……」

「非常に適切でしょう」

「証拠は？」

「すでに書いているでしょう」

「うちの雑誌の北京駐在記者に電話で聞いたんですが、彼が言うには、Ｐ４がウイルスを製造し、そこから漏洩したという噂は非常に多いんですが、裏をとる方法はないんです。ＷＨＯの専門家も調査に訪れましたが、何もみつからなかった」

「しかし、キックリスはＰ４に近づいたから逮捕された」

「駐在記者は、彼は青山の火葬場にいって死者数の調査をしたから逮捕された可能性もある、といっていました。彼の前に二人のセルフメディア記者、方斌と陳秋実も、死者数の真相を調査したことで失踪しました。感染状況を隠蔽し、民衆と国際社会を欺くことはすべての独裁国家では通常のことです」

「彼が火葬場にいったのは二月十九日で、何の問題もなかった。私は記録をとっている。一週間後の二月二十六日、彼はＰ４に行き、大事件になった」

「先生がおっしゃる意味は、おそらくもっと恐ろしいこと、つまりチェルノブイリの放射能漏洩のような隠蔽があるということですか？　しかし証拠がありませんよ。我々の雑誌では、Ｐ４ウイルス実験室＝〈キックリス〉＝国家安全局の間でいったい何が発生したのかということを憶測だけでは掲載できません。これは文学的想像ですらない」

「わかりました」

「しかし、『コロナ禍の武漢で失踪した公民記者』という原稿なら発表できます。方斌、陳秋実、キックリスが相次ぎ前後して、危険を顧みずに政府が隠蔽する死者の真相を暴こうとした。西側社会ではまだ、彼らの名前は知られていませんし……」

「それでもいいです」荘子帰は心にもなく、そういった。「書き直します」

この事件はすぐに過去のものとなった。新聞は瞬く間に旧聞になるのだ。〈キックリス〉の名前は、二、三週間もすると、新しいニュースに覆われてインターネット情報の最下層に沈んだ。

ある日、荘子帰は家で新聞を読んでいると、ドイツの感染確診人数がすでに二万五千人を突破していることを知った。アンゲラ・メルケルのかかりつけの医者もコロナに感染し、ドイツ首相自身も十四日間の自主隔離を行うと宣言した。荘子帰は頭をあげて、妻に訪ねた。「〈キックリス〉はどうなった？」

妻はいぶかしげに彼を見た。まるでずっと昔に亡くなった人のことを尋ねられたかのように。荘子帰が感慨にふけっていると、電話が鳴った。出ると、八十四歳の作曲家、王西麟《ワンシーリン》からだった。ベルリン東部に住んでおり、荘子帰が書き、英訳されてベストセラーになった『吆屍人』という本の中にも彼の数奇な人生を書いた章がある（邦訳『中国低層訪談録』。但し日本語版には収録されていない）。

荘子帰があいさつすると、脳みそをつんざくような雷声がひびいた。王西麟はベートーベンのように耳が聞こえず、必然的にこのような大声になるのだ。「老荘！ 艾丁《アイディン》を覚えておるか？ 武漢が封鎖される前に、わしの家で会っただろう、あの中年の歴史家だよ！ 深夜まで一緒に酒を飲んで、一緒にウイルスのことを憂えたろう！ おまえとあいつと一緒になって、魯迅の小説を改変したオペラ『鋳剣』の舞台が今でいう武漢だということで、わしを励ましてくれた……」

王西麟がぶちまけるように話し続けるので、荘子帰は何度か遮るように叫んだ。「補聴器はちゃんとつけているんですか？」相手が構わず話し続けるので、最後はライオンの咆哮《ほうこう》のように叫んだ。「老王！　補聴器をつけて！　艾丁のことは覚えていますよ！」

　幸運なことに、老王には聞こえていた。「よかった！　ちょっとまて！　今、ちゃんと話すから！　艾丁が失踪したんだ！　前にドイツから帰郷したあと、微信で連絡をとりあっていたんだが、感染状況について転載したら、わしらの微信が凍結されてしまってな。そのあと、あいつは警察に目をつけられたみたいで……ちょっと会って話せないか？　あいつからおまえへの手紙をここにあずかっているんだ」

　荘子帰は本当は辞退したかった。ドイツ政府はちょうど厳格な禁足令を出しており、スーパーを除く、ほとんどすべての店は閉まっており、三人以上の会合すら許可されていない。知人宅を訪問するなどもってのほかだった。しかし、大逆無道に慣れ切った老王に誰がそれを言えるというのか？

　荘子帰は妻の忠告を顧みず、自転車にのって、西から東へ老王に会いに行った。沿道の店は全部閉まっており、人影もまばら、戦時映画にみるように、ベルリンの中心部のもっともにぎやかなフリードリヒ通りですら、うらぶれた様子だった。

　ベルリン市外線鉄道の列車が、アーチ形の橋の上で、プシューとため息のような音をたてていた。ベルリンの壁が崩壊する前は、ここが東西ベルリンをつなぐ税関だった。

　荘子帰は自転車を数時間こぎ続け、途中でパトロール警官に遮られてパスポートを調べられて、いくつかの勧告を受けてからやっと解放された。おかげで、かつて東ドイツ国家保安省の監獄であったホーエンシェーンハウゼンに到着したときには、すでに空が薄暗くなっていた。王夫人である周医師が、監獄の正面ゲートのところまで迎えにきていた。彼らは高い壁と電気柵にそって十分ほど歩いて、あるアパートに到着した。その四階が老王の新居だった。

パンデミックはピークにあり、握手も抱擁もすべて禁忌だった。人々は出会うと、礼節を表現するために、肘と足先を軽くぶつけてあいさつした。

しかし老王にそれは通用しない。荘子帰をみると、クマのように熱烈に抱きしめて、キッチンに迎え入れて料理と酒を出した。老王の左右に座る夫人と娘は、まるで八十四歳の悪童を守護する二柱の門神像のようだった。老王は厳しい食餌制限を受けており、盃や皿に手を出そうとすると、二人がさっと奪うのである。荘子帰は思わず笑いを漏らした。老王は雷声で言った。

「老荘、おまえはもっと飲め、わしには話すことがあるからな。艾丁のことだ。わしらが前にあったときも、盛大に飲んで食べて飲んで酔ったな。そのあとで、艾丁が中国に戻ったら、ひどく頭がくらくらするようなことが起きたんだ……」

第一章　都市封鎖《ロックダウン》の街で

二〇二〇年一月二十三日午前十時。中国当局は〈武漢市封鎖令〉を発表した。現地の公共バス、列車、飛行機、地下鉄、船、すべての運行が停止され、九百万人の住民は等しく現地から移動してはならないと告知された。翌日の午前十時、湖北省の鄂州《がくしゅう》、黄岡《こうこう》、赤壁《せきへき》、仙桃《せんとう》、枝江《しこう》、潜江《せんこう》、咸寧《かんねい》、荊門《けいもん》、当陽《とうよう》、黄石《こうせき》、恩施《おんし》、孝感《こうかん》などの都市にも、相次いで類似の都市封鎖令が出た。

——五十歳を過ぎたばかりの艾丁《アイディン》が海南《かいなん》航空機でベルリン・テーゲル空港から万里をこえて帰国したのは、不運にも、まさにこの歴史の転換点であった。北京空港に到着すると、もともと乗り換える予定であった武漢行きのフライトはすでにキャンセルとなったと告げられた。

すぐに武漢の自宅に電話をかけると、妻は「早からず遅からず、よくまあこのタイミングで戻ってきたわね！」とあきれた。

「いつもの春節と同じだよ、フライトチケットは半年前から予約してあったんだ」

「チケットの変更はできなかったの？」

「こういった格安チケットは変更が利かないんだ。捨てるしかないんだよ。ビザの延長も必要になるし、出入国管理局にいくのも面倒で……」

「いいわ、もう。で、どうするの?」

『武漢九省通衢《つうしょう》』ってよく言うだろ。あそこは交通のハブなんだ、幹線道路から抜け道まで少なくとも数十の交通ルートが交錯してる。そんな街を完全にロックダウンできると思うか?」

「できるわよ。共産党軍は人民に奉仕するときは効率がとっても悪いけど、人民を封鎖するときはとっても効率がいいものよ。実際、野戦部隊が動員されているし、無理よ」

「先に武漢周辺を探ってみて、チャンスを見つけて帰る。土地勘はあるし、水路がダメだったら陸路、陸路がダメだったら昼は隠れて夜に荒野を歩いていく。僕は山育ちで、猟犬やイタチみたいなもんさ。大丈夫」

「ちょっと、やめてよ、問題起こさないでよ。もしあなたが捕まって隔離されたら、お義父《とう》さんはまた病気で寝込んでいるんだから、あなたの面倒までみきれないわよ。だからあなたは長沙まで飛行機で来られそうなら、私の実家で待っていて。しばらくしたらまた相談しましょう」

「君の両親は上海《シャンハイ》の弟のとこに行ったんだろう?」

「だからいいんじゃない。あなたのお世話をしなくてすむから」

艾丁に言い返す間を与えず、外柔内剛の妻は電話を切った。祖国に帰って、その土地を踏みしめる前に輾転流浪《てんてんるろう》の身となってしまうとは。幸運にもこの時の北京にはまだ緊急事態宣言は出ておらず、やがて通達されることになる「降機後の十四日間の隔離措置」も必要なかった。この通達が出された後なら、彼はホテルに強制隔離され、ドアの外には見張りがつけられ、毎日千元を巻き上げられていただろう。

数時間待って、艾丁は大勢の搭乗客にもまれながら乗り換え機に搭乗し、窓側の席に落ち着いた。外には夕焼け雲が広がっていた。数万トンもの血のようなオレンジ色が山のように重なって、すこぶる壮観だった。彼はスマートフォンで何枚か写真を撮り、微信で妻に送った。ちょっと情緒的に「美しき夕照りかな、みち逍遥かな、家に帰りがたき武漢人あり、だ」と書き添えた。即座に妻が返信してきた「家より出がたき武漢人あり、よ。ねえ、マスク、手洗い液、うがい薬、全部もってる？」

キャビンは全員白いマスク姿だった。空姐《スチュワーデス》が行ったり来たりしながら、消毒薬を吹き付けるサービスを行った。艾丁の隣には中年夫婦が座り、女性は赤ん坊を抱いていた。空姐は身を乗り出してとくに念入りに安全ベルトをチェックした。離陸のときには夜のとばりが下りていた。瞬く間に高度一万メートルにまで上昇した。空姐がスナックと飲料水のペットボトルを配った。その直後、突然、艾丁は防ぎようもない勢いで顔をぶたれ、左頬に二筋のひっかき傷がついた。赤ん坊を抱いていた女性が水を飲むときに、彼に出身はどこかと聞いてきたので、つい湖北人だと答えたからだった。女性は二の句を継がずに、暴風雨のように襲ってきた。艾丁はこれに耐えた。彼はインテリであり、「目には目を、歯には歯を」式の報復ができない性質《たち》だった。しかし、その夫婦は執拗に彼に絡み、ついにはセイフティベルトを解いて立ち上がって、大声で空姐を呼んだ。飛んできた空姐に、「この人、湖北人よ！　湖北人と一緒になんかいられないわよ！　だってウイルスがこわいじゃないの」とまくしたてた。空姐は「本当にすみません、でも空席がございませんので」というが、男性が「だめだ！　子供が一番感染しやすいんだ！」と言い募る。

空姐は「搭乗前に、すべての乗客は検温し、この方も体温は正常でした。もう一度、私が額に手をあてて検温してみましょう。それでいいですか？」

だがこの夫婦は吠えるようにいった。「だめだ」

空姐はどうしていいかわからず、先輩を呼びに行った。乗客は次々と立ち上がって、艾丁を罵りはじめた。「どうして搭乗前に自分が湖北人であると名乗らなかったんだ？　公衆道徳ってものがちょっとはないのか？」「病気になったんなら、自分から隔離されなさいよ。猫かぶらないで！　飛行機に乗ってこられたら、みんなが危険なのよ」「天には九頭鳥（禍をもたらす妖鳥）がいて、地には湖北人がいるってな」「私たち中国人は、湖北人の国籍を剝奪すべきだ！」などなど。

艾丁は状況のまずさを見て、立ち上がって声高に弁解しはじめた。「僕は留学先のドイツから帰って来たばかりなんです。すでに一年、武漢には帰っていません」

しかし、火がついてしまった群衆の激情を抑えるのは難しかった。誰かが大声で叫んだ。「うそつき！」別の誰かがまた叫んだ。「おれたちは航空会社に賠償を請求する！　確診感染を飛行機に乗せたんだからな！」

艾丁はあわてて大声でさけんだ。「僕は確診感染者じゃない！」

群衆は言い返す。「だったら、疑似感染だ！　空港警察はどこだ！　早くやつを捕まえてくれ！　なあ、みんな、あんたらのなかにも武漢人や湖北人がいたら、正直に自首して、自分から隔離されてくれ。天の道徳にそむくようなことをするなよな」

怒りに駆られた群衆は度し難く、艾丁を口々に責め立てたので、空港警察は彼を最後尾のトイレに閉じ込めて実質的な隔離をおこなった。そして飛行機が着陸して、全乗客が先に降りたあと、彼は長沙黄花《こうか》国際空港の派出所に連行され、そこでパスポートと国際フライト搭乗チケットを出して、自分がウイルスと無関係の武漢人であることを証明できた。

「たとえそうであっても、発熱がまったくなくても」と警官は言った。「やはり、空港付近のホテルで二週間の隔離観察期間を過ごしてもらわなくてはならない。費用は自分でもってください。あなたがドイツで誰と接触したか、我々がしらみつぶしに調べるわけにもいきませんのでね」

「ドイツに新型コロナ肺炎はありませんよ」

「後で出てこないとは限りませんから。このウイルスはスパイに似ていて、潜伏期間が非常に長いんです。しかも何の兆候もない」

長沙警察はまだ物分かりのよい方だった。一週間隔離されたのち、通例を破って解放された。出発のときには三十個のお高いN95マスクをもらえた。もちろんその費用もホテルの宿泊費の中に含まれている。高速鉄道の運行が制限されているので、艾丁は消毒済の空港シャトルバスにのって湘江以北の岳麓区《がくろく》の鑽石嶺《さんせきれい》街道まで行った。下車後、歩きながら、スマートフォンの地図をたよりに、工商銀行の裏手にある妻の実家にたどり着いた。

隣の家から鍵を受け取り、中に入ると、ソファの上に倒れこみ、スマートフォンを取り出して、妻と遠くベルリンにいる友人の王西麟に、微信を使って無事着いたと報告した。

妻が返信してきた。

「あなたはきっと、大鍋の周りを中身がほしくてぐるぐる回っている猫のように、武漢に入ろうとぐるぐるしているだろうって、私も娘もわかってました。でもお願いだから絶対に帰ってこないで！　私たちのマンションだけでもすでに死者が十数人もいる。四家族が全滅したのよ。本当なら死なずにすんだ人も多いのに、病院が満杯で、入院できないの。みんな自宅隔離するようにいわれている。おかしいじゃないの、家の中でだって感染するかもしれない。今、火葬場の車が下に停まっている。一つ向こうの社区から回ってきたのよ。娘の望遠鏡で見ているんだけど、車の中は遺体がぎゅうぎゅう詰めになってる。そこに作業員がむりやり遺体を押し込んだせいで崩れて、遺体が地面に落ちちゃった。それをまた一体、一体持ち上げて、まるで丸太を組みなおすようにして積んでる。遺体袋の色は全部黄色よ。誰が誰だかわからない。モノが足りないのよ。遺体運搬車もそんなに数があるわけでもないし……私たちはもう一週間以上、マンションの下に降りていない。降りたくないのよ！　米や麵、インスタントラーメン、冷凍肉はまだあるけど、野菜はもうないわ」

艾丁はショックで茫然とした。この時、彼はまだ、妻の描写する状況が全国各地で次々と起こる日常になるとわかっていなかった。

武漢が都市封鎖《ロックダウン》される二十日余り前、長い歴史を持つ春節大移動がまさにピークを迎えていた。五百万人以上の市民が、巣から湧き出る蜂のように、南北東西へと扇を広げるように、飛び立っていた。湖北のそのほかの都市の網からすり抜けた魚は、さらに数えきれないほどいるだろう。

中央の最高レベルの感染対策特別専門家チームのリーダーである鍾南山《チオンナンシャン》が、一月二十日に公表した「人から人へ感染する」という情報に基づけば、ウイルスを保有しているかもしれない人たちが少なくとも五百万人以上、検査も診断もされず、隔離もされずに、武漢の外をうろうろしているということになる。

今日は元気で発熱や咳がなくとも、数十万人を数える人が明日には突然倒れて、痙攣をおこし、道端や建物の隅、室内や橋の下や屋外で、訳も分からないまま、誰にも名も姓も知られぬまま死んでしまうかもしれない。

　彼らはもちろん身分証を携帯しているだろうが、誰も倒れている彼らの体をひっくり返して身元を確かめようとはしないだろう。目撃者はただ跳びあがって遠くに逃げて、110番（警察）と120番（救急車）に電話するくらいだ。110番と120番は、昼夜超過勤務の葬儀会館に急いで車を手配するように申し送り、遺体運搬車は直接火葬場にいって遺体を焼却する――正規のプロセスに従えば、病院に並び、番号札をとって、検査をし、診断を確定し、入院し、死去し、火葬され、登録され、偉大なる祖国が正式に認可する死亡者リストに入り、いわゆる「得難い幸運と哀悼の栄誉」にあずかれる。当然、これには一般的ではない人脈や社会的地位が必要ではあるが。

　訃報は頻繁に聞こえてきて、自宅軟禁状態の武漢市民たちは遅れまいと先を争うように、微信や微博に自撮り動画をアップした。凶暴な感染症の蔓延のおかげで、警官が自宅まで訓戒を与えたり拘束したりしに来る心配がないからだった。しかし、ネット警察は投稿を削除し、警告し、アカウント凍結に威力を発揮し、削除されたら投稿し、投稿されたら削除し、というイタチごっこが永遠に続いている。

　一方で目ざとい転載者たちは、削除の間に合わないうちに文字や動画をグレートファイヤーウォールの外側へと持ち出す。

　ある投稿動画では、九十代の老人が、どうやってか四階の窓から這い出て、防護柵の隙間から顔を出して明るい陽射しに向かって泣いていた。彼の息子と嫁は早々に〝疑似感染〟となり、二度病院に送られたが〝確診〟には至らず、在宅隔離するしかなかった。一家七人全員が〝疑似感染〟となり、ただ櫛の歯のように並んで死を待つしかない。老人は自分だけ長生きするのは間違いだと感じたのだった。だから飛び降りるつもりで……。

別の投稿には、六歳の子供について書かれていた。両親とも外地に出稼ぎに行っており、ロックダウンのため家に戻れず、七十歳を超えた祖父と二人っきりで取り残されていた。ある日の深夜、その子が目覚めると、そばに寝ているはずの祖父がいない。トイレに行ってみると、祖父はそこで眠っていた。突然の心筋梗塞《しんきんこうそく》で永遠の眠りについたのだ。六歳の子には祖父の体を動かすこともできず、しかし祖父が凍えるのも心配で、布団を引っ張ってきて祖父に着せ掛けるしかなかった。子供は家にそのままじっとして、ビスケットで飢えをしのいでいたところ、運よく隣人に発見されたという。

まだある。火葬場で死者の携帯電話を処分するのに、ある作業員が大きなシャベルを使っていた。少なくとも数百の携帯電話が地面の上に山積みになり、次から次へとシャベルで掬《すく》ってゴミ袋に入れるのだ。その袋の中で、うちの一つが突然、鳴り響いた。作業員はこうつぶやいた。「こういうときですら、寂しさは耐えがたいのか……」

ブルームバーグの調査と統計によれば、感染が発覚して二か月あまりのあいだに、中国の三大電信キャリアのチャイナモバイル、チャイナユニコム、チャイナテレコムの携帯電話の実名登録ユーザーのうち、それぞれ八百万人以上、七百八十万人以上、五百六十万人以上が失踪扱いとなった。この二千万人以上のユーザーは「身分証」で登録されており、その個人資料はすべて国家機密として一定期間保存され、その後、永遠に破棄されることになる。

「新型コロナウイルスは人の目に見えない。だから武漢人、湖北人が新型コロナウイルスとみなされる」艾丁は微信の友人たちとのグループチャットで、そう愚痴をこぼした。
彼は自分が飛行機の中で遭遇した出来事を簡単にまとめて投稿したのだが、十分ほどして、ネット警察に削除された。
怒りをおぼえたが、どうしようもなかった。起き上がり、洗面所で歯を磨こうとしたが、水が出ない。水道管を敲《たた》き、すべての蛇口や水栓をチェックしてみたが問題はなかった。そこで問い合わせに行こうとドアを開けたら、そこに「断水につきご理解ください」という張り紙があるのが目に飛び込んできた。

住民のみなさまへ
目下の新型コロナ肺炎蔓延の情勢において、公衆とあなたの健康を守るため、湖北籍住民の水道利用を一時停止いたします。すべての湖北籍者、あるいは湖北籍者との接触者で当社区に来られた方は、この張り紙をご覧になり次第、社区工作ステーションにお越しいただき、登録の上、社区〝三位一体〟防疫指揮部にて健康診断を受けていただければ、水道利用サービスを回復します。みなさま相互に伝えあってください。これによりみなさまにおかけするご不便をご了承くださいませ。

長沙市岳麓区鑽石嶺街道弁事処党委員会
二〇二〇年一月三十一日

艾丁はため息をつき、身分証をもって党委員会が指定する場所へと登録に行った。思いがけず、空はすでに暗く、ステーションは閉まっていた。街のすべての店舗は閉店しており、彼は付近の小さなスーパーでペットボトル入りの水とパンを買い、何とか一晩間に合わせるつもりだった。

　この時、ベルリンの老王から電話が来た。スマートフォンを開くと、遠く離れた場所にいる二人のビデオチャットがはじまった。

「ついに落ち着く場所があったか！　よかった、よかった。作家の荘子帰がお前に会いたがっていたぞ」

「僕の微信を追加してください。彼ともビデオチャットしますよ」

「あいつは微信をつかっていない」

「国内外の中国人で微信を使わない人なんていませんよ、民主化運動家だって使っているのに」

「老荘に言わせれば、新浪《シンラン》、捜狐《ソーフー》、テンセント、アリババ、マイクロソフト、ヤフー、全部が国内の仕掛けか、あるいは国内の仕掛けに関連するものだから安全じゃないそうだ」

「そんなこそこそするなんて、どんな秘密があるというんですか？」

「さてね」

「なら僕のEメールアドレスを彼に伝えてください。一つは163メール、一つは新浪メールですが」

「それも国内のメールサーバーじゃないか。あいつはうんと言わんよ」

「ホットメールは？」

「ダメだな。家に固定電話はないのか？　おまえに電話するよう言うよ」

　ビデオチャットを切ってすぐ、固定電話がなった。老荘からだった。

荘子帰は開口一番訊いてきた。「スカイプはあるか?」

艾丁は躊躇しながら答えた。「ありますよ、ほとんど使っていないけれど。ちょっと使い勝手がわるいんで」

「なぜ?」

「今は、国内では直接使えないんです。グレートファイヤーウォールを越えるためのソフトを探さないと」

「じゃあ、探すんだ。待っているから」

「電話では話せないんですか?」

「話せない」

荘子帰が電話を切ると、艾丁は悶々とした気分になった。老荘と酒を飲んだ時、この古だぬきが国境を越えて逃げ出したときの話を聞いたことがあった。当時、老荘は四つのトランプほどの大きさのモトローラの原始的な携帯電話を持っていた。一つは公開のもので、警察に盗聴されることを前提にしたもの。残りの二つはそれぞれ、黒社会と海外の人権活動家につながる専用電話。そしてもう一つは予備だといった。

艾丁は指示に従ってノートパソコンをいじりまわし、ついにスカイプでビデオ通話できるようになった。彼は苦笑いしながら「老荘、こんな回りくどいことをして、何を教えたかったんですか?」と荘子帰に尋ねた。

「国内のネットと電話はすべて監視対象だ。おそらく南極であろうと北極であろうと、〝メイド・イン・チャイナ〟を使うだけで、監視範囲内にはいってしまう」

「でも、僕らは国家を転覆するといったことは何も話してないじゃないですか」

「そうとはいいきれない。何事もないならそれでいいが、いったん事件が起きれば、ネット上ではどんなこともすべて罪の証拠になるんだ。秋雨《しゅうう》聖約教会事件を知っているだろう？　二〇一八年十二月九日の夕方、成都警察がいくつもの場所で同時に、二百人以上の家庭教会メンバーを一斉逮捕した事件だ。微信のチャットグループの監視と追跡によって、場所が特定されたんだ。主任の王怡牧師は懲役九年の判決を受けたよ」

「王怡牧師と私にどんな関係が？　僕はキリスト教徒じゃありませんよ」

「あんたは蝙蝠にとても興味があるだろう。蝙蝠とＰ４は切ってもきれない関係だ。なんでこんな時に帰国したんだ？　一体何をするつもりなんだ？」

「なにもしませんよ」

「あんたは歴史学者だ。そしてそういう性格だろう、何もしないでおれるものか。下手をすれば王怡よりもひどい目にあうかもしれない。あんたは微信や微博やそのほか国内のインターネットプラットフォームを利用してるだろ。武漢のウイルス漏洩が意図的か意図的でないかの議論はとても敏感な話なんだ……」

　艾丁は頭皮がしびれるような感覚に襲われた。荘子帰は続けていった。「おれが調べたところ、微信のチャットで武漢ウイルス研究所の副主任の石正麗《シージョンリー》に質問したといわれる武小華《ウーシャオホワ》という人物、これはおそらく仮名だろうが、石正麗自身は彼が誰だかわかっているみたいだった。だからあえて正面から答えなかったんだ。あんたは本名で微信のアカウントを登録していて、武漢ウイルス研究所などのオフィシャルサイトにある肯定的な情報を比較的多く引用してる。いわゆる〝他山の石を以て、玉を攻《おさ》むべし〟だ。これはあんたの賢明さだが、共産党はそういうあんたの攻其不備《こうそふび》（相手の不備や欠点をつくこと）の賢明さを憎むんだよ。

石正麗が言わんとしていたのは、今回の件の一切すべては『野生動物を食べる』ことから始まっているということだった。だが、そんなこと常識的におかしいじゃないか。嘘をつくなら、まず証拠を跡形もなく消し去って、自分の尻を綺麗にしてからにしろと言いたいね。

　オフィシャルサイトを見れば堂々公然と証拠があるも同然なんだ。〝免疫〟〝防疫〟〝人類の健康〟といったお題目で、千山万水を駆け巡り、蝙蝠の標本を採集し、さらに千辛万苦の末に毒《ウイルス》をもって毒《ウイルス》を制する方策を研究する。成功もあったろう、興奮するようなこともあっただろう。論文を発表し、成果を報告し、あれこれ賞も獲った。……だが特効薬は？　特効薬がない強烈なウイルスが漏洩したら、それはチェルノブイリの放射能漏れと同じじゃないか……」

　いつの間にか夜は更けて、すべてが寝静まっていた。しかし彼らが会話を終えようとしたとき、突然、激しくドアをノックする音がした。艾丁はすぐにパソコンを閉じ、跳びあがった。ドアに向かって誰何《すいか》した。すると防疫指揮部だとの答えが返ってきた。なんの用ですか、と問うと、「あなたとその他の人たちの生命の安全を守るため、来歴不明の湖北人であるあなたを強制隔離することが決定しました」と言う。「二週間、体温が正常で、息切れや咳がないことが判明してから外に出ても、遅くはないでしょう」

　艾丁は仰天し、急いでドアを開けて弁解しようとしたが、ドアは外からチェーンがかけられていた。彼はドアを引っ張り、その隙間から「理不尽じゃないか！」と、檻の中のライオンの咆哮のような怒鳴り声で訴えた。

　ドアの外にいる者たちは兎の群れのように四方に跳びのいて、「すぐに口を閉じてくれ！　飛沫感染するじゃないか！　ウイルスに道理は通じないんだぞ！」と叫んだ。

　艾丁は怒りで体をガタガタ震わせた。ドアは再び外側から強く引っ張り返され、しっかり閉じられた。続いてドンドンと音が響く。ドアの上から、木の板が縦横何重にも釘で打ち付けられたようだった。

「湖北人よ、よく聞いてください。しばらく静かにして騒がないこと」外から慰めるような声が聞こえてきた。「なにか飲み食いするものが欲しければ、紙に書いて人民元と一緒にドアの隙間から差し出してください。もちろんウィーチャットペイで支払ってもいい。防疫指揮部のQRコードが公開されているから、それで支払えます。我々はあなたの代わりに買い物をし、買った物を台所の天窓から吊り下ろしましょう。ご協力に感謝します！」

「水道が止められているんだ」

「すでに開栓しました」

彼は踵《きびす》を返して、妻に微信を送った。だが怒りは収まらなかった。「国家全体が監獄なんだ、どこで隔離されても同じというわけではないだろう？」家に帰りたいよ、と訴えると、妻も嘆息混じりに返信した。

「こっちの家で起きてることだって一言で言いつくせないわよ！　お義父さんは九十を過ぎているでしょう、たぶん感染状況が落ち着くまではもたないわ」

彼は茫然と頭を抱えて、必死で怒りをこらえた。気持ちを切り替えようと、ベルリンの荘子帰をスカイプでふたたび呼び出した。老荘の禿げ頭が画面に浮かんだ。彼がニタニタとしていたので、怒りが脳天を突き抜けた。老荘は、

「あんたのところに酒はあるか？　まず一杯やろうぜ。それからゆっくり話そう」

続いて、万里離れた各々が杯を挙げた。「おれは赤ワインだ。中国の白酒《パイチュウ》はこっちじゃ非常に高価なんで、ありつけなくてな」と老荘。

艾丁はすぐに食器棚にある白酒〈湘江大麴〉を一瓶取り出して、コップに注ぐと一気に飲み下した。老荘がたしなめるように言う、「そんな風に飲むもんじゃない。酒は自分を麻痺させるために飲むんじゃなくて、情緒を安定させるために飲むもんだ。生きてりゃ、気分が昂揚するときも落ち込むときもあるさ。落ち込んだときは何口か飲んで落ちついて、流れにそって正しいことをするんだ」

「僕はどうすればいいんです？」

「なにがうまくいってない？　ドアが封鎖されただけだろう。投獄されたわけじゃない。もしほんとに逃げだしたいなら、窓から出りゃいい。あんたは犯罪を犯したわけじゃないんだから」

「家があっても戻れないんです。行くところもない。たとえ行っても、路上で捕まり隔離される。これが、くそったれの祖国なんですよ！」

「あんたはドイツから帰国し、来歴もはっきりしていて、武漢のウイルスとは無関係だ」

「僕は湖北人で、家は武漢にあります」

「それがどうした？」

「今では、湖北人というだけで、ナチスドイツのユダヤ人みたいな扱いです。僕はすでに二度、SSによって隔離されましたよ」

荘子帰は沈黙した。二人はビデオを隔てて苦い酒を飲んだ。艾丁は胃腸がかき回されるような感覚に襲われ、パンを口に押し込んだ。悲しみがこみ上げ、思わず蕭然として涙をこぼした。老荘は言葉が見つからず、傍らの引き出しから簫《しょう》を取り出し、かすかな音色で一曲、南宋の作曲家・姜白石《きょうはくせき》の名曲『揚州慢・淮左名都』を吹いた。

……自胡馬窺江去後、廃池喬木、猶厭言兵。漸黄昏、清角吹寒。都在空城……

（金の軍勢が長江流域に攻め入ってのち、荒廃した庭園や大木ですら今なお、あの卑劣な戦争を語りたがらない。黄昏が近づくと凄涼たる角笛の音が、荒涼とした無人の城跡に響き渡るようだ）

これは千年近く前、異民族の大軍による侵略の騎馬に踏み荒らされ略奪された故郷に帰った昔の詩人の目前に広がった凄惨な風景を謡ったものだが、今の武漢ウイルスに虐げられた空っぽの街並みとなんと似ていることか！

しかし、今の国家、国民は、当時の文人よりもずっとレベルが低くて、冷淡で残忍だ。イエール大学のルネッサンス学者、康正果《カンジヨングオ》（在米華人）が親を訪ねて帰郷した折、二度逮捕されたことがあった。そののち彼は、唐末の詩人、韋荘《いそう》の詩、「未老莫還郷、還郷須断腸（老いてなければ故郷に帰りたいとは思いはしないし、故郷に帰ったならば必ず断腸の思いをするだろう）」をもじって、「出国莫還郷、還郷須断腸（出国すれば郷に帰りたいとは思わないし、郷に帰れば必ず断腸の思いをする）」と詠んだ。これは海外留学生たちの間で一時よく暗誦されたものだった。誰もがそれぞれに同じような悲しみを感じていたのだ。荘子帰は何かを言いかけて、口をつぐんだ。ひとしきりして簫を置いて、慰めにこう言ってみた。「どこにいても同じというなら、あんたも作家の方方《フアンファン》をまねて、『都市封鎖日記』でも書いてみたらどうだ」

「それはいい考えです。しかし〝都市〟は大きすぎますね。そこまで目がいきとどかない。暇にまかせて、『在宅封鎖日記』を書いてみますよ」

　翌日目覚めたのは、昼近くだった。習慣的に窓をあけて、空気を入れ替えた。防疫巡邏《パトロール》隊が遠くに見えた。すぐにこちらへ棍棒を振り上げて叫びながら走ってきた。それで窓を閉めて、ふろに入り、飯を炊いた。本を読みながらうろうろした。キッチンからリビングへ、ベッドルームへとゆっくり一周すると二分かかった。それを三十回繰り返し、それから三十回腕立て伏せをした。そしてパソコンを開け、何を書こうかと考えをめぐらした。考えあぐねて、文学的創造的文章をこねくりまわすのではなく、実際にあったことを忠実に記録していこうと決めた。

第二章　フランス製のウイルス監獄

艾丁の在宅封鎖日記

　ガラス窓を通して外から日の光が屋内に差し込み、リビングの半分を明るく照らしていた。外の木々は葉が落ちて丸裸で、背の高いアパートが静まり返って佇んでいる。だが、おそらくあの一部屋一部屋に人がいるのだろう。

　私は艾丁。一九七〇年、戌年生まれ。故郷は湖北省の神農架山溝《しんのうかざんごう》。前世紀の九〇年代初め、武漢大学歴史学部に入学し、その後学士、修士、博士号を取得し、最終的には大学に残って教鞭をとった。二年前、自分から申請して、ドイツの某大学に交換学者として派遣された。春節を故郷で過ごすのは中国人の習い性だ。だから私は半年前に往復の格安航空券を押さえていた。思いがけず今年突然に情勢に変化があり、ここに落魄《らくはく》の身となっているわけだ。やむを得ず、亡命作家の荘子帰の提案にのって、日記を書いて時間をつぶすことにする。

　荘子帰はこう書いている、「帝国の政治犯作家として、私が九年前に迫られた選択は、亡命か、あるいは死（脳死も含め）だった。案の定、のちに国内に残った圧倒的多数の作家は、だいたい植物人間状態になった。今回の武漢の疫病について、方方だけは日記を書いているようだが……むろん、文章のうまい下手、内容の正しさや間違いはあるだろうが、日記はすべて記憶喪失の治療としては最上の方法だ。特に長い年月を経過し、また帝国で痛ましい記憶があまりにも多く、また人民と彼らの中の作家が植物状態（脳死を含む）に陥ったときには必要なのだ」

　私に作家の才能はない。だから、事実を一つ一つさかのぼっていこうと思う。ネットの上でデマと憶測と真相が雑多に混じり、騒がしく飛び交っている中で、この強力な殺傷力をもつ武漢ウイルスの前世と今生を整理していこうと思う。

　まず二〇〇三年のＳＡＲＳ大流行まで戻ってみる。中国ではＳＡＲＳのことを〝非典型肺炎〟と呼び、略称〝非典〟と言った。ＳＡＲＳを最初に発見したのはイタリアの医者、カルロ・ウルバニだった。二〇〇三年二月二十六日、ベトナム・ハノイにあるハノイフランス病院に収容中の中国広東省からやってきたインフルエンザ患者から発見されたのである。患者の呼吸は微弱で、生命の危機にあった。カルロ・ウルバニ医師はＸ線写真を繰り返し見比べ、長年の臨床経験をもって、陳強尼《ジョニー・チェン》という零号患者（発端症例患者）が、いまだかつて見たこともない新型の感染症の一種にかかっていると確定診断した。

　彼はジュネーブのＷＨＯに報告、これが強い感染力を備えたＳＡＲＳ——〝重症急性呼吸器《シヴィア・アキュート・レスピレイトリー・》症候群《シンドローム》〟——の一種であり、至急、感染拡大防止の準備をしっかりするように要請した。

　続いて彼は外交ルートを通じてベトナム衛生省の官僚と会って意見交換し、これによってベトナム政府にも注意を向けさせた。すぐに国境は封鎖、感染状況が発表され、全国民にむけた防疫体制が発動した。零号患者は即座に徹底検査を受け、中国からベトナムに入国した後の足取りが明らかにされた——零号患者の救護に当たった医療従事者七人だけが、緊急隔離の必要のあった感染者だった。ベトナムはついに四月八日、SARSの感染拡大を封じ込めた。零号患者発見から感染鎮静化まで、わずか六十三人の感染と五人の死亡にとどめたのだった。

しかし、SARS患者の治療に尽力したカルロ・ウルバニもまたSARSに斃《たお》れた。二〇〇三年三月二十九日、彼は飛行機でタイのバンコクに向かい、到着と同時に気分が悪くなり、自分を隔離するように要請。まもなく、治療のかいなくこの世を去った。

半月あまりのち、WHOはカルロ・ウルバニがこの変異したコロナウイルス感染症に名付けたSARSという名前を正式に採用すると発表、これをもって、この殉職者を讃えたのだった。

一方、中国でもSARSが同時期に猛威を振るっていたが、ほとんどの人がカルロ・ウルバニのことなど知らず、同じ社会主義国家のベトナムの防疫状況も知らなかった。中国政府は民衆に対し、自然と欺き騙すことがすでに習慣化していた。

二〇〇三年四月三日、国務院新聞弁公室の記者会見で、衛生部長（衛生相）の張文康《ジャンウエンカン》が記者の質問にこう答えている。「北京では十二例の非典（SARS）のうち、死亡は三例だけで、中国の非典はすでに有効に制御されています。……みなさんの中国への観光、ビジネス交渉のための出張を歓迎いたします。私が皆さんの安全を保証します。マスクをしてもしなくても安全です」

医療の最前線にいた軍医の蔣彦永《ジャンイエンヨン》は、テレビニュースでこの嘘の発言を知り、激怒した。というのも当時、301、302、309の軍病院三院だけで百人以上の感染者が収容され、九人が死亡していたからだ。彼はすぐにCCTVとフェニックス衛星テレビに告発のEメールを送りつけたが、なしのつぶてだった。そこで彼は米国の「TIME」誌と「ウォールストリートジャーナル」紙の取材を受けようと立ち上がった。良心的な記者たちは、彼に「あなたは実名を出さなくていいです」と言ったが、蔣彦永はこう返した。「実名がなければ信頼度がなくなる。私が話したことは全部真実なのだから、私がこの責任をすべて負います。憲法が私を守ってくれるでしょう。しかし、最悪の場合の覚悟もできています」

人が一生の間で一度だけ振るう勇気が、その名を歴史に刻むことになった。しばらく後、中国共産党中央は感染状況の真相を公表せざるを得なくなり、全人民への感染防止体制を発令した。

私たちはすべて覚えている。当時、高速道路のすべての出口に検問所と隔離室が設置され、酢と漢方薬の板藍根《ばんらんこん》が売り切れて在庫が空になった。広州では、白酢が感染防止の特効薬だといわれて、値段が一瓶千元にまで吊り上がった。

しかし、最後にはSARSは全面的に鎮静化した。当時の総書記の胡錦濤《こきんとう》はこう指示した。「いかなる者も、感染状況について、隠蔽したり嘘をついたりしてはならない」。その後、衛生部長の張文康と北京市長の孟学農《モンシュエノン》が免職処分となった。

だが十七年後の今はどうだ？　蔣彦永はすでに老い、その後継ともいえる内部告発者たる李《リー》文亮《ウェンリャン》は、微信の友人同士のグループチャットで情報を転載しただけで警察から訓戒処分を受けた。同様にデマを流したとして、八人の医師が罪を認めさせられ、口をつぐまざるを得なかった。もし、彼らが蔣彦永のようであったならばどうだったか。外国メディアの取材を受けていたら。そうすれば反革命集団事件にならなかったか。しかし今や、欺き、騙すのは、衛生部長ごときではなく、今上皇帝（習近平のこと）なのだ。

二〇〇三年のSARSは影も痕跡もなくなった。ベトナムに零号患者はいたが、中国にはいなかった。みなほとんど関心を持たなかった。結局のところSARSなど、一九四九年以来くり返し起きた政治運動がときに百万人、千万人の死者を出したことと比較すれば大したことではなかったのだ。比較的最近の一九八九年の天安門の悲劇でも、数千人が死んだのだから。

誰も予想だにしなかったのは、武漢ウイルス研究所のP４実験室がSARSと関係があるということだろう。十七年後、それは世界を変える新型コロナウイルスの揺籃の疑いがもたれることになった。

二〇一八年一月八日、中国科学ニュースサイトが長編のリポートを発表した。「中国科学院武漢ウイルス研究所P４実験室建設と研究チーム」というタイトルで、以前に発表した記事の再掲だった。

二〇〇三年二月、当時の中国科学院武漢ウイルス研究所所長の胡志紅《フージーホン》は突然、中国科学院副院長の陳竺《チエンジユウ》から電話で、武漢でのP４実験室建設任務の責任者となってくれまいか、との問い合わせを受けた。……その後の四月五日から十一日まで、後にウイルス研究所所長を継ぐ袁志明《ユエンジーミン》が陳竺のフランス訪問に随行、P４実験室のプロジェクト協力について、フランス側と交渉を進めた……世界トップレベルのリヨンのP４実験室は、実業家ジャン・メリュー一族によって運営されていたのが、のちに国立健康医学研究所に移譲されたものだ。……中国フランス双方の会談は実質的に進展した。その夜、駐フランス中国大使の王紹琪《ワンシャオチー》は袁志明を大使館の機密室にとどめて、一万字近い内部向けの実現可能性報告書を書かせ、国内に送ったのだった。

右で「……」となっているのは、ネット警察によって削除された部分だ。この一万字近いリポートは、江沢民《こうたくみん》の息子で、中国科学院副院長の江綿恒《こうめんこう》が審査、批准し、毛沢東時代から残る伝統に従い、内参（内部参考）向けに編集された。これは共産党中央政治局および健在な元老たちが回し読みする内部文書だ。認識が共有されたのちの五月二十八日に中国科学ネットニュースはこう報じた。

陳竺副院長は武漢でフランスのパスツール研究所のウイルス学者、ジャン＝クロード・マヌエグラとラルフ・アルトマイヤーと会見した。目下のＳＡＲＳウイルス研究状況と、ウイルス変異と発症機序などの問題について彼らフランスの専門家と討論を行い、双方ともに、人類が直面する新たな挑戦に立ち向かうための協力を強化したいとした。

これ以降は断片的な情報しかなかったが、二〇一九年十二月三十一日、第一財経ネットのニュースが次のように概括している。

このプロジェクトはフランスのリヨンのＰ４実験室のボックス・イン・ザ・ボックスのテ

ンプレートに従い、フランスの支援で建設された。ＳＡＲＳがアウトブレイクした二〇〇四年以降、ときのフランス大統領シラクの訪中時に調印され、二〇一五年初めに竣工し、引き渡され、二〇一八年初めに正式稼働した。およそ十五年の時間をまたいでおり……。
　中国とフランスが共同で建設した武漢Ｐ４実験室は、当代の最先進技術を代表するもので、他の先進国から大きな圧力を受けていた。このため、フランス・メリュー家の三代目当主のアラン・メリューはあらゆるフランス政財界のコネクションをすべて動員し、最終的にはフランスが中国に協力することを説得した。……Ｐ４実験室も、リヨンから武漢まで至る〝一帯一路〟のモデルとなった」

　Ｐ４は〈スーパーウイルス監獄〉と呼ばれ、聞くところによると十の防護扉が互いを制約するように設置され、一つの扉が完全に閉じないうちには、別の扉が動かないようになっており、さらに自動的に警報も鳴る。その牢獄にいるのは、地球上最も危険な〝凶悪犯〟だ。いったん脱獄を許すと、取り返しのつかない大惨事を引き起こす。

　しかし、たとえそうであっても、Ｐ４の建設に十五年もかかりはしないだろう。アラン・メリューはなぜ、自らの〝あらゆるフランス政財界のコネクション〟を動員してまで、必死にこの〝一帯一路〟モデル作品を完成させようとしたのか？

　二〇二〇年一月二十五日、フランス国際放送ラジオ《ラジオ・フランス・アンテルナショナル》（ＲＦＩ）が発表した「中仏武漢ウイルス実験室Ｐ４協力プロジェクトはなぜ議論を引きおこしたのか」というリポートがこのニュースの空白を補足している。

……中国側の要求は、かつてフランス政府とウイルス専門家のあいだに意見対立を引き起こしたことがあった。中国ウイルスセンターが突発的感染症と戦えることはたしかだが、中国がフランスの提供した技術で生物化学兵器を研究開発する可能性もあると、一部専門家が懸念したのだ。フランスのインテリジェンス部門は当時、政府に対して厳正な警告を発した。……しかし時のラファラン首相の支持のもと、中仏双方は二〇〇四年のシラク訪中時に協力協議に調印した。フランスは中国のＰ４ウイルスセンター建設に協力することになったが、協議規定では、北京はこの技術を攻撃性活動に利用することはできないとあった。この協議調印時に起こった議論に対し、ラファランはこう言っている。「両国政府首脳は協力協議に調印したが、しかしその後、行政部門にはあらゆる方法による妨害があった……フランス対外治安総局の指摘によれば、もともとはフランス・リヨンの建築設計会社ＲＴＶがこの実験室の建設プロジェクトを請け負うはずだったが、二〇〇五年に中国当局は武漢の現地設計会社のＩＰＰＲ（中元国際工程有限公司）に請け負わせることを選択した。フランス国家安全当局の調査によれば、ＩＰＰＲは中国解放軍の下属部門と密接な関係があり、早々に米国中央情報局《CIA》の監視対象となっていたという。こうした安全上の懸念にくわえ、協議の履行の遅延が度重なり、さらに二〇〇八年にフランスと中国の間で外交的危機がおきたこともあり、武漢Ｐ４ウイルスセンターは二〇一七年になってやっと正式運用することになった。この時、フランスのベルナール・カズヌーヴ首相は、実験室の開所式に出席し……。

〝スーパーウイルス監獄〟はついに完成した。それは中国とフランスの公式の友誼の高度な結晶であり、そこには自然界からやってきた最も凶悪な〝犯人たち〟が、標本として採集され、拘留されている。たしかに、ここでワクチンを研究開発できれば、人類に利益をもたらす。だが、万一……

フランスの後期印象派の画家ゴーギャンはかつて、「毒薬があっても、一方には解毒薬がある」と言った。その言外の意味は「解毒薬がないなら毒薬は作ってはならない」ということである。ならば、もし解毒薬が妄想症を患う独裁者の手にあり、地球全体をウイルスによってコントロールする監獄に変えようとしたらどうなるか。かつての暴君たち、ヒトラーやスターリン、毛沢東の夢想をついに実現できることになるだろう。彼らの後継者は全人類と動物の監獄長となるのだ。

＊

街灯がともり、窓の外の枯れ枝が風に揺れていた。いくばくかの雪がひらひらと舞っている。雪など長沙ではめったに見ることがない。艾丁はエアコンをつけたが、まだ寒気がしたので、布団にくるまって、ソファにもたれかかった。突然、外で大きな音がして、人が頭から落ちていくのが窓から見えた。驚いて跳び起きて、首を伸ばしてのぞき込む。しかし、さっき見かけたその人は公共の芝生の上に横たわり、痙攣を続けていた。むろん頭はスイカのように割れて、ピンク色の果肉が街灯の明かりの下で花咲くように広がっていた。

窓ガラスの防音効果はよく、一階にいた艾丁はただぼんやりと上からの悲鳴を聞くのみだった。しばらくして遺体運搬車が来て、死者は遺体袋に入れられた。雪は相変わらずひらひらと舞い、ポーランドの詩人ヴィスワヴァ・シンボルスカの詩にあるように、万物は「最初のように沈黙していた」。続く数日のうちに遺体運搬車は三、四度来たが、すべて昼間だった。
艾丁は少し怖気づいて、グラス一杯の酒を注いで、宋の詩人、李清照《りせいしょう》の詞集を一冊探し出し、自分を慰めるために読みだした。適当に「声声慢」のページを開くと、まさに彼のこの瞬間の心情にぴったりだった。

尋尋覓覓、（たずぬれど、もとむれど）
冷冷清清、（つめたく、すずしく）
凄凄惨惨戚戚。（さびしく、いたましく、かなしけれ）
乍暖還寒時候、（ふと暖かく、また寒く）
最難将息。（いとしのぎがたきときなれば）
三杯両盞淡酒、（みつき、ふたつきのうすざけにては）
怎敵他、暁来風急。（いかでかくれがたの風のはげしきにかなうべき）
雁過也、正傷心、（かりがねのわたるをみては、げにこころかなしきに）
却是旧時相識。（おもえばまたこれも、昔のなじみにぞありける）
……
守著窓兒、（窓のべにたちとどまりて）
独自怎生得黒……（ひとりのみいかでか夜のうばたまをまちわたるべき）（中田勇次郎訳）

艾丁は一人つぶやいた。「これのどこが李清照なんだ。どう見てもこの艾丁、おれのことじゃないか。古人はどんなことでも書ききってしまうんだな」

そして杯を飲み干すと、スカイプで荘子帰を呼び出した。

老荘はすぐに、万里の遠くから現れた。相変わらずニタニタとした禿げ頭である。艾丁は少し酔っていたので、こう叫んだ。「あなたの盃は？　酒は？」

老荘は「やっと昼を過ぎたばかりだ、酒を飲むにはちょっと早い」

「興ざめですね」

「わかった、わかった。今、酒をいっぱいに注いだよ。おい、そっちはたっぷりあるんだろうな」

「のんべえの岳父の酒棚です、当然十分ありますよ。何していました？」

「おれは『毛沢東の囚人』を読んでたんだ。求実出版社から一九八九年四月に出たやつだ。作者は中国とフランスのハーフで、鮑若望《バオルオワン》という。抗日戦争直前に生まれて、四か国語がわかるので米国人のために通訳をやっていたために、一九四九年までに大陸から逃亡するのに間に合わなかった。その後は共産党軍の鎮圧反革命分子運動の中で〝歴史反革命分子〟として弾圧されたんだよ。一九五七年に懲役十二年の判決をうけて、一九六四年に中国とフランスの国交樹立の際に恩赦になるまでフランスにもどれなかった。ちょっと出だしを読んでみようか――

『一九六四年十一月十三日金曜日の午後、一人の政治犯が中国深圳《しんせん》国境の検問所から釈放された。この一年、フランスと中華人民共和国は相互に正式に国家として承認しあい、中国政府の非常に寛大な特別な態度をもって、私は特赦されたのだった……』」

「思い出した、フランスは、西側の民主国家の中で最初に中共と国交を樹立したんでしたね」

「その通り。フランスには左翼の伝統があるんだ。哲学者のサルトルは毛沢東に拝謁しに、北京の天安門に行ったことがあるくらいだ。一九六六年から始まった文革では、多くの西洋人が中国に共鳴したし、一九六八年に学生運動が起きたときにも、赤い腕章をつけたデモ隊がデモをして、共産革命が流行した……。しかし、この『毛沢東の囚人』という本は西側でもベストセラーになったんだよ。これを読むと、中国独自の共産党独裁がどんなにふざけたものかが理屈立ってわかる。たとえばこういうくだりだ。

『洗脳の主な目的を簡単にいえば、別人の意志を服従させることだ。ひとたび服従の行動があれば、それを不本意な服従から熱烈誠意の服従に変え、最終的に熱狂的な服従にしていくのは難しいことではない。問題は当局の権威がどれほど大きいかということだ。その時、私はまだ、この権威の偏在する力に直接触れたことはなかった。しかし、まもなく知ることになった。そしていくらもたたないうちに、屈服した』」

「ありがとうございます、老荘。僕が悔しいのは、今に至るもフランス人が希望的観測によるミスを犯していることですね。僕はあなたの提案を受け入れて、『在宅封鎖日記』を書いているんです。違うアプローチで武漢ウイルスの起源の扉を探ってみたんですが、最初にぶち当たった単語が『Ｐ４』なんです。原産地、フランス・リヨン。思うんですが、もしフランス人たちがこの〝ウイルス監獄〟の建設協力協議の決定前に、あなたが今読み上げた本を少しでも読んでいたら、Ｐ４プロジェクトは継続していたでしょうか」

「これは一冊の本にすぎないよ。グローバル化する資本主義が一冊の本で中断されることはないだろう。中国が餓死させ、弾圧で、あるいは運動で死なせたのは億を超える人間だ。それはすべて記録され、西側でも出版されているが、何かを変えたかい？　一九八九年の天安門の大虐殺だって、あれほど西側の記者が現場にいて、あれほどの血まみれ場面を記録したというのに、数年もたたないうちに過去のことになってしまったじゃないか。中国の市場はあまりに大きく、あまりに安く、みんなが中国を必要としていたから……」

「ロシアも大きくて安いですよ」

「西側はプーチンに対して警戒しているからな。フランスはロシアがＰ４を建設したいといっても手伝わないだろうね」

「中国ならいいっていうんですか？　まさか習近平はプーチンほど独裁的でも危険でもないと？　実際は……」

「実際は、このくそったれなウイルスについては言わぬが花だということだ。もう少し読んでやろうか。

『私は尋問センターで十五か月の間、拘留され、その間に米の飯を食べたのは一度だけ。肉は見たこともなかった。逮捕されて六か月後に、私は完全に腹を下してしまった。関節は板の寝床に当たるだけで激しく痛んだ。これはよくある症状だった。私の臀部は老婦人の乳房のように皺がよってたるんだ。視力もぼんやりし、注意力が散漫になった。ビタミン欠乏症で足の指の爪が爪切りなしで折れるまでになった。皮膚は一こすりするだけで、ぼろぼろと乾いた皮が一塊も落ちた。髪の毛は抜け始めた。ひとことでいえば苦痛の極みだった。……私たちの身も心もすべて食べ物に執着していた。いわば私たちは正気を失ってしまったのだ。私たちは食べ物のためならなんでもすると思うようになった。この時こそ、尋問に最も適したタイミングなのだ……』」

第三章　誰が蝙蝠を食べるのか？

艾丁の在宅封鎖日記

死人の数は数えきれないほどだった。ほとんどが病院への搬送に間に合わなかった。病院に送られた患者も、満床の病院の通路に斜めに傾《かし》げて横たえられるだけで、それでも横たえられるだけ運のいい方だった。医療従事者たちも感染を恐れていた。ある動画では、武漢のある病院で看護師が崩れおちるように泣きながら胸を敲き、うずくまっていた。別の看護師が彼女を抱くようにして、自分も震えながら泣いていた。

事務室の机の前には彼女らの当直班長が、電話に向かって声をふり絞って叫んでいた。「何もかもない！　三日三晩、防護服を着たきりで、脱げないんだ。脱いだらもう着られない。縫い目がほころびてしまっているんだよ。雨がっぱを防護服替わりに使っている者もいるくらいで……。どうしろというんだ、検査薬キットは使い終わっている。どうやって診断を確定して、処置をしろと？　無駄口をいってないで、早く物資を送ってこい、でなければ、交代要員をよこしてくれ……」

ネットで最も炎上したのは、〝陸文〟の署名で書かれた『ある葬儀屋の独白』という文章だった。こんな内容だ。

　二〇二〇年一月十日以降、火葬場では告別式や追悼式は開かれていない。僧侶や道士も死者に経を読んだり法事を行ったりしていない。葬列は見かけなくなった。新型コロナ肺炎への懸念から、上層部はこうした活動の停止を命じている。……霊柩車から遺体を下ろすと、火葬場の炉の扉の外に適当に積む。一息つく暇もなく火葬担当者に引き渡すから、火葬担当の従業員が死者の姓名や身分証番号を記録したり、遺品や小銭やスマートフォン類を整理したりするのを手伝う余裕も当然ない。ある日、私たちは四台の車両から百二十七体の遺体を運び出した、火葬場はフル回転で稼働して百十六体まで焼くも十一体が残り、翌日の火葬に回された。遺体袋も不足している。……休息をとっているとき、河濱路三元小区の住宅区で二体、さらに四味公寓《アパート》のあたりで三体の遺体が引き取りを待っていると知らされた。もう少し電話を待って、遺体の引き取り依頼が八体になってから私たちは出かけたのだが、途中で取った電話で、河辺の翠葉社区でもう一体遺体が出たと告げられ、来た道をもう一度戻ることになった。そのころは河に人が飛び込むことが日常的にあった。水は浅いため遺体は川下に流れず、堤防の端に引っかかって沈んだり浮いたりしていたので、派出所が私たちを、遺体をもっていかせるために呼んだのだ……。

　表面上は空っぽの武漢三鎮だが、舞台裏は鍋の中の粥のように乱れていた。檻の中に閉じ込められた九百万人の囚人は、みなインターネット上に集まって、そのストレスを発散した。「なぜこんなふうになった？」群衆は怒りを爆発させた。「いったい誰が責任を負うべきか？」

真っ先に矛先が向いたのは武漢市長の周先旺だった。このウイルスの猛威を早くに知っていながら、なぜ隠蔽したのか。老周は一月二十七日にCCTVのインタビューを受け、責任を逃れようとした。「地方政府として、私が知り得た情報は承認を得てからでないと公開できなかったのだ。この点について、当時はほとんど理解してもらえなかった……のちに、特に一月二十日に国務院が常務会議を開いて……地方政府に責任を負うよう要請した後は、我々もだいぶ主体的に任務に当たれるようになった……」

　これはつまり、私たちは感染状況を朝廷に上奏したが、最高指導部からの指示をえられず、あえて情報公開しませんでした、ということだろう。一月二十日に今上皇帝の玉音を賜ってのち、ようやく「我々もだいぶ主体的に任務に当たれるようになった」というわけだ。言外にいっているのは、「責任は皇帝に」ということだった。

　こういうのを、兎が急に人を咬《か》む、という。この先、自分に罪を着せられないよう、スケープゴートにされないよう、トップ一人に罪を押し付けて、世の不満をなだめようとしたわけだ。

　彼のこの一言で、多くの人たちの怒りの矛先は自然と皇帝に向かった。あえて怒りを言葉にせずとも、朝廷の内輪揉めの噂が満ち潮のようにざわざわと流れてきた。清華《せいか》大学教授の許《きょ》章潤《しょうじゅん》の習近平討伐の檄文「憤怒の人民にもはや恐れるものはない」は、ネット空間で猛烈に転載され、ネット警察の削除が追いつかなかった。微信、微博の数十万のアカウントを封鎖しても間に合わなかった。続いて、公民権活動家の許志永《きょしえい》博士が皇帝に向けた「引退勧告書」をネットにアップすると、さらに炎上した。

　ついには皇帝が〝新型コロナ感染確診〟してベッドに寝ているという〝ニュース写真〟まで出現した。キャプションにはこうあった「クソったれはまだ『罪己詔《ざいきのしょう》（古代帝王が政策変更を行う際にだす自己の罪を認める詔書）』をだしていないのか、古代帝王のやり方をまねすることもできないのか？」

この一件以来、皇帝も落ち着いてはいられず、許章潤と許志永の逮捕命令を出した。また、最高指導部からの指示は早々に何度も出されていたと言い始めた。たとえば「一月七日には中央政治局会議を招集し、新型コロナ肺炎の防疫コントロール工作について要請を出した」とか。一体どんな要請であったのか彼は説明していないし、誰が調べてもわからない。

しかし、皇帝が元旦のあいさつで次のような発言をしたことは調べればわかるだろう。

「二〇二〇年は一里塚の意義ある一年だ。全面的な小康社会（そこそこゆとりある社会の意）を建設し、第一の百年奮闘目標を実現する。二〇二〇年は脱貧困の断固たる決戦決勝の一年でもある。脱貧困の断固たる戦いに必ず勝利し、予定期限どおりに現行基準以下の農村貧困人口全員を貧困から脱出させ、貧困県という、その汚名のレッテルをすべて取り払うのだ」

皇帝の元旦のあいさつは武漢ウイルスにかすりもしていないが、ウイルスの最初の集結地、つまり華南海鮮市場は元旦には閉鎖されていた。武漢中心医院の眼科医・李文亮は、皇帝のあいさつのあった翌日の午前一時半に、市の衛生健康委員会から呼び出され、「武漢でＳＡＲＳコロナウイルス肺炎がアウトブレイクした」というデマの詳細について聞かれていた。そのまま夜があけて、出勤すると病院の監察科から面談の呼び出しがあり、「事実でない情報を外部に伝えたことへの反省と自己批判」を書かされた。三日には警察から呼び出されて、「訓戒書」に署名させられた。――こうしたデマを流した医者たちはあわせて八人、いやもっといるだろう。ＣＣＴＶに名前を公開されて警告されていないだけで。

彼らは命に係わる真相を微信のグループチャットを通じて同業者や親族、友人らに転送した以外のことはしていない――というのも十二月十五日、すでに武漢中心医院では一人の〝原因不明の肺炎〟患者を収容して治療しており、その半月後に二十七人に増え、さらに四日たつと五十九人に増えて、いずれも華南海鮮市場周辺と密接にかかわっていた。

十七年ぶりにSARSが捲土重来したというデマは、二〇二〇年元旦に華南海鮮市場が閉鎖されたこと、および皇帝の〝一里塚の意義〟という新年のあいさつとともに、この街の大通りから路地裏まで、一人から十人に、十人から百人に伝わり、ついには道行く人々全員が知るようになった。だが、誰も自分が〝デマを伝えた〟とは認めなかった。デマを伝えることは犯罪だから、いったん通報されれば警察に逮捕されてしまう。国内ネットメディアによれば、二〇一九年十二月三十日夜、中国疾病予防控制中心《コントロールセンター》主任の高福《ガオフー》は、SARS後に設立された全国の病院をカバーする感染症ネットワーク直接報告システムを通じて、偶然に「緊急通知」を見つけた。

上層部からの緊急通知によると、当市の華南海鮮市場で相次いで原因不明の肺炎患者が発生している。しっかり対応するために、各部署は大至急この一週間に診療した類似の特徴を持つ原因不明の肺炎患者の統計を調べ、本日午後四時前に公章印を捺印済みの統計表を市衛生健康委員会医政管理処に送致すること。

高福は驚き、急ぎ電話を入れて、これが間違いない事実と確認をすると、すぐさま国務院に報告した。翌日午前には最初の感染症専門家チームが武漢に派遣された。しかし最終的結論は、「明らかな人から人への感染現象は見つからず、医療従事者の感染も発生していない」というもので、つまり「予防、コントロール可能」というものだった。

こうしてみると、教育レベルの低い皇帝は専門家たちから嘘の戦況を報告されて愚弄されたのであり、自分自身も一月七日の会議の時にどのような指示をしたかも覚えていないということである。まずかったのは、本来やるべきことと相反する指示を出したことだった。――この二週間のち、武漢は省の人民代表大会と政治協商会議を開き、大勢の人々が参加する迎春の大宴会「万家宴」を開いてしまう。さらに伝統的な春節大移動がピークを迎え、五百万人以上の出稼ぎ者が年越しのために帰省した……。

まさに世も末と言える狂気。まるで底なしの深淵に向かう高速列車だ。一月二十日になって、SARS対策の指揮を執った権威、鍾南山が「人から人に感染する」という一言を発して、ようやく急ブレーキがかけられ、たちまち誰もがショック状態に陥った。都市は封鎖されたが、時すでに遅しであった。

現在、華南海鮮市場は武漢肺炎の発生地と認定されている。当局の記録でも、最初の数名の患者はすべてここの商店か顧客だ。市場には野生動物を売っているエリアがあり、聞くところによるとハクビシン、センザンコウ、サル、シカ、野ウサギなどが売られていた。新型コロナウイルスのもともとの媒介動物である蝙蝠もその中にまじっていたという。

無論のこと、武漢人たちは責任の所在を追い求めたが、それは「武漢人には野生動物を好んで食べる悪い習慣がある！」という結論に行きついてしまった。ついには〝蝙蝠のスープ〟というフェイク広告の動画まで時勢に乗じて作られて、インターネット上で流布した。その動画はこんなものだった――皇帝の宮殿の薬膳厨房で、古琴の音が嫋々《じょうじょう》と天井に響きわたるなか、古代の衣装を着た美女が小さなスープの壺の中から、箸で一匹の蝙蝠の骨をつまみあげて口の中に運び、味わってかみ砕いている。そこにテロップで、「『黄帝内経』曰く、このスープには養顔（美容）、潤肺（肺を潤し咳を止める）、滋陰（体液を補う）、補陽（陽の気を補う）、延年益寿（寿命を延ばす）などの素晴らしい効果があるという……」。

こうした捏造は他にもあり、いずれも悪質な行為である。同じころ武漢では毎日たくさんの人々が死にかけていたのだから。当局は数百人もの死者数を発表する一方で事実を隠蔽し、人々に目隠しをしていた。こうしたすべてが武漢人の食習慣のせいだというのか。これも二〇〇三年の「広東人がハクビシンを食べてSARSにかかった」という古い話のくりかえしだ。P4実験室のコウモリ女《バットウーマン》・石正麗までが、身を挺して、微信を通じて正しい見解を訴えた。

> 転載歓迎。二〇一九年の新型コロナ肺炎は、大自然が人類の非文明的生活習慣に下した懲罰である。私、石正麗が命を懸けて保証する。実験室は全く関係ない。不良メディアのデマを信じ、拡散する人たちに助言して差し上げる。インドの学者の信頼できない〝学術的分析〟なるものを信じる人は、臭い口をつぐむべし。ついでにメンツ丸つぶれの情報も添えての転載を乞う。インド人学者はすでにこのプレプリント論文を撤回しているのである。

噂はもともと信用のおけるものではないが、石正麗のようなハイレベルの専門家が噂を真に受けて、それを根拠に自らの潔白を証明し、口をつぐめと忠告するなどというのは、今上皇帝にも劣らぬ横暴ではないか？　いわんや彼女は皇帝ですらない。だから、華南海鮮市場をよく知る住民たちはみな、武漢にはもともと蝙蝠などおらず、たとえ外地から持ち込まれたとしても蝙蝠は眺めるものであって、あえて食べようとする人などいないと証言した。蝙蝠以外の野《イエ》味（中華式）にしても価格がやたら高く、大多数の武漢人は食べることなどできない——もっとも、インド人の学者が武漢ウイルスの起源に関する論文を『ランセット』から撤回したことと、この件はまったく関係ない。

私はさきほど、国内で話題となった動画を見つけた。背景ははっきりしないが、そこに映る人物は普通話《マンダリン》を話していて、武漢の訛がある。以下が私による書き起こしである。

私は中華思想大会主席の向前静《シャンチエンジン》という。名前は「安静」の「静」と書く。きょうは武漢新型コロナウイルスの起源が自然の変異なのか、それとも実験室の人工製造物なのかを話そうと思う。

国際医学雑誌『ランセット』で、武漢の最初の感染確定診断者は、その実、華南海鮮市場に接触したことはなかったことが明らかにされている。一月二十七日、関連の科学雑誌も次のようなニュースを報じている——タイトルは『武漢海鮮市場はおそらく新型ウイルスのパンデミックの起源ではない』。北京化工大学教授の童貽剛《トンイーガン》が確認したところによれば、海鮮市場はウイルスの集散地に過ぎず、ウイルスが野生動物から人類社会に至った最初のステージとはいいがたい、という。

ウイルスの本当の起源は野生動物なのか？　たとえば蝙蝠のような？　この惑星のどれほどの国家で、どれほどの僻地で、どれほどの人々が毎日野生動物を食しているか、私たちにどうして知り得よう？　人類が動物の馴化を会得する前に、みんなが食べていた肉類は、すべて野生動物ではなかったか？　インドネシアにトモホンという市場があるが、そこは蝙蝠、ネズミ、ニシキヘビなどの野生動物が売られていることで有名で、多くの観光客に人気だ。中国の観光客などは「恐怖市場」と呼んでいる。もし、ウイルスが野生動物起源であれば、現地政府はどうしてそこを封鎖しないのか。これはごくふつうの常識的な疑問である。

今に至るまで、専門家は蝙蝠から直接人に病を発症させる証拠を見つけていない。だとすると、誰がみんなの視線を誤誘導してきたのか？

間違った方向に誘導する目的が隠蔽だとすると、何を隠蔽しようというのか……古い諺にこうある。「天の作《な》せる孽《わざわ》いは猶恕《ゆる》す可《べ》し、自ら作せる孽いは活《い》きる可からず」（天災は仕方ないが、人が自ら作る禍では生き残れないの意）」。だから、みんな蝙蝠やその他の野生動物に罪を擦りつけるのはもうやめよう……。

一月二十四日、武漢の金銀潭医院の副院長黄朝林《ホワンヂャオリン》ら三十人の医師チームが書いた論文が『ランセット』に発表され、上述の説を間接的に証明した。文中にある最初の〝感染確定診断感染者〟は七十代の患者で、発症したのは十二月一日。「老年性認知症のため、ほとんど家からでていなかった」とされ、家族によれば、「華南海鮮市場にもいったことがない」という。さらに、金銀潭医院に収容された三人の患者も同様の症状で、かつ華南海鮮市場と無関係だった。

零号感染者が登場した時間について、多くのひとが追及し、さかのぼった結果、実証はされていないものの、十一月十七日に五十五歳の男性の感染が確認され、すでに死亡しているという噂にたどりついた。さらに別の噂では、零号感染者は武漢ウイルス研究所の在籍者で、名は黄雅玲《ホワンヤーリン》、ウイルス漏れ事故により感染して死亡したが、処理が不適切であり、火葬場で火葬されたときに葬儀会社の従業員が感染した、とされた。この件については、ウイルス研究所は噂を否定する声明を発表、P4実験室の責任者である石正麗は取材に応じてこう発言していた。
「私たちの研究所では誰一人ウイルスに感染したことはない。ゼロ感染です」

都市封鎖が始まって以来、武漢の民衆は誰もがネット上の責任追及に続々と参加し、ついにはクライマックスを迎えた。さきほどみたように、責任追及の波は武漢市長の周先旺から今上皇帝へ、そして武漢衛生健康委員会、最初の感染症専門家チーム、華南海鮮市場、蝙蝠、自然あるいは人工のウイルス、ウイルス研究所、P4、石正麗にまで至った。

ウィキペディア中国語版によれば、石正麗の主要な科学的貢献は、「蝙蝠の中にアデノウイルス、ドーナツウイルスなど新たなウイルスを発見、鑑定したこと、さらに蝙蝠は多種多様なウイルスの自然宿主であることを証明したこと……そしてかつてコロナウイルスが人に感染しうるという研究に参与したことがあったこと……」だという。

もっと先鋭的であったのは、武小華の署名で書かれた深く明瞭な問題提起の文章だった。明晰な思考をうかがわせるこの文章は、感染症に関する参考文献とすべきだろう。以下が全文である。

まず説明すべきは、私自身が、博士課程とその後の一時期、実験室で通常の薬物実験、ワクチン開発などの基礎作業に従事しており、生物実験室の仕事や生物学の基礎に精通しているということである。これを踏まえ、一基礎科学研究者の良心から、私は石正麗に対して微信で以下のように非常な怒りを表明した。

数万人の感染、幾万の家庭の離散と破壊、数百の人命が失われるのを目の当たりにしつつ、石研究員は公然と嘘を言って終わりにしようとした。さらには一部の不幸な人々を「自業自得だ」とののしった。あなた方の非文明的食習慣のバチが当たったのだと。だが私はお聞きしたい。感染した人々は本当に蝙蝠を食べたのか？

ばかばかしい。科学者に向かって「口をつぐめ」というのは、あなたがすでに一人の科学研究従事者として最も基本的な要素を失っているということだ。つまり実事求是である。そして一人の科学研究従事者としての社会における最低ライン、つまり人間性だ。

あなたがこの種の話をしたとき、私は本気であなたに怒り、かみついてきた。私も公開の場であなたの嘘を暴こう。赤裸々な嘘を。

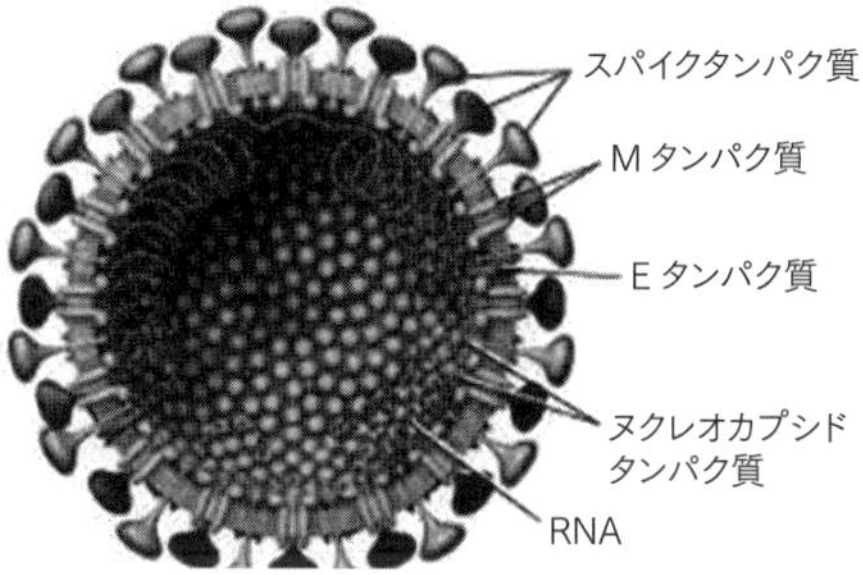

蝙蝠から人へ新型コロナウイルスが感染するというのは、どういう変異によるものか

この図はSARSウイルスの模式図だが、この表面の美しい紫色のキノコのような突起がみえるだろうか？　メモしておいてほしい、これはスパイクグリコールプロテイン、簡単にいえばSタンパクという。このタンパクが非常に重要で、これはつまり一種の鍵であり、人に感染するかしないかはこれによる。

蝙蝠が保有するウイルスは、このSタンパクが人に感染できないようになっている。でなければ一匹の蝙蝠が殺す人間は数十万人にとどまらないだろう。だから蝙蝠を食べたら感染というのは嘘であり、基本的には不可能だ。あるカギが鍵穴に合わないかぎり、錠は開かない。

しかし、ウイルスは地球に四十万年以上も生活しており、生存し続けるために、たえず宿主を探し変異し続けている。

さて、蝙蝠から人に感染できるまで、コロナウイルスが人のタンパク質情報を絶えず獲得して変異するためには、人が蝙蝠を食べるという程度の接触では少なくとも一万年以上食べ続けなければならない。〝生きている〟ウイルスだけが人のタンパク質情報を獲得できるからである。しかも蝙蝠はペットではないから、血液や体液などから人のタンパク質情報を獲得するのは非常に難しい。

例えば、猫もＨＩＶウイルスを保有している。俗にいう猫エイズだが、人と濃厚接触しても猫ＨＩＶは人には感染しない。猫ＨＩＶは人にうつるためのパスワードを開けないからだ。では、蝙蝠が保有するコロナウイルスが２０１９‐ｎＣｏＶコロナウイルスに変異したのだとしたら、どのような条件が必要か？　可能性は二つだ。１、自然変異、２、実験室でのウイルス改変。

第一　自然変異

まず自然変異について説明しよう。蝙蝠を宿主とするウイルスは自然界で一～二個の中間宿主を探す必要がある。一～二個の中間宿主を経て、徐々に変異して、人類に至るゲノムパスワードを探しあてるのだ。こうした状況は2019-nCoVコロナウイルスにおいて基本的に発生しえない。なぜなら、もしそうなら、2019-nCoVはまず中間宿主で発見されることになる。たとえばSARSでは、まずハクビシンが中間宿主とされた。しかし2019-nCoVは中間宿主の存在が欠如している。後に高福院士が蝙蝠の体までその起源をさかのぼった。高福院士の研究により、2019-nCoVにこの中間宿主が欠如していることが明確に示されている。しかし彼はそうは言わない。いやそうはっきりとは言わない。彼は科学者であるだけでなく中国疾病予防コントロールセンター主任の官僚の立場があり、この立場が彼にそう言わせないのだ。だから大自然における変異の可能性は基本的に排除していい。

第二　実験室でのウイルス改変

続いて、なぜ高福院士が中間宿主を無視して、直接2019-nCoVの起源は蝙蝠だと探し当てることができたのか？　唯一の根拠は、コウモリ保有ウイルスのビッグデータをもっていたからだ。

ここでようやく石正麗研究員にたどり着く。石正麗のここ数年の研究成果と任務をみてみるといい。彼女のデータベースには、少なくとも五十種以上のコロナウイルスデータが保有されている。この蝙蝠コロナウイルスがデータベースになかったならば、高福院士はどうしてこんなに早く、このウイルスの宿主が蝙蝠だと選び出せただろう。

ふたたびコロナウイルスの紫色の小さなキノコ状突起を見てみよう。これを人工的に変えることは難しいだろうか？　難しくはない。この部分を変えることができないというなら、そもそも生物学を学んでいるとはいいがたい。こうも言える。中国の生物研究者の八〇パーセントはみな可能だ。武漢大学の生物学研究所で、何人かの学生を適当に選んでも同じである。なぜなら指導者が非常に優秀だからだ。饒毅《ラオイー》博士が指導する北京大学生命科学学院は言うに及ばず、生物学を学ぶ研究生ですら、これができないようなら修学証をもらえないだろう。

やり方を説明する必要はないだろう、それはちょっと骨がおれる。

コロナウイルスの紫のキノコ状の突起を変えたあと、実験室では何をするか？　もちろん、ウイルスを新しい宿主に植えつけるのだ。そして宿主の一連の生物科学指標と感染の道筋を記録する。この「宿主」とは何か？　実験室の実験動物である。こうした動物たちは実に哀れであり、それは水に溺れ火に焼かれるような苦しみを味わっている武漢肺炎患者にも劣らない。私たちはこうした動物をSPF動物と呼ぶ。

私はSPF動物を飼育したことがある。ああ、本当に人類として慚愧に堪えない思いと深い悔恨を感じた。たとえ私が一生ベジタリアンになったとしても、この悔恨からは逃れられないだろう。さらに言えば、水に溺れ火に焼かれるような思いをしている感染地域の感染者たちのことを思うたびに、私は飼育ケージの中の同様の命のことに思い至るのだ。

さて、一種のSタンパクを改変されたウイルスは宿主に感染している。ここでは、宿主は選択可能なSPF動物——マウスや、モルモットやサルだ。

ウイルスの感染方式として普通によくあるのは――①飛沫感染、たとえばインフルエンザウイルスなど。②血液感染、エイズウイルスなど。③母子感染、B型肝炎ウイルスなど。科学者ないし実験スタッフは、ウイルスを改変するにあたって、ウイルス宿主のタンパク質のセグメントを感染方式の決定によって選択する。

これは科学者の良心と利益が試されるときだ。母子感染方式を選択すれば、最も繁殖が早いマウスであっても、その妊娠をまち、二十二日を一妊娠周期としなければならない。鶏でも孵化に二十一日かかる。血液感染方式を選択するのは危険だ。もし操作を間違えば簡単に汚染される。一番早く成果を出すのであれば、一般的には最も早い感染方式、呼吸気道感染を選択することになる。WHOが今回のウイルスについて発表したデータは次のようなものだった。

２０１９‐ｎＣｏＶは呼吸気道と肺部細胞上のＡＣＥ２タンパクの受容体を通じて人体に進入する。患者は最初、発熱、倦怠、から咳の症状があり、また鼻づまりや鼻水などの症状もある。

では、ウイルスはどのようにして、この人体への感染のスイッチを正確にぴたりと発見したのか。下の論文では、このプロセスが詳細に紹介されている。この論文の執筆者の一人は、くしくも石正麗だ。https://www.nature.com/articles/nm.3985…

これは二〇一五年に『ネイチャー・メディシン』電子版で発表された論文で、主要執筆者の中に、中国科学院武漢ウイルス研究所、武漢大学ウイルス研究所教授の石正麗の名前がある。この論文によれば、研究の結果、蝙蝠が保有するSタンパク中のACE2という受容体のスイッチを調節するだけで、このウイルスはすぐに人類への感染が可能となることが発見されたという。ゲノム編集技術を利用し、蝙蝠のSタンパクとマウスのSARSウイルスのゲノムを編集、人体のACE2と結合できる新ウイルスが得られた。これは効果的に人類の呼吸気道細胞に感染でき、毒性も非常に強い。研究チームは、新たなウイルスが明らかにマウスの肺部を破壊したこと、すべてのワクチンの効果がなかったことを発見した。

この実験は当時、米国医学会において非常に大きな議論を引き起こした。医学専門家のディクラン・バトラーも『ネイチャー・メディシン』に寄稿し、こう語っている。「この種の実験になんら意義はない、むしろリスクが極めて大きい。技術不足のため、当時、石正麗チームは米国ノースカロライナ大学医学チームと協力した。二〇一四年、米国疾病対策センター（CDC）はこのウイルスが生物化学兵器になりうると判断、即刻この種のウイルス改造計画を停止させ、関連の研究への補助金を打ち切った」

この種の研究を展開することには非常に大きなリスクが確実に存在することについては以下のリンク先の質疑を参照。

https://www.nature.com/…/engineered-bat-virus-stirs-debate-…

よろしい、私と石正麗の質疑応答は、基本的にはここまでだ。彼女の実験室には2019-nCoVのプロトタイプがあり、蝙蝠の宿主のウイルスサンプルとコロナウイルスのデータベースがあり、2019-nCoVの改造技術もその手にあった。

私の話は以上である。実際のプロセスに関しては私は見ていないし、分析も控える。

本来、この新たなウイルスは最高セキュリティーレベルの実験室にあるべきで、そこで永遠に封じ込められるか、破棄されるべきものなのだ。しかし非常に不幸なことに、それは逃げ出し、数万人の感染を引き起こし、数百人が死亡している。この罪の主犯を私たちは発見し、捕らえたが、消滅させることはできていない。このために、無数の医者、救急隊員が前線にかけつけて救援に参与している。それだけが、石正麗研究員が言うところの〝命を懸けて保証する〟ものなのだ。

最後に私が言いたい二点を挙げる。

①石正麗に百倍の度胸があっても、あえてウイルスを社会に放ったりはしないだろう。それは人類に反する罪だ。彼女だけでなく、すべての科学研究従事者はそんなことはしない。それは私たち科学者の誓い、「人類が健康であるために」という誓いに背いているからだ。

②これは中国の陰謀ではない。このプロジェクトは二〇一四年に米国の助成金により実施され、これを中止したのも米国だった。最も重要なのは、今回の疫病感染拡大で利益を得た団体、機関は一つもなかったことである。これは全人類にかかわる問題だったからだ。

第四章　李文亮は逝き、真相はすでに死んだ

艾丁の在宅封鎖日記

きょう、三十五歳の李文亮医師が亡くなった。インターネット上で億単位の人々が哀悼をささげ、国内のすべてのSNS上を、雪片のような絹の造花や、雹《ひょう》あられのような蠟燭の写真と絵文字が席捲した。ネット警察や五毛（当局にやとわれたオンラインコメンテーター）はこれを削除すべくてんてこ舞いで対応したが間に合わず、最後は削除するのを放棄した。もしバーチャル空間が現実に放たれたなら、この〝警笛を吹く人（内部告発者の意）〟を追悼する群衆は、一九七六年の毛沢東哀悼で集まった群衆よりももっと大勢であっただろう。老毛の死は神の死であり、小李の死は心の死だった。これは疫病蔓延の中でともに苦しんだ人々が、「兎死狐悲――猟師に撃たれた兎が死んで狐が悲しむ」と中国の故事にあるように、他人事を自分の身の上のことのように感じ、心を痛めたということだった。

すでに語ったと思うが、私はかつて、共産党と対立したことがあった。それは政治ではなく、美意識の問題だった。一人の人間として、大広場で大衆に向かってきっぱりと真実の一言を話

しさえすれば、美意識的な意味で英雄になれる。例えば、「一つの正常な社会では意見がたった一つであるということはありえない」などというために悲惨な死の代償を支払った李文亮は、まさにそれだ。この一言は意図したものではないが、独裁社会の急所にうまい具合に命中したのだった。

二〇一九年十二月三十日午後、李文亮は微信のグループチャットで警告を発した。「華南海鮮市場で七例のSARS感染の確定診断が出た。私たちの病院の後湖院区・救急診療科で隔離されている」。同時に、MapMi（mapping miRNA sequences）による検測診断書を添付した。一時間ほどして、彼は新たなコメントを投稿した。「最新の情報では、コロナウイルスの感染であることは確定だ。今、ウイルスの分類を進めている。……みんな、（グループチャットの）外には転載しないように。家族や親しい人に予防するよう注意してほしい」

八人の医師がこの情報を転載し、瞬く間に、彼らはみな国家の法律に抵触する「デマ発信者」として警告を受け、口をつぐむように命令された。数日後、CCTVは公然と噂に反論した。一月三日、警察は李文亮を派出所に呼び出し、審理ののち、次のような法に基づく「訓戒処分」を公布した。

武漢市公安局中南分局中南路街派出所

訓戒書

・被訓戒者＝李文亮、男。生年月日＝一九八五年十月十二日。身分証明番号＝２１０＊＊＊＊＊

・現住所（戸籍所在地）＝武漢市武昌区民主路６４８＊＊＊＊。勤務機関＝武漢中心医院

・違法行為＝二〇一九年十二月三十日、微信のグループチャット〝武漢大学臨床04クラス〟において、華南海鮮市場の七例のＳＡＲＳ確定診断にかかわる事実でない言論を発表した。

ここにおいて、法に基づき、あなたがインターネット上で事実でない言論を発表したという違法問題につき、警告と訓戒を発するものです。あなたの行為は社会秩序を深刻に乱しました。あなたの行為はすでに法律の許可する範囲を超えており、「中華人民共和国治安管理処罰法」の関連規定に違反した一種の違法行為となります。積極的に公安機関に協力し、警官の指示に従い違法行為を中止することを希望します。これにしたがえますか？

答＝能《ノン》（したがえます）。（拇印）

我々はあなたに、心を落ち着け、よく反省するよう求めます。また、以下の警告を発しなくてはなりません。あなたが自分の意見に固執し、悔い改めず、違法活動を続けるようなら、

法の制裁を下します。了解できましたか？
答＝明白《ミンバイ》（了解しました）。（拇印）

被訓戒人＝李文亮（拇印）
訓戒人＝胡桂芳　徐金杭
二〇二〇年一月三日（執法機関公章印）

李文亮はこの公文書を受け取り、体面を傷つけられて、病院に戻ったら罪滅ぼしに功績をたてねばならないと、非常な心情的重荷を負っていた。しばらくたった一月八日、八十二歳の緑内障患者を診察した時、彼は不注意で感染してしまう。「当時、彼女に熱はなかったが、翌日に発熱した」李文亮はこう語っている。「CTは患者がウイルス性の肺炎を起こしていることを示していた。しかし、私たちの病院には感染の診断を確定させる試薬がまだなかった。だからこの患者の診断は確定的なものではなかった。多くの人が気にもかけず、特殊な防護措置もなく、患者と接触した。私もうかつだった。後に私は発熱し、咳が出て、一月十二日に入院治療を受け、疑似感染が確診に変わり……私の両親も感染してしまった……」

彼は続いてＩＣＵに入り、人工呼吸器がつけられた。訓戒を受けてから、感染して世を去るまで、わずか一か月だった。

いまや全国で数十の都市が封鎖されていた。いや、中級都市も含めれば数百に及ぶだろう。

県レベルの街も含めれば数千。李文亮を感染させた老人同様、圧倒的多数の死者は、初期症状の段階で確診することができなかった。このため「新型コロナ肺炎死者数」は永遠の謎となった。李文亮の別名は〝真相〟だ。彼は死に、〝真相〟も死んだ。——一方、もうひとりの〝真相〟、つまり二〇〇三年にSARSの〝警笛を吹いた人物〟である軍医の蔣彦永はまだ生きており、そろそろ九十歳になる。彼はこう言った。「歴史は大きく後退している」

李文亮の情報源は、武漢中心医院の救急診療科主任・艾芬《アイフェン》だった。記者の取材に、彼女はまっさきにこう答えている。「私は〝警笛を吹いた人〟ではなく、〝警笛を渡した人〟なんです」

李文亮が転載したMapMi検測診断書を一番先に受け取ったのは彼女だったのだ。それが写真に撮られ、〝SARSコロナウイルス〟と書かれた部分にいくつか赤丸をつけられて、医者同士のグループチャットに投稿されたことから拡散が始まった。

そのとき、彼女は仔細に検測診断書の注釈を読んだという。「SARSコロナウイルスは一種の一本鎖プラス鎖RNAウイルスである。このウイルスの感染は、主に近距離飛沫感染あるいは患者の呼吸気道分泌物への接触で引き起こされる。一種の顕性感染性を持つウイルスであり、複数の臓器システムに害を及ぼす特殊な肺炎であり、非典型肺炎ともいえる」。彼女は冷や汗でびっしょりになった。彼女の本意は李文亮と同じく、みんなに予防するよう注意を促すことだった。彼女が遭遇した状況も李文亮と似ているが、しかし、彼女に訓戒したのは中共医院規律検査委員会であり、党内の異端を粛清するための監察当局であった。艾芬の党内の地位と経歴は李文亮よりもずっと高かったのだ。

彼女はこれまであったこともないような激しい非難を受けた。「某某主任が我々の病院のこの艾芬を批判した。武漢中心医院救急診療科主任として、君は専門家であるのに、どうして原則も組織規律も無視してデマをでっちあげることができたのか？」

続いて、現場にもどってデマを否定し、悪影響を消し去るよう彼女に指示した。「君の科の二百余りの部下一人一人に口頭で伝達するのだ。微信やショートメッセージを発信してはならない。対面で直接話すか、あるいは電話でやるように。新型肺炎に関するいかなる事情も話してはならない。君の夫にもだ」

頭が真っ白になりつつも、艾芬は抵抗した。「これは私がしたことで、その他の人には全く関係ありません。さっさと私を捕まえて牢屋にでもぶち込んだらいかがですか」


彼女が牢屋に入れられることはなかった。ただ、李文亮と同様、身も心も深く傷つき、口をつぐまざるを得なかった。後に彼女が語ったところによれば、二〇一九年十二月十六日と二十七日、武漢中心医院南京路院区の救急診療科は二例の〝原因不明の肺炎〟患者を受け入れたが、〝デマ〟は厳しく取り締まるべしという中央から地方への下達文書による強い圧力がこの問題について語ることを禁じ、それにつれて感染は収拾がつかなくなっていった。

彼女の病院の感染者は二百人以上となり、死者も何人か出ていた。中には、甲状腺・乳腺外科主任の江学慶《ジャンシュエチン》もいた。一月二十一日、救急診療科では千五百二十三人の患者を診療した。これは通常の繁忙期の三倍である。うち六百五十五人が発熱していた。やがて都市が封鎖され、世情が暗くなった頃には、「人々が病院の受付に長い列を作っていると、突然誰かが倒れて死ぬこともありました。並ぶ間もなく、車の中で死んでしまうこともあったのです」と、艾芬は記者に語っている。「以前なら、何かちょっとミスをしてしまったら、たとえば、すべき注射をしなかったりしたら、患者がクレームをつけてくることがありました。でも今では医者と喧嘩するような人もいなくて、すべての人が突然のことに打ちのめされ、茫然としているのです……患者が亡くなって遺族が傷心のあまり泣いている、なんて姿もあまり見なくなった。死ぬ人が多すぎるからです。多すぎるんです。ある家族は、なんとか助けてくれ、と医者に言わなかった。代わりに、さっさと楽にしてあげて、と言ったんです。すでにそういう状況にまで来ているんですよ。誰もが、自分が感染しているのではないかと恐れている……」

　こういう一切は避けられたはずなんです！　と、共産党員の艾芬は、遅きに失した後悔とともに言った。「もっと早く、こうなることがわかっていたら、私とて（どんなに批判されようと）あちこちで言ってまわっていました。そうでしょう？」

　こうして人間性が党性にうち勝ち、艾芬医師は立ち上がって『人物週刊』の取材を受けたのである。これは感染期間全体を通じて、国内で最もセンセーショナルな報道となり、やがて李文亮の悲劇に呼応し、拡散していった。これを受けて、このネット版記事はアップされると即座に削除され、その雑誌の出版封鎖警告も出された。――残念ながら、そのアクションはやはりちょっと遅く、「警笛を発した人物」というタイトルのこの記事は、数分の間、生き延びた。その数分の間に、ネット警察よりも目ざとく、某ネットワーム（独立して自己増殖する機能を備えたプログラム）が、自動的にスクリーンショットをとり、多くの微信アカウントで同時に発信し、グレートファイヤーウォールを乗り越えて海外のプラットフォームにも貼りつけた。――ネット警察は再度活動を開始、兵力を十倍に増強して、全国網絡《インターネット》管理弁公室と国内安全保衛（国保）総隊に報告し、二〇一一年の「ジャスミンネット革命」の時に複数の集会現場で同時ガサ入れ逮捕を行ったのと同様の準備をした。――しかしネットの現場ではより多くのネットワームがうようよと湧いて出て、拡散速度も武漢ウイルスの百倍に達し――するとネット警察も兵力を千倍に、さらには千の千乗倍の五毛党たちが参戦し――事態はあまりに瘋狂《クレイジー》であまりに刺激的なものとなり、まさに清華大学教授・許章潤《きょしょうじゅん》の名言「憤怒の人民にもはや恐れるものはない」そのままだった。

――一万の一万乗の違法ネットワームは、ほとんど光の速さでこの報道を複製し拡散した。さらに数時間のうちに、英語、フランス語、ドイツ語、スペイン語、ポルトガル語、日本語、韓国語、イタリア語、チェコ語、ポーランド語、ヘブライ語、ベトナム語など四十か国語の翻訳版も転載された。現代漢語の変種版もいくつかあった――甲骨文字、文語体、篆刻文字、古籍縦書、金文、西夏文字、点字、広東語、四川語、古代書法、毛沢東書法の模倣、QRコード、文字化けコード、バーコード、マビノギ行進曲、エルフ語、エイリアン語などなど――西側の科学技術帝国からはじまった検閲システムはのたうち回ったすえに麻痺してしまい、この世界の悲劇的災難の中で、唯一、大爆笑できる出来事となった。中国人民はついに武漢ウイルスと同様に、洪水のように氾濫する言論の自由を実現したのだった。

　この情景はガルシア＝マルケスの『百年の孤独』の中の一場面を彷彿させる。曾祖母のウルスラが、陽光きらめくすがすがしい朝、顔をあげると、広大な地平線に露のしずくがきらめいているのを発見し、その露のしずくは瞬きする間に大きくなり、ずっとうごめき続ける甲虫になる。さらに瞬きすると甲虫はみっしりと集まって人の頭になる。それはブエンディア大佐が内戦の行軍キャンプのベッドの上で急いで種をまいた果実であり、この時まさに広野を突っ切って、マコンドの町に向かって押し寄せてきたのだった。この果実の頸部には、すべて斬首の時に残された赤い痣があった――それはブエンディア家の永遠に続く印で……

第五章　封鎖のなかでの日々

艾丁の在宅封鎖日記

午前九時、私はまだベッドの中で縮こまっていた。するとコンコン、とドアを敲く音が聞こえた。起き上がって寝室を出、習慣的にドアを開けようとしたところで、やっとドアが釘で打ち付けられていたことを思い出した。ドア越しに「誰です？」と聞いた。

「防疫指揮部の者です。三日前に、あなたはウィーチャットペイで私たちに豚肉と野菜の購入を頼みましたね。届けにきました。台所の天窓を開けてください」

私は内心激しく動揺した。すでに一週間以上、新鮮な肉や野菜を食べていないのだ！　運よく義理の両親の家には缶詰の紅焼肉《ホンシャオロウ》やコメ、小麦、油、塩などは事欠いていない。しかし、野菜や果物はなく、私は深刻な便秘になって、毎日、同じ時間にトイレの便器に座っても、ひねり出すことができなかった。あちこちひっくり返して探し回って、漢方薬の下剤の黄連上清丸の包みを引っ張り出し、大急ぎで二服飲み、その薬がまだ下に降りきる前にさらに一服飲むと、山が崩れ地面が裂けるような大音量をたてて、一気に排出された。すべてを出し切って立ち上がると、視野が暗くなり、列車が走るような轟音の耳なりがした。武漢肺炎の症状の一つに下痢がある。続いて痙攣が――そんな連想をして、怖くなってしまい、次から下剤は飲めなくなり、また便秘が続いていたところだった。

私はインターネットで豚肉三斤（一斤は0・5キロ）、大根五斤、ニンジン三斤、白菜五斤、ジャガイモ五斤、ピーマン一斤、生姜一斤を四百元払って注文した。非常時で物価が跳ね上がっていたことが理解できた。ちゃんと遅れずに配達してくれるなら、もうそれでOKだ。

私はキッチンに移動して、コンロ台に上って、油と煤でギトギトの天窓を開けた。冷たい風が中に流れ込んだ。外にいる人たちはいまだ遠巻きにしていたが、十メートルほどの長い竿を持っていて、その先にはさんだバスケットボール大のビニール袋を、慎重に照準を定めて屋内に投げ落としてきた。私はそれをキャッチできず、ビニール袋はキッチンの吊り下げ電灯もろとも床にバンと落ちてしまった。

私は床に飛び降りて、「なんてこった！」と叫んだ。しかし二人の配達員はすでに長竿を肩に担いで悠々と去っていくところだった。私は床に散乱した注文品を見た。乳首が二列に並んだ豚肉の塊のほか、シイタケ、ジャガイモ、割れたガラスのかけら、他にはなにもなかった。

長沙は庶民が比較的豊かな土地だ。従来なら、日常の野菜は不足することはなかった。シイタケか、私はシイタケを買ったっけ？　四百元も払ったのにこれだけか？　ひどい詐欺だ。私は微信で問い合わせたが、だれも取り合ってくれなかった。黙って怒りをこらえていたとき、一本のニュースが目に入った。――東南のいくつかの省が連携して武漢の感染地域に支援トラック隊を出したという。昼夜通してトラックを進めたが、長沙を通過するときに防疫当局がシイタケを満載した二台のトラックを差し押さえた。地方政府によるこの種の公然たる「路上強盗」で一番早いケースは雲南《うんなん》省大理《だいり》市で、四川に向かう医療用品を運搬中の数台の車が差し止められた事件だ。ＣＣＴＶは批判的な報道をしたが、医療用品はすでに分けて持ち去られており、取り戻すことはできなかった。
私は豚肉とシイタケ、ジャガイモを大鍋で煮て、その後の数日、彼らが路上で強奪して高値で私に転売したシイタケを主に楽しんだ。母豚の皮つきバラ肉はもっとも火の通りにくい食材で、三時間も煮込んでも皮についた乳首は相変わらず出っ張ったままで、下品な幻覚を引き起こした。試しにかじってみたが、ゴムのように固い。この母豚は少なくとも曾祖母クラスの老いた豚で、二列の軍服のボタンのような出っ張りを見るに、きっと女将軍であろう。私は初めてドイツに行ったときのことを思い出した。豚肉を買って、借りていた部屋に戻って煮込みを作った。それは慣れ親しんだ豚肉の香りや味とは違っていた。そういえば青少年時代に教わったことがあった。中国国産の豚肉は、水を注入したり、痩肉精と呼ばれる塩酸クレンブテロール入りの薬や成長ホルモン入り飼料を食べさせたりして、三か月で一頭を肥えさせており、自然成長したほんものの豚や豚肉はほとんど絶滅したのだ、と。あの時、（その味の差に）愕然としたものだった。

夜、妻と微信ビデオで雑談した。以上のような腹立たしい出来事をぐちると、妻は慰めながら、すでに社区の防疫センターに、夫を家族のもとに返してほしいと強く要請する申請書を提出した、といった。以下のような理由をつけたという。私ははるか遠く感染がないドイツから感染のある中国に戻ってきたばかりであり、本来は一日も隔離の必要がない。武漢に入れなかったため、長沙に飛行機で来ただけで、理由もないのに二度にわたって隔離された。もちろん非常時で、安全第一であるから、災難に見舞われている祖国を責めるつもりはない。しかし、自分の祖国に「家があるのに帰れない」のは、心情的にも理屈から言っても納得いかない。

私は急に悲しみを抑えきれなくなった。

妻は、何言ってんの、頑張りましょうよ、と言った。「義父《おとう》さんが亡くなったばっかりで家が急に広くなった気がするし、心もなんか空っぽになっちゃったわ。年寄りが病気で寝ているときは、毎日毎日あれやこれやで忙しくて、長引いて疲れもたまって本当に嫌になっていたのにね。本当に逝ってしまうと、今度は夜もよく寝られなくて、義父さんのことを夢にみてしまうのよ。

あなたの夢も見たわ。マスクしてぼんやりと枕元に立ってるの。『帰ってきたのに、なに突っ立ってるの？　まだ手も洗わず消毒してもいないし服も着替えてないじゃない』と私が言うとね、あなたは笑って、君がしてほしいことはわかっているよ、だから、早くベッドに入れてくれよ、っていうのよ。私たちはそれからマスク越しにキスして、手袋をはめたままあちこちまさぐって、なんと、私、本当に感じちゃったわ、面白いでしょ」

私は言った。「一年も家に帰ってないんだ。マスクや手袋ぐらいじゃ僕たちを邪魔できないさ。サイや牛の皮、いや、牛魔王の皮だって、この強い思いを止めることはできない。感染するときは一緒に感染しよう。幽霊になるのも風流だろ。梁山伯と祝英台の恋物語の新型コロナ版だ。二匹の新型コロナウイルス蝶になって、ひらひらと、咳とくしゃみと鼻水まき散らしながら……もちろん、娘に感染させたらだめだけどね……」

妻は笑いながら「バカ」といって、ビデオを切った。

今日、父がこの世を去った。私は一人っ子で、母は三十歳を過ぎてから私を産んだ。父はその時、四十歳をとうにこえていた。一九七〇年代の農村ではかなり珍しい部類だった。私は父の臨終に孝を尽くすことができず、いま悲しみに暮れている。私は歴史を学んできたが、一九四九年の新中国建国以来、繰り返し天災人災が起き、あまりに多くの人が命を落としてきた。だから、父の死も遺憾とはしない。

微信のビデオを通じて妻は、父が死の間際に一瞬、正気に戻ったときに、私に向かって手を振らせた。落ちくぼんだ頬に入れ歯を外した空っぽの口で老人は笑おうと努力していて、私は泣いてしまった。妻は、「何を泣いているの、とってもたくさんの人が新型コロナの感染が確診されて、もっとあわただしく逝ってしまうのよ。家族ですら二メートル以上の距離をとって、葬儀社の従業員がさっさと運び出していくのをただ見守るしかできないの。義父《おとう》さんはむしろ幸運だわ」といったが、〝幸運〟の二文字を言った途端、妻も耐えきれずに泣き出してしまった。

老父は九十三歳だった。老母が八十五歳で亡くなった時は、神農架郷の農村に頼る者もなかった。当時の父は足腰がしっかりしていて、一人暮らしに問題はなかったが、私はやはり不安だった。五年前、父を武漢の我が家に迎えた。そこは高層マンションで、父はこんな高いところに住んだことがないとごねて、地上に帰りたがった。私たち夫婦はともに譲らなかった。まさか本当にダメなものはダメであったとは思いもよらなかったのだ。ドイツに交換学者として旅立つ直前、父はエレベーターで頭から転び、寝たきりになってしまった。妻は看護師の仕事を辞めざるを得なくなり、家の中で老人と子供の面倒だけを見るようになった。

私が妻に、「君には借りが多すぎる」といったら、彼女はこう言った、「おおげさね、もし三年前に仕事をやめてなかったら、今は永遠に別れていたかもしれない。だって、重い感染症にかかって、予期せず死んでしまった医療従事者はすごく多いのよ」

アウトブレイク当初は、状況ははっきりしないながらも、医療現場は二〇〇三年のSARS流行時の対応に従って、マスクと手袋をして、普通の防護服を着れば十分だと思っていた。まさかSARSの何倍も感染力が強く、頭から足までしっかりと厳重な防護が必要で、飛沫感染、鼻水感染、瞬きした時の涙からも感染するとは、予想もしていなかったのだ。しかし私の場合、禍が福と転じた。

およそ二十分間、父は意識を保ったが、そのあとがっくりと頭を枕に落とし、この世を去った。妻は彼の瞼を閉じさせて、入れ歯を入れて、熱い湯で顔を拭き、薄い死に化粧を施した。十歳の娘は死別の悲哀がわからないようで、行ったり来たりしながら、母を手伝って、新しい衣服を取り出しておじいちゃんに着替えさせていた。

夜十一時に棺が到着し、葬儀屋が引き取りに来た。目下の非常時では、すべての遺体は新型コロナ肺炎による死者と同様に扱われ、黄色のジップアップの遺体袋に収納された。葬儀屋に五千元の現金を渡して遺体を収納してもらい、電話番号を書き、微信のアカウントを加えた。武漢のあらゆる葬儀屋は残業して、その日回収した遺体はその日のうちに火葬しなければならず、絶対に日をまたぐことはできないという。お骨はしばらく預かるということだった。すぐに、まだ熱いうちに、死者の姓名と住所を上に必ず貼っておくので、取り違えることはないから安心してほしいという。人が密になって交差感染するのを避けるため、感染蔓延期間中はみだりに遺骨を受け取りにこないよう一律に断っているそうだ。感染蔓延期間が過ぎされば、政府は自然と遺族に、引き取りの整理番号を発行し、秩序と規律をもって遺骨の引き渡しが行われる。骨壺費用は別会計で、葬儀費用の五千元には含まれていないということだった。

妻は尋ねた。「どのくらい待てばいいの？　その時が来て、みんな一斉に火葬場に行くとしたら、群衆交差感染がおきるんじゃないですか？　どのくらい長い行列ができるかしら？　もっといえば、父は新型コロナの確診感染じゃないのに、コロナ感染者に数えられるんですか？」葬儀屋の従業員はどう答えたのか。「病院で正式にPCR検査を受けていないなら、感染者にカウントされません。ですが、電気のスイッチを消したみたいに人が亡くなっているんで、もう何もかも曖昧で混乱しているんですよ。政府のやつらはメンツにこだわって、出来るだけそういう声を押し込めてしまって、あなたがむやみに言い争っても、大して意味はありません」妻は「まあ寛容なこと！　きっと火葬のし過ぎで、感性も燃えつきて麻痺しているのね」。葬儀屋の従業員は頭を下げた。妻はかがんで遺体袋のジッパーを開けて、父の顔を最後に一目見ようとしたが、従業員はこれを遮って、「それには及びません」と言った。妻はずっとこの様子をスマートフォンでビデオにとっていた。私たち家族三人は、こんな風に老人の旅立ちを見送ったのだった。

妻よ、君は湖南《こなん》の女だったたな。暗闇のときほど、君のすごさがわかるよ。平素は辛口で、怒りっぽいし、人を罵るときは本当に何十種類もの言葉が飛び出て、私のような神農架から来た、田舎の書生には耐えがたかった。君にののしられて、心の中で何十遍、もう離婚だ！　と叫んだことか。君にそれがばれていたら、きっとさらにぶつぶつ言われたかな？　耐性があれば犬がキャンキャン言うようなもので、幸いにも当時の私は耐性があった。だから、今、やっと言える。もし生まれ変わっても、やっぱり君と結婚したい、湖南の妻よ。

父はもう帰ってこない。妻はきちんと玄関にカギをかけて、「もうダメ、私寝るわ」と言った。彼女はスマートフォンのビデオカメラを娘に向けた。娘は思いがけず、小犬のようにうずくまってベッドの端で熟睡していた。妻はビデオ通話を切ったが、私の感情の起伏はまだ収まらなかった。新たに白酒を一本開けて、二合ほど口に流し込んだ……。

＊

ここまで書いて、艾丁は中国とドイツの冬の時差が七時間であることを思い出した。荘子帰のところはまだ夕方だ。それで、スカイプでビデオ電話をかけてみた。

荘子帰は酒杯を掲げて現れた。やはり「まだ早いが……」と言いながら。

艾丁は遮っていった。「父がさっき、亡くなったんです」

「おいくつで？」

「九十三でした」

「なかなかの年だな」

「いやな言い方ですね……」

「荘周（荘子のこと）は妻を亡くした時、瓶を敲いて歌ったそうだ。竹林の七賢人の一人、阮籍は、親友が死んだときロバにならって、いななき声で哀悼した。世の人はみな彼らを癲狂と呼ぶが、これこそまさに命に対する永遠の嘆きだ。生於斯、長於斯、寂滅於斯、如樹葉、如潮汐、如雲泥（これに生き、これに長じ、これに寂滅す、樹葉のごとく、潮汐のごとく、雲泥のごとく）だ」

艾丁は思わず鼻水を垂らして笑ってしまった。彼らはまるで鏡と向き合うように、ひたすら飲み続けしゃべりつづけた……。

＊

艾丁の在宅封鎖日記

私は脳みその汁を絞って武漢ウイルスの起源を探っている。私は科学者じゃないし、すべて徒労かもしれないが、家に閉じ込められ、テレビも壊れて、酒を飲んで本を読む以外、こうやって時間をつぶすしかないのだ。

今日の微信で、妻は「死神がそばを行ったり来たりしている、あなたには見えないでしょうけど、それはいつもじっとあなたを見ているのよ」といった。「私たちの家のお向かいのあのマンション、四人が死神に連れていかれた。ほらまた一人。理由はね、社区のコロナ感染者への割り当てベッドが少なすぎるから。車を手配して患者を運んで行ったと思うと、入院できなかったと戻ってきて、確診できなかったから疑似だってことになって、自宅で隔離されたまま。一週間に三人連れていかれたわ」

妻の口調は平静で、まるで日常会話をしているようだった。

「死は武漢の日常なのよ」と妻はまた言った。「屋上や橋から飛び降りるなんて当たり障りのないことで、何の新鮮味もない。話題にしたくもない。

でも、こんな話をきいたわ。

襄陽《じょうよう》出身の出稼ぎ農民が故郷に帰れなくて、地下ガレージで夜を過ごしていたんですって。

ついに食物も尽きて、立体交差橋の上で物乞いをしていた。一日中人も車も通らなくて、物乞いする相手は誰も見つからなかった。夕方になって、ようやく一人の老人が現れた。彼は喜んで、その老人が近づくのを待っていた。でも、その老人は確診感染者で、家族に感染させるのが怖くて、こっそりと家出して、陸橋の上で自殺するつもりだったの。お金も一文だって持ってなかった。出稼ぎ農民が失望して泣き出すと老人も泣き出して、『お前さん、まだ若いんだし、病気にもなっていないんだから、頑張って生き続けるんだよ』という。出稼ぎ農民は、『ようやく人がやってきたと思ったのに、何ももってないなんて！　寒くてひもじくて、なのにあんたにその綿入れの上着を脱いでくれ、ともいえない。接触感染が怖いからさ』と嘆いた。老人は『そんな風に思うということは、死にたくないんだな。だったらお前さんに遺書を書いてあげよう。住所をたどって私の家にもっていくといい。お前さんに少しお金をあげるようにと子供たちに書いておくから』という。

出稼ぎ農民が、家はどのくらい遠いのかと聞くと、老人は、二、三時間も歩けばたどり着くという。出稼ぎ農民は『十分だって歩けやしない。やはりおれが先に飛び降りる。それをスマホで撮影してくれないか？　その前に二言三言話すから、それをネットにアップしてくれ。故郷の誰かが見るかもしれない』という。老人は『わかった。お安い御用だ』といって、二人は陸橋の真ん中のアーチのところに行って、寒風がびゅうびゅう吹いている中、老人がスマートフォンを掲げた。出稼ぎ農民はちょっとの間、考えこんだけれど、いざとなると気の利いた言葉など思いつけなかった。老人は『今すぐ何か言わないと、スマホの充電がなくなるよ』。それで出稼ぎ農民は『みんな死んじまえ』と叫んで飛び降りた。老人はすべての成り行きを撮影すると、現場の住所をつけてネットに送信した。そして自分も『死ぬべきは死ね、死ぬべきでないものはくれぐれも気を付けて！』と叫んで飛び降りた――」
以下に記すのは、中国の著名な学者の艾暁明《アイシャオミン》（ドキュメンタリー映像作家、元中山大学教授）が書いた『彼らはみんな逝ってしまった』という詩だ。非常に多くの素晴らしいドキュメンタリーフィルムを過去に撮ってきただけあって、彼女は詩の表現法も実録的だ。

武漢の田さんが言った
写真の左から三番目は町内の隣人だ
おととい逝った、兄もいて、弟もいる
左から四番目は彼の妻
娘は私の年長の孫とおない年

武漢の王さんが言った
私の高校の担任が逝った
夏に彼を訪ねたら
ごちそうしてくれて
路地の出口まで送ってくれた
今でも覚えている彼の言葉
こんなに暑い日に
来なくていいものを

霊柩車の後ろで慟哭《どうこく》していた女が言った
琴琴よ　あなたのパパはこんな風に逝ってしまった
もうあなたにパパはいないのよ

仙桃の劉文医師も逝った
一月二十一日　彼は百八十人の患者を診た
ひと月で診たのは三千百八十一人
毎日夜も電話で問診し
ひと月で休みはたったの二日
三日目に胸が痛み病院に行った

夏思思医師も逝った　二歳の幼子を残して
彼女の満月のような顔は　私に小さいころを思い出させた
享年二十九　なぜに二十九？
解けない数字と永遠の哀愁

遠い遠いある養蜂家
傍らに置いた彼の蜂の群れも逝った
ミツバチは花の間を飛び回り
蜂蜜はすでに瓶詰にしてあった

空っぽの大通り　ただ彼は待てなかった

ママは逝くときこう言った
ごめんね　かわいい娘よ
先に逝ってしまって
いい人を見つけて結婚してね
みんなの足をひっぱりたくないの

おじいちゃんも逝った
一言の遺言もなく
高熱は体内のウイルスを焼き尽くし
死因はパーキンソン病と書かれた

誰かのパパはひっそり逝った
スマートフォンに助けを求めるメッセージが残っていた
熱が出た　熱が出た
社区の返信は「どうしようもありません
受け入れ可能な病院はありません」

パパは出かけるとき

家の鍵は持たなかった
外に出たくない人もいた
階下に引きこもり　閉じこもっている
一人の男が路上で叫んでいるのが聞こえる
テレビを消させてくれ
ドアに鍵をかけさせてくれ
スマートフォンを持たせてくれ

ああ　どうしてあの人を殴れるの？
ひとりの男が彼を殴り　無理やり頭を押し下げる
うずくまってマスクをつけろと

仮設病院の友が言う
七人いた
全員逝ったと

医者は家族に言う　しっかりして
彼の病状は深刻です
家族は病人に言う
お医者様の言うことを聞いて　何も考えないで

病人は言う　私の遺体は国家に献体すればいい
でも私の妻はどうなる？

毎日誰かが逝ったときく
私は祈る「私の知っている人じゃありませんように
そんなことする友達じゃありませんように」
逝きたいならば逝けばいい　私にこの春を残して
かぐわしい草群れる鸚鵡洲《パロット・ケイ》を

あの物分かりよい子どももいた
突然死んだおじいちゃんに布団を着せかけてあげた
誰かあの子を連れて行ってあげて
ずっとずっと遠くに
あの美しき国《アメリカ》に

すべての中国の孤児たちを
多くの父母が空港に迎えにくることでしょう
春はここを駆け巡り
ウイルスはここをのんびり散歩する

誰かがお金をもらえるというニュースを広め
別の誰かが道端で紙銭を焼く
逝ってしまった人への手向けに焼いている
新型コロナウイルスのために焼いている

逝かねばならぬなら急いで逝こう
逝くべきでない人は必ず戻る
縷縷と立ち上る青煙に願いを込めて
逝ってしまった人達に届きますように

花が咲くころ　戻ってきて酒を飲みましょう
そして結婚式であなたが配った喜糖《キャンディー》のことを憶いだし
さよならを言えなかった親友をぎゅっと抱きしめ
武漢を抱きしめ　あなたの郷愁を抱きしめよう

この詩を読み終えて、不覚にも涙が出た。最後の「郷愁」の二文字が私の琴線に触れたのかもしれない。こんなにもたくさんの亡くなった人の郷愁を、やはり私も抱きしめたいと思ったのだった。

感傷に浸っていると、妻が微信で、私の隔離解除のための申請書は社区から江漢区の防疫指揮部に上げられて承認をえた、と伝えてきた。同時に湖南側に電話で連絡し、双方とも私が十四日間の隔離期間を終えたら自宅隔離措置を解除して出発させることに同意したという。私が「万一途中でまた捕まって隔離されたらどうする?」と問うと、妻は言った。「あなたの隔離解除のときに、赤い大きな公章を押した『通行証』を発行して、専用の車を派遣して長沙の駅まで送ってくれるそうよ。午後二時に最終の高速鉄道列車が出るの。終点は武漢じゃないから、武昌駅でおりてね。今は市内に何の交通手段もないけど、土地勘はあるでしょ、何とかして自分で帰ってきて。もしダメだったら、また連絡して」

あと二日で、〈蜀道難〉（長安から蜀に至る道程の険しさを歌う李白の詩）は終わる。あいにく私は李白でないから、「噫吁嚱、危乎高哉！（ああ、危うきかな、高い哉！）蜀道之難、難於上青天！（蜀道の難きこと青天に上るよりも難し）」の現代版を書くことはできなかった。いや、「楚（湖北の古名）道難」とか「湘（湖南の古名）道難」というべきか。いずれにしろすべての道が険しい。祖国に戻ってすでに十八日が経っていた。そしてとうとう私は政府から確診を下されたのだ——家に帰るのは問題ないと。妻よ、世話をかけたな、ありがとう！

第六章　無症状感染者

艾丁の在宅封鎖日記

私は未明の五時にめざめた。起き上がって部屋を片付けると、持っていくすべてのものを登山用のリュックに詰め込んだ。パソコンバッグは胸の前に斜めに掛けた。妻の言うことを聞かなくてよかった。聞いていたら特大のスーツケースまで抱えるはめになって、面倒なことになっていただろう。

この十四日間で、私は岳父どのの湘江大麴を五本と二鍋頭を一本、そして瀘州老窖の白酒を一本やっつけていた。平均一日五百ミリリットルである。いささか眩暈《めまい》を感じつつ、この日記の続きをもうすこし書こうとしている。とはいえ書くことは大してないのだが。五糧液と茅台はあまりに高価なので、さすがに手は出せなかったし、その必要もなかった。何年か前、老《ラオ》威《ウエイ》という中国の作家が、低層社会の物語を書いたことがある。その中に、大酒飲みの心理を震わす言葉があった。「大酒飲みに酒を選ばせるのは、家庭の主婦にスーパーに行かせるのと同じで、目を奪う素晴らしいものがたくさんあっても、お手頃なものばかり選んでしまうのだ」。

ベッドを片付けて、ほこりよけのベッドカバーをかけ、床にモップをかけて、窓を拭いた。

三つの部屋をひととおり徹底的に掃除したら、二時間たっていた。また水を飲み、黄連上清丸を服んで、トイレにうずくまった。用を足してから、荷物をほどいてカップ麵を二つ出して、腹に補充した。午前九時、妻が電話してきた。声色に興奮が滲んでいた。一週間にもわたってマンションの外にでておらず、門のそばにある小さなスーパーは今日は二時間しか開いていないから、どこでもいいので野菜と肉を買ってきてほしいという。私をもてなすちゃんとした晩餐をつくるから、と。

ビデオ越しにキスを送りあうと、娘もやってきて、「パパ、家の中がすごく寂しいよ」という。涙が急にあふれてきた。涙をのみこんで、病気にかからないだけで、災難がないだけで、それは幸福なことだよ、といった。娘は「パパどうしたの？」と言った。妻は急いで通話を切った。

日記はここまでだ、と思ったとき、荘子帰のメッセージが届いた。始まりも終わりもないような奇妙な文面で、おそらくは誤送信なのだろう。

＊

ちょっと聞くが、あんたは自分が屈辱を知る男だと思うか。国家転覆とか何もしたことがない、ということが一番重要だ。一人の作家として言うなら、正義というものはあんたの骨の内にある。他人がどうであろうがどうでもいい。進撃を始めるのはあんた自身だ。独裁はすべての個人の自由を奪う。自由は天から与えられたもので、あんたはこのために戦う。西側のためではない。トランプ大統領と主流メディアの間で起きている批判合戦も戦いだ……

荷造りを終えて、でかける準備ができると、艾丁はソファにもたれて待った。正午近く、玄関の外から足音が近づいてきたので、跳び起きて玄関口に行った。縦横に打ち付けてあった板をはがしにかかる軋み音が聞こえた。釘が深く刺さっているようで、十五分以上かかった。そこでやっと「もしもし？　いますか？」と外で声がした。彼は「います」と答えた。外の人物は「ドアを開けて」と言った。

彼は内側から鍵をあけ、ドアを開いた。一陣の風が突然流れこみ、彼は酔っ払いのようにふらふらと表に出た。外の連中が「ゆっくり」と叫んだ。見ると青い防護服の人影が二人、左右にパッと分かれて、殺虫剤を撒くのに使う棒状のスプレーを持ち上げて、彼の頭のてっぺんから消毒薬をふりかけ始めた。上から下まで裏表くまなく噴霧した。口も鼻の孔も耳の中も。七つの穴の中で尻の穴が最も汚くて毒（病原体のこと）を持っているのに、そこはスプレー消毒しないのか聞きたくなったが、ぐっとがまんした。

続いて検温、身分証のチェックが行われ、異地隔離の書類に必要事項が書きいれられた。これで手続きは完了し、社区の防疫指揮部の王主任と名乗る中年男が、赤い大きな公章を押した通行証をやっと手渡した。王主任が手招きすると、一台の国産嘉陵ブランドの小型オートバイがやってきた。

「これが専用車ですか？」と艾丁は尋ねた。

「非常時なので、自家用車は一律に出せないことになっているんです。我々の社区にはタクシーは二台しか割り当てられておらず、毎日、病人を運ぶのに手いっぱいでして。なので、申し訳ありませんが、これで。早く乗ってください、時間があまりありません」

艾丁はN95マスクをつけて両手に消毒液を擦り込んでから、リュックを背負った。斜めにパソコンバッグを下げ、オートバイの後部座席にまたがると、しぶしぶ手を伸ばして、運転手の太い腰に回した。王主任はこう紹介した。「こちらは王二小《ワンアルシヤオ》運転手。山西省《さんせい》の太行山《たいこうさん》の昔の革命根拠地から長沙に建築の仕事のためにやってきました。ウイルスが来たので、故郷に帰れず、残って社区の雑用を引き受けてくれています」

「非常時にこんなに密着して、万一感染したら？」艾丁は訊いた。

「王二小運転手は絶対に病気じゃありません」と王主任は保証した。

「うるせえ、いい加減にしろ！」と運転手が突然叫んだ。オートバイはいきなり動きだし、何度かカーブを切って弾丸のように走り出した。

「運賃は二百！」運転手が叫ぶ。

「それじゃまるで恐喝だ！」

「だからなんだ？　貧乏人だって生きてかなきゃならねえんだ！」

艾丁は腹立ちまぎれに猛烈に彼の腰を両手でつかみしめた。オートバイはふらついて、運転手が怒鳴る。「もうすぐ立体交差橋だぜ、おれと一緒に死にたいのか？」

「最悪だ」

「最悪だろうが知るか。こっちは命を危険にさらして客を運んでるんだよ。ほら、この道路だって人も車も交通警察もねえだろ。なんならお国なまりで一九三〇年代の抗日革命歌でも歌ってやろうか？　お代はいただきませんよ、お客様への文化娯楽サービスといたしましょうかね」

「勝手にしろ！」

猴哥要当紅軍、紅軍不要猴哥、
（猿公《えてこう》は紅軍になりたし、紅軍は猿公など要らぬ）
因為猴哥的屁股翹呀、容易暴露目標
（猿公の尻がぴんと立てば、敵の格好の的となる）
猴哥找到政委、政委也是個猴子、
（猿公が政治委員を訪ねたら、政治委員もお猿さん）
因為猴子愛猴子呀、猴哥就参軍了
（猿は猿公好きだから、猿公晴れて参軍だ）
猴哥去偵察敵情、一路来到半山腰
（敵情偵察に猿公は、山のふもとにやってきた）
因為猴子都屁股翹呀、被鬼子発現了
（猿公おいどがまっかっか、鬼子に見つかりさあ大変）
猴哥抬腿就跑、鬼子追過来両刺刀
（あわてて逃げ出す猿公に、鬼子追いつき刀で二刺し）
為了革命為了党呀、猴哥光栄犠牲了……
（革命のため党のため、猿公名誉の戦死をとげた）

王二小のオートバイは艾丁を乗せて長沙南駅へと驀進《ばくしん》した。恐喝呼ばわりが効いたか、怒り心頭に発した王二小は故郷の革命歌を繰り返し大声で歌いながら、瞬く間に湘江大橋を突き抜けていった。風が河面を波立たせ、二人は水平線の向こうに広がる五色の輝く雲を見上げた。

雲は遠くからにじむようにたゆたって、河の真ん中の橘子洲《きっししゅう》とつながって見えた。艾丁は、若き毛沢東が長沙の師範学校で学んでいるとき、いつもここに来て、泳ぎながら学友たちと天下の大事を討論したというエピソードを思いだした。毛沢東自身、そのときは、自分が後に歴史上に悪臭を放つ独裁者となるとは思いもしなかっただろう。

金儲けに目のない王二小は、突然歌うのをやめたかと思うと、中学の教科書に載っている毛沢東の詩『橘子洲頭』について、風雅な調子で語りはじめた。五色の祥雲を指さしながら。

「ほら見ろ、天上に百元札がびっしり重なってるじゃねえか！　てめえの親よりお札に描かれた毛主席の首っ玉ってな」

艾丁は急に鳥肌がたってきて、急げよ、とっとと進め、と言った。そのときふいにエンジンの音が落ち、バイクが路面に文字を書こうとするようにふらふらして、幾文字かを書いたあと、へんな角度で走りだした。艾丁は、ブレーキ！　とあわてて叫んだが、王二小には聞こえなかったようだ。突然その体が板のように硬直し、首は遠吠えする犬のようにまっすぐ上を向いた。声が出ないようだった。それからまるで電気椅子にでも座ったかのように、しがみつく艾丁の腕の中で王二小の身体が震えはじめた。艾丁はとっさに両手を彼の腰からはなして伸びあがり、王二小の体越しにハンドルをつかんだ。二人は中央分離帯の花壇に突っ込み、転倒した。

艾丁は跳び起きたが、王二小はまだ痙攣していた。艾丁は王二小の右足にのしかかっていたオートバイをどかしてやる。王二小は口を大きく開いた。鼻腔と喉に何かが詰まっているらしかった。身体を硬直させて両足を必死でばたばたさせ、ありったけの力を振り絞って喉を塞いでいるものを取り出そうとしているようだった。零《こぼ》れ落ちそうなくらい眼球をむいていた。ついに猛烈な勢いで息を吸い込み、半秒ののちに長い長い息を吐き、まるで命のすべてを吐き出すように、下痢の糞よりもひどい臭いの濁気を吐き出しおえると、がっくりと肩の上に頭を落とし、それで終わりだった。

一人の無症状の武漢肺炎患者はこのように死んだ。数分前には、元気な様子で高らかに歌を歌い、金持ちになることを夢想し、その太い腰に艾丁はしがみついていた。

艾丁は動転し、本能的にあたりを見回した。交差点の中央の花壇を、連綿と起伏をつくる高層マンションを、四方八方に延びる通りを見た。どこにも人の姿はなかった。彼は空を見あげて、うわごとのようにつぶやいた。「あまりに高い、高すぎる」。まるで深い深い井戸の底にいるようで、あまりに高いところにおわす何ものかはどうして自分を救い上げてくれないのだろうかと……。

彼はスマートフォンを取り出して110番を押し、そのあと120番を押した。誰も出なかった。王二小は大丈夫だと保証してくれた王主任に電話したが、電話の向こうで「どちら様？」という声がした途端、通話を切ってしまった。自分はきわめて危険な状況に陥ったと、ふいに悟ったからだった。これで自分は本物の〝疑似感染者〟になってしまったのだ。武漢肺炎死者との濃厚接触者として、法に則って隔離されなければならない存在になってしまったのだ。

「だめだ、そんなことは耐えられない。絶対家に帰るんだ」彼はつぶやいた。「彼と接触したのは間違いない。でも自分はマスクも手袋もしていたし、服地も厚い。大丈夫に決まってる」

彼は花壇の中央にうずくまり、リュックを開けてひっくり返して消毒液を見つけだすと、手と顔と、露出しているすべての部分、さらに露出しうる部分にも擦り込んだ。マスク、手袋、上着、ズボン、靴下、靴、すべて脱いで着替え、オートバイを起こしてハンドルから車体からシートから全部、アルコールと消毒液ですみずみまで拭いた。それから五メートルの距離をたもって、地面に倒れている王二小に顔を向け、両手を合わせた。「申し訳ない。王二小運転手、二百元は後で会ったときに払う」

彼はしっかりとベルトを締め、オートバイのエンジンをかけると走り出した。強盗か何かになったような気分で走り続けた。前方に延びるまっすぐな大通りを、疾風か電撃のごとく走りぬけて、あっという間に長沙南駅に到着した。高速鉄道に乗車すれば、一時間半で武漢に到着する。「自分にできることはない」彼はつぶやいた。「必ず家に帰るんだ」

だが、このトラブルのせいで遅刻してしまっていた。発車の八分前には着いていた。しかし乗車券売り場の窓口は発車十分前に閉まっていたのだ。彼はオートバイを乗り捨て、まっすぐ改札口に向かったが、乗車券はなく、改札を通してもらえなかった。「車内で乗車券を買えないのか？　行かせてくれ！」と、彼は通行証と身分証を見せながら涙声で訴えた。だが聞いてはもらえない。「僕は発熱してないんだ！」。首を横に振られた。続いて、ベルの音が長く響き、列車は駅を発ってしまった。

運に見放された艾丁は、まるで仕事を見つけられなかった出稼ぎ農民のように、大きな荷物を背負い、オートバイを押し、汗まみれで目的もなく、気づけば沿道に座り込んで自分の口元をパシパシと叩いていた。妻が電話をしてきても出なかった。王二小を紹介した王主任が電話してきたときには、吠えるように「なんてことをしてくれたんだ、貴様は！」と一言だけ言った。王主任の答えは意外なものだった。「早まらずに。今日のことは本当に申し訳ありませんでした」

艾丁は一瞬、耳を疑った。それから、これは何かの罠なのではないかと思った。だが王主任は続けた、「すでに政府は、湘江大橋の天網《スカイネット》監視ビデオの記録映像で何が起きたのか確認済みです。あれは事故で、あなたの責任ではありません」

「王二小の発病はあんたの責任だろう」

「艾丁先生、そんなことをみだりに言ってはいけません！　私は医者でもないですし、たとえ医者であっても、彼には何の兆候もなく、見ただけではわからなかったのです。勘弁してください《アイヤ》、私だって被害者ですよ。私も今から十四日間、自主隔離期間に入るんです。でも、この件についてはあなたが心配することはありません。政府がしかるべく、彼のご遺族に通知しますから」

「もし、僕が感染していたら、あんたが責任をとってくれるのか？」

「それは無理です。先生、あなたは花壇のところで消毒し、服も着替えましたね。そういうすべてを政府は把握しています。監視ビデオを繰り返しみて分析した結果、私どもの認識は一致しています。あなたの対応は合理的であり、目下の国家の防疫基準を満たしています。感染なんてしていませんよ！　ですから、私は社区防疫指揮部を代表してあなたに通知します。先ほどの隔離解除決定は有効のままです」

「そうはいかない。戻るよ」

「戻ってどうするんです？」

「僕はあんたのせいで疑似感染例になった」

「王二小のせいで、です。私じゃありません」

「王二小を紹介したのは誰だ？」

「誰も紹介していません。あなたのところに彼がやってきたんです」

「あいつはあんたが紹介した〝専用車〟じゃないか」

「御冗談を！　私どもの社区の専用車で、オートバイはありえません。二台の感染対応専用車がありますが、いずれもきちんと消毒され、運転席と後部座席に分かれて運転手と乗客が座ることになっており、防弾ガラスで隔離されているんです」

「恥知らずめ」

「きちんと話しましょうよ。汚い言葉はなしで。王二小はあなたのところに来ました。私はもともとやめさせようとしたんですよ、あなた方二人があんなに密着しては、安全上問題が大きすぎる、あまりに大きすぎるので……」

「なんてこった！　あんたには恥ってものがないのか？」

「もう一度いいますよ、ちょっとお待ちなさい。あなたは何度も、自分には妻と子がいて武漢で待っている、帰りたくて矢も楯もたまらない、と言っていましたね。私もあなたの身になって考えて、ちょっと日和っちゃいましてね、あなたが最終の高速鉄道に間に合わなかったらと心配になって……ああ、党幹部としては、これが私の最大のミスです……」

「王さんよ、ちょっと待っていてくれ。すぐいくから」

「戻ってきてどうするんですか？」

「戻ったときに話す」

「私は隔離中ですよ、あえませんよ」

「あんたに付き合ってもう十四日間、隔離されてやる」

「私どもの資源にも限りがあります。先生、あなたのために社区の負担を増加させる必要性がありません」

「妻の実家にいるんだ、社区がどんな負担を負うっていうんだ？」

「ドアの封鎖にも人を雇わねばなりませんし」

「上に報告するぞ！」

「どうぞご勝手に。もうつきあいきれません」

王主任は電話を切った。湯気が立つほど怒り心頭の艾丁は、すぐにオートバイの向きを変え、もと来た道に折り返した。だが湘江大橋に差し掛かると、向こうから一台の警察車両が行く手を阻むようにやってきた。ブルーの防護服を着こんだ二人の警官が下りてきて、もっともらしく彼の身分証と通行証を調べた。そして警察車両のトランクを開けて、オートバイを押し込み、彼を強制連行しようとした。彼は沿道で大声をあげて叫んだが、警官たちは沈黙したまま何も言わなかった。

社区の街道派出所の入り口で、艾丁は消毒液を吹き付けられ、額に検温計を当てられ、その後にスマートフォンとパソコンを押収されて鍵のかかった部屋に閉じ込められ、一晩そこで頭を冷やさせられた。翌日早朝、派出所の政治指導員にガラスの隔離壁の向こうから尋問されたとき、彼はしびれを切らして叫びだした。「この件を訴え出るぞ！」

「ここは裁判所ではない、何を訴えるんだ？　どこかおかしいんじゃないのか？」

「ああ、おかしいさ、病気なんだ。王主任の推薦で来て、武漢肺炎で死んだ王二小と濃厚接触したんだから、僕は疑似感染だ。ＰＣＲ検査が必要だ。もし陽性だったら、すぐ入院治療を要求して、王主任の法的責任を追及してやる」

「王主任も自主隔離中だ。彼も被害者なんだ」

「そんなこと僕には関係ない」

「おまえのような馬鹿垂れは、どうしてそうも冷血なんだ？　王主任はな、おまえについて一言だって悪いことは言ってなかったぞ。おまえのことを説明して、早く家に帰してあげてほしい、と頼んでたんだ」

「検査してくれなきゃ、家には帰らない。万一妻や子供に感染させたら……」

「先生、あなたは発熱しておらず、呼吸も正常だ」

「王二小は死ぬ二分前まで、発熱してなかったし呼吸も正常だった。ウイルスには潜伏期があって、無症状患者は牛の毛ほど大勢いる」

「ここは派出所で、病院じゃない」

「病院に連絡できないのか？」

「党の偉いさんにでもなったつもりか？　病院は患者で満杯、医療資源も不足、医療従事者もギリギリのシフトでまわして、地元住民ですら助けられないんだ。一日で数百人死んでるんだ。おまえのようなよそものが、しかも全国人民に多大な苦痛をもたらしている湖北人が、なんでこっちの資源を占用する？　ＰＣＲ検査をやれって？　何様だ？　検査キット一つ数百元、おまえに払えるのか？」

「問題ない。払う。〝確診〟かどうかは別にして、とにかく僕は裁判に訴える。もし勝訴したら、この金は王主任に出させる」

「負けたら？」

「死んでも勝つ。もし僕が感染して死んだら、王主任は間接的謀殺罪の犯人だ」

「とっとと失せろ！」

「いやだね」

「出て行かないというのか？」

「妻も子もいるんだ、検査せずには行けない」

「わかった、もし出ていかないのなら、挑発罪で逮捕する。感染流行時に党と政府にたてついたら、一律に『状況が特に深刻な場合』を論拠に、労働改造所に五年放り込んでも問題ないんだぞ」

艾丁は怒号をあげた。もしナイフを持っていたら、もしガラスの壁に阻まれていなければ、跳びかかっていただろう。しかし、たとえ彼が一頭のトラであったとしても、ただ吼えることしかできなかった。指導員は立ち上がり、「我々はすでに仁義を尽くした」といって踵を返して去ってしまった。弁当が窓口から差し入れられたが、彼はぴしゃりと拒絶した。弁当係が「自分で自分を困らせてどうする」と言った。

午後になって、艾丁はスマートフォンを返してもらった。待ちかねたように微信を開くと、妻からの伝言が残っていた。「むこうから電話があった。帰ってきてから話しましょう。騒ぎを起こさないでね。私と娘はずっとあなたのことを思っています」

第七章　無人区を抜けて

午後二時、艾丁はついに降参した。王主任が電話をよこした。「艾丁先生、私もやむを得なかったんです。こうした人命にかかわることの責任なんてだれがとれるっていうんですか？　私にも妻と子供がありますよ。私の身に何かあったら彼女らはどうなります？　ちょっと私の立場にたって考えてみてくださいよ、あなたと私の間には恨みもあだもないはずなのに、なんで一緒に自滅する必要があるんです。自分を爆弾みたいにして人を巻き込むのは絶対やめてください。私は爆弾処理の専門家じゃないんですから。そうでしょ？」

「無駄話はいい。僕はどうしたらいいんだ？　もう高速鉄道は止まっているし、何の交通手段もない」

「政府の決定で、王二小の遺留品である国産小型嘉陵ブランドのオートバイのあなたへの貸与を一時的に認めることにしました。感染状況が落ち着いた後、その割引利用価格について相談しましょう。長沙から岳陽《がくよう》まで高速道路を走れば、普通車で一時間ちょっとで到着します。岳陽から省境に出れば、武漢まではあっという間ですよ。オートバイのスピードなら時間は二倍かかる計算ですが、今日中に家に戻るのには問題ないでしょう」

「高速道路は封鎖中だろう」

「あなたのために特別に通行許可が出ます。警察車両が入り口まで送ります」

「オートバイのガソリンはなくなっていた」

「派出所の近くにガソリンスタンドがあります。あなたにはそこで無料で一度の給油が認められています。注意しておきますと、沿路には休むところもないし、レストランにも入れませんし、宿泊もできませんし、現地住民の誰とも接触することができません」

「売店は？」

「ガソリンスタンドに売店があります。給油のときに、一度だけ買い物が許されています。必要なものをリストにして、ぜんぶ一括で解決するのが一番いいですよ」

気持ちが徐々に落ち着いてくると、艾丁はやっと腹がすいてきた。面倒なことはぜんぶ風と共に去り、彼は派出所で支給された弁当を二つ平らげると、同行する警官とともに給油と物資の補給を行い、さらに警察車両に高速道路の料金所入り口まで送ってもらった。オートバイを下ろし、臨時に開いてもらったゲートから入った。何人かの警官が面目なさそうに彼に手を振って別れを言った。彼らは全員、マスクをして防護服まで着込んでいた。雲一つない空と地面の間で、彼らはまるで空に飛び立つ宇宙飛行士のようだった。

この高速道路には全国一体化した天網電子眼監視カメラが等しく設置されていることが艾丁にはわかっていたので、あえてきびきびと動いた。そうでなくとも、長沙の街だけでなく、岳陽までの高速道路もずっと空っぽのようだった。まさに奇観だ――普段なら流れる川がとどまることを知らないように車が走る高速道路に、いまは彼一人だけがオートバイを駆っていく。もしオートバイが駿馬ならば、彼は古代の駅伝の使者であったろう。夕日は山と川の間に沈んでゆき、高速道路は徐々に輝きを失っていく幽霊船のようだった。その幽霊船の上からは、三日月が上下逆さの波濤の中に浮かぶのが見える。星々はかすかに光っては開き、閉じる口を思わせて、まるで無言の挽歌《ばんか》を歌っているかのようだった。

艾丁が〈監護出境〉（監察下での省を越えての移動）特権を得ることができたのは、まさに塩漬けの魚が生き返ったかのごとき幸運だった。彼は一路ひた走り、夕方の五時、空の色が黒白《モノクロ》に変わるころ、洞《どう》庭《てい》湖《こ》畔の古都・岳陽に到着した。

前方には道路封鎖のバリケードが設置され、それ以上は行けなかった。彼は高速道路を降りて、一般道路を走りだした。

天下に聞こえた岳陽楼の前に差し掛かった。もちろん彼には、ふと足をとめて楼にのぼり、北宋の文豪・范仲淹《はんちゅうえん》のように沸き立つ水面に向かって、「……天下の憂いに先だちて憂い、天下の楽しみに後れて楽しむ。ああ、この人なかりせば、吾誰とともに帰せん」などと千古の名篇を揮毫するなんてことはできるはずもない。だが、我慢しきれずバイクをとめて、そのそびえたつ黒い影を仰ぎみた。すると城壁の上に次のような告知が貼ってあるのが目に入った。

湖南省岳陽と湖北省隣接郷鎮における
監督管理ステーション設置について

最近、岳陽の少なからぬ微信グループチャットにおいて、「岳陽封鎖、高速道路封鎖、岳陽に入れない」といった事実でない情報が流布されている。本件について、政府防疫当局より以下のように告知する。

1、感染症拡大防止において筆頭の重大事は、内部での感染拡大を防止し、外からの侵入を防止することである。旧暦の大晦日前日より、湖北省に隣接する岳陽市の各県城、郷鎮、村組織はすべて相互に隔離を行い、外出の場合は、社区あるいは郷鎮の一級批准を得ること。急ぎ出かけ、急ぎもどり、理由なき市外逗留をしてはならない。

2、岳陽内のすべての公共交通、旅客定期路線の運航を等しく停止する。平江《へいこう》県管轄の虹《こう》橋《きょう》鎮、南江《なんこう》鎮など湖北にまたがる九地域は全面的封鎖を実施する。武漢地域に非常に近い湘霊市と湖北境界と接する四か鎮は、すべて全省重点防疫区域として、武漢方面へ出ていくのはよいが、入ってくることは禁じる。

3、岳陽市は湖北に入るための湖南からの通路に当たり、京広鉄道、京港澳高速道路が市内を通過しているため、当面は都市封鎖を行わない代わりに、全市の出入り口、特に湖北につながる道路には、三十五の監視チェック地点を設置するものとする。高速道路は封鎖しない。いったん岳陽に入った車両はすべて、強制的に安全検査を受け、人、車両共に消毒を受け、検温すること。

すでに半月以上前の告知であり、しかも目下、全国各地が等しく三千年の昔の春秋時代に後退し、数千の「周天子」名義の令により、諸侯国がお互いに境界を引いて、各々のその国境を守っている。――どうやって岳陽を出ればいいのか、まずどのルートを通ればよいのか、艾丁にはわからなかった。スマートフォンのネット地図をみてみた。岳陽から湘霊までは四十二キロ、湘霊は湖南の最北端で、湖北の腹部に食い込むかっこうになっており、そこから武漢まで二百キロ。オートバイが時速五十キロだとして、夜中の十二時前に家にたどり着く。
それで彼は107号国道に入り、猛烈な勢いで走った。寒風が刀のように衣類を通して身に染みた。赤信号は無視した。なぜなら信号はすべて赤だったからだ。ついに、遠くに二台のトラックが道の真ん中を横にとまって塞いでいるのが見えた。車両の上に誰かが立っていて、五星紅旗を振っていた。艾丁は徐行して停車した。旗を振っていた人物は、下に飛び降りると、五メートル離れたところに立って、声高に質問した。「どこからきた？」

「長沙です」

「どこへいく？」

「武漢へ」

「こんな時期に武漢に？　本気か？」

「家が武漢にあるんです」

「なんだって！　武漢人か！」

トラック内に伏せて隠れていた十人あまりの村人が、突然たちあがった。みな雨合羽を着てマスクをつけ、手には紅纓槍《こうえいそう》（赤い房飾りのついた槍）を持っており、まるで映画の中で洋鬼子《ヤンクイズ》（欧米人への蔑称）を包囲する義和団のようだった。彼らはトラックから降り立ち、艾丁をまるく囲んだ。続いて、数えきれないほどのスプレーのノズルが彼に向けられ、彼は消毒用の濃霧をたっぷり五分吸い込まされた。まるで雲の中を飛ぶ大猿になったみたいな気分になった——まず聞こえたのは耳を聾さんばかりの銅鑼《どら》の音で、それから突撃ラッパが吹き鳴らされて、誰かがこう叫ぶのが聞こえた。「隔離中の同郷の家族親戚たちよ、各自、家にいてよく聞くべし！　今、我々は周囲を徘徊していた武漢人一名の侵入を防いだ。十四億の中国人民に新型コロナウイルスなる深刻な災難をもたらした者をである。これより、かの者に対する消毒と取り調べを行う！　これはきわめて危険であるぞ、同志たちよ、わずかな油断が死を招くのだ。しかし安心されよ、この中華民族の危急のときに、我ら村党支部は、国歌に歌われているように、『血肉をもって新たな長城を築き』、全村老若男女子供を守るのだ。もしウイルスどもがあえて村を侵犯しようというなら、真っ先に迎え撃つのは我ら共産党員……」

　村荘全体の門や窓、瓦の隙間から、拍手の音が流れ出てきて、次いで雲に届くような大音声でスローガンが唱えられた。「打倒湖北人！　打倒武漢人！　共産党万歳！　習大大万歳！　党支部を擁護せよ！　新型コロナ肺炎を葬り去る人民戦争に勝利せよ！」

　道を横切ろうとしたネズミのように、艾丁は防疫宣伝戦の反面教師の配役を割り当てられるという不運に見舞われたのだ。それどころか無数の紅纓槍で尻を小突かれることになった。後になって彼は、この村では最近、感染者が何人か死亡していること、それでも一部の村民が夜毎に湖へ出かけて、違法な網を仕掛けて漁を行ったりするのだと知らされた。それを巡回する民兵が逮捕しては、ひどく殴った挙句、魚と網も没収するのだという。

　ひと騒動のあと、彼らはやっと艾丁の通行証と身分証をチェックして、間違いがないと納得した。紅旗がまた二度振り下ろされ、艾丁は二台のトラックの隙間から通り抜けることを許された。彼は星と月の光のもと、旅路に戻ったが、気分は最低だった。彼の耳には未だに、トラックの鼻先にとりつけられた大きなスピーカーから流れる、防疫〝順口溜《じゅんこうりゅう》（革命時期、ゲリラ戦に参加した農民らが出来事や教訓を唄にして記憶し、周辺や後世に語り継ぐ一種の農村オーラルヒストリーの形式のスローガン）〟が聞こえていた。

家にとどまり、無用に出歩かず、
良く眠り、新聞を読むべし
鍋の野菜をいためるにはへらを使い、
デマを作らず、デマを伝えぬこと
みんなしっかり肝に銘じましょう。

また何キロも進むうち、艾丁の心はだんだん平常心にもどっていき、彼はアクセルをひねって速度をあげ、全力で先を急いだ。ふいに遠くから、明るいサーチライトが二つ、浴びせられた。目がくらみ、急いでブレーキをかけた。死角から人影が突如として飛び出してきた。木刀を手に持ち、怪物の面をかぶって、彼の行く手を遮る。そして言った、「どこから来た?」

「長沙」

「どこへいく?」

「湘霊」艾丁は少しためらいながらも、答えないわけにはいかなかった。

「通行証は?」

彼はそれを手渡した。

「身分証は?」

それも手渡した。

「武漢人か?」

「湘霊にしばらく住んでいる」、彼は機転を利かせてそう答えた。「こんな時に武漢に戻るなんて死にに行くのと同じだからな」

「通行証の注意書きには、あんたはすでに十四日間の隔離がすんで、検査もおわって、身体は正常だとある。しかし消毒はやはり必要だ」

「もう消毒済みだ」

「向こうは漢家村（漢族の村）だ。ここは苗《ミャオ》族の村だから違う」

そしてリーダー格の仮面の男は、両手にひとつずつ噴壺《スプレーボトル》を二丁拳銃よろしく持ち、弓なりに左から右へ、そして頭から足へ、消毒液の細かな霧をスプレーしていった。それから艾丁に口を開くように命じて、口の中に二発発射し、ようやく男はほっとしたようだった。そしてなんと、男は肩をたたき、会合に来ないかと誘ってきた。

「もう時間が遅い」艾丁は言った。

「まだ九時すぎだ。そんなに遅くはないじゃないか」

「用事があるんだ」

「昨今、ウイルスより大事な用事なんてあるのか」

艾丁は内心焦っていたが、郷に入れば郷に従うしかない。電話がまた振動した。妻だ。だが彼はあえて出ずにおいた。

仮面の男は自己紹介を始めた。「おれは沈丁《シエンディン》、あんたと一字違いだな。だがおれの方が立派な由来がある。この苗族の村は、明朝万暦年間に、湘西鳳凰城から遷ってきたんだ。なぜ遷ってきたかは、今となってはわからん。つづめていえば、鳳凰城の大作家・沈従文《シエンツオンウエン》もおれの親戚みたいなもんなのさ。村の祠堂には彼の祖先の位牌や作品全集が置いてある」沈丁は別の者に仮面をもってくるように言い、艾丁にもつけさせた。「これは儺戯《ヌオ・オペラ》に使う面だ。知ってるか？」「沈従文の『湘行散記』の中に書いてある」と艾丁は答えた。「あんたたちの村の習慣は、周囲の二つの村とずいぶん違うんだろうな」

「苗族は漢族より文化がある。苗族は祖先を敬うが、漢族は祖先の墓を荒らす。ときに〝打倒〟だの〝生き埋め〟だのをやりかねないほど残虐だ」

会場は国道の路上に設営されていた。道のどまんなかに置かれた櫈子《ベンチ》を、二条のサーチライトが照らしている。二十人ほどの村民が、仮面をつけて周りにちらほら座っていた。みんなが拍手すると、村の長《おさ》である沈丁が進み出た。「新型コロナウイルスが来襲し、党と政府は大局を統括しなければならぬため、小局を顧みられずにいる。そこで上層部から、村と村は相互に隔離措置をとり、自主管理を行うよう通知が来た。いかなる問題がおきても、自分たちで解決しなければならない。これは『道徳経』に書かれている〝小国寡民〟に相当する。我々苗族の小国は、村を自主的に封鎖して以来、二十人以上の死者を出した。いずれも疑似とされるのみであり、確診とはされなかった。なぜなら、上層部は我々に病院を割り当てなかったからだ。たとえ患者を急ぎ岳陽に連れて行こうとしても、近隣の漢族の村を通過できない。上の指示がなければ、乱闘になっても通れないだろう。

このような状況が続けば、死者はさらに増加していく。村ごとの微信のグループチャットの情報からはっきりと分かったことは、周辺の二つの漢族の村での死者は、我らの村よりもずっと多いということだ。村の封鎖は問題ない。問題は、各家各世帯内での隔離ができないことだ。一つのテーブル、一つの鍋でみんなが飯を食べるのだから、一家に一人疑似感染がでれば、家族全員が感染してしまう。どうすればよいのか？」

村民たちはひそひそと話し合っていたが、一人が推挙されて話しだした。

「どうすればいいかって？　運命を受け入れるしかない。毎日みんな決まった時間に体温を測って、症状があれば隔離する」

沈丁はうなずいて言った。「飯食うときに、一人だけ別というわけにはいかないが、寝るときは？」

　村民はまたひそひそ話、それから一人が推挙されて言った。「別に寝ればいい」

「老人は問題ないが、若者は反対するだろう？」

「三、四年前、計画出産が緩和されたとき、我ら苗はさらに優遇を受けて、一組の夫婦が二人から三人まで産んでよいことになった。以来、女性同志はへそを隠さず、男性同志はナニを隠さないもんだから（性欲を抑制しない、の意味）、人口は急増して、生活水準は下がった。今現在は感染が広がって、みんな我慢しているわけで、まあこれも〝多退少補〟、過不足の事後精算ってやつだろう」

「なるほど。英気を養い精を蓄える、か。射精しすぎると免疫力が落ちて、ウイルスに触れるとすぐ感染する」

「そういうことなら、今晩はおれが家を一軒一軒たずねて、銅鑼を鳴らして通知するか。これから毎夜、民兵を派遣して、部屋を調べて、ルールを破ってセックスしているのをみつけたら、罰金二百元だ」

「村民代表は挙手による表決を……全員一致で可決。よし、紙と筆を持ってこい。村の入り口に掲げる対聯（対句になった標語ポスター、入り口など両脇に縦に貼る）を書こう」

　誰かが人の背の高さの半分ほどの大きな毛筆を持ってきて、道路の上に巨大な紙を広げると、サーチライトの下で、沈丁が仮面を外して、袖口をまくり揮毫するのをみんなが見守った。

　　寝るときは部屋を分けよ。キスせねば死ぬか？　ありえない。

部屋を分けず、同じベッドで寝ると死ぬのか？　きっと死ぬ。

群衆は拍手して好《ハオ》と叫んだ。続いて、夜なのにサングラスをかけた異郷の男が三弦琴を抱えて登場した。沈丁は艾丁に紹介した。「彼は張乃慫《ジャンナイソン》、甘粛の芸術家《アーティスト》で、北から南へ流浪して我らが村にたどりついた。ウイルスがやってきたので、彼もしばらく動けないんだ」

張乃慫は、周囲に拱手《きょうしゅ》（両手をアーチ型に組む中国の古式のあいさつ）すると、ズボンのポケットから酒壺を出し、一口あおってから、三弦を弾き、歌いだした。

野生動物は本当に憐れ、
餐館で野味《ジビエ》料理となり
新型コロナ肺炎を感染させた
洗脳完了、手洗いしたら顔も洗おう
それをコロナ君子とよぼう、脳みその線が一本たりぬ

新型コロナウイルスが蔓延した
動物は人類をかごの中に閉じ込めた
じいちゃんばあちゃんマスクが買えぬ
みかんの皮で覆っても、ちっとも笑えない
村村の行き来ができなくなって
書記が来てもだれも知らない

家主は最前線でウイルスと戦った
ベビーシッターは猫を生き埋めにして、天の非難にあった
ヘリコプターで封鎖線を突破したら、
慈善団体を避けて慈善を完了
赤十字は支援物資を使いこみ記者を立ち入らせない
公用車運転手がマスクを持ち出し、指導者が先約だという
〝潔爾陰〟（女性の陰部を洗う消毒液、ベンザルコニウム塩化物）はＳＡＲＳ予防。
〝双黄連〟はウイルス予防。
まるでスモッグでミサイルを防ぎ、昆布で潜水艦を防ぐような
板藍根で不眠になり、おいらも納得いかない
双黄蓮蓉月餅（塩漬け卵黄入りの蓮餡月餅）は言う、私もＴＭＤ（性的な罵り言葉の略語）、もっと納得いかない
もともとこういったことは話したくない
さっき一杯、ひっかけたんで、
ちょっと泡食ってるんだ

艾丁はすっかり聴き入ってしまった。お開きになったのは十時半近かった。沈丁が引き留めて言った。「この苗家村のほかに、この道沿いにはあんたを泊めてくれるところなんてもうない。おれたちの村は二つの漢族の村にはさまれていて、前に狼、後ろに虎、という具合だ。どんな化け物に出くわすかもしれんぞ」

艾丁は不安を感じつつも、うなずいて言う通りにした。村民委員会の建物に泊まることになった。張乃慫の隣の部屋だった。長い時間動きまわって疲れ切っていた。妻に微信で状況を説明し、横になるとすぐに眠りについた。うとうとしていると、戸外から銅鑼の音が聞こえてきた。一人の男と一人の女が叫んでいる。「村民委員会から緊急通知。今夜から、感染拡大防止のため、夫婦は部屋を分けて寝ること。抱擁、接吻ともに許さず。女性同志は矜持を持って、男性同志は頑強に耐えよ。くれぐれも一時の衝動で取り返しのつかない悲劇を引き起こすことのないように！　暗黒は一時的なものであり、やがて光明がやってくる。感染蔓延状態が過ぎるのを待てば、すべてがよくなるのだ……」

翌日、ぼんやりと夜が明けてくると、艾丁はそろりそろりと外に出た。苗家村全体が静まりかえって、犬が何匹か、垣根をすり抜けてうろちょろしていた。彼を見ると、吼えもせず、しっぽを振った。艾丁はすこぶる感動した。人は感動すると、気分もよくなり、運気も一緒にあがる。彼はみんなを驚かせないように、オートバイを押しながら村の中の小道を抜け、国道をしばらく歩いたあと、やっとオートバイのエンジンをかけた。

スピードをあげて二千メートルあまり走ったところでふと頭をあげると、朝日が顔を出し始めた空に、十数個ものパラシュートサイズの水素気球が浮かんでいるのが目に入った。すべてが赤い垂れ幕をたなびかせていた。最初はなにかの大型祝賀イベントかと思った。だが眼を凝らしたところで艾丁の顔は土気色に変わり、知らぬうちに身体が震え出していた。それは防疫スローガンだったのだ。

コロナウイルス恐るるに足らず　みなが党に従うならば
マスクせずに外出する輩《やから》など人と見なさぬ
家では感染予防に心を砕き　姑が来ても追い返せ
湖北から帰りて報告せぬ者は　みな時限爆弾なり
病もちて里に帰るは不孝なる者　両親に伝染《うつ》す良心なき者なり
病もちて里に帰る者は一族郎党に勘当され　武漢帰りは断固受け入れるべからず
今日むやみに動く者は　来年その墓に草が生《む》す
発熱を隠す者はみな　人民群衆に潜む階級の敵なり
今年の春節は挨拶に行くべからず　客は敵なり　訪れた敵に門を閉ざすべし

さらに非常に長い標語が、垂れ幕の端を地面に引きずるように伸びていた。艾丁はバイクを道路わきに止めてしばらく見上げ、ようやく正しく意味を理解した。

今この時　路上で遭うすべての人間は　命を狙って野を彷徨《さまよ》う幽鬼なり

彼はこれに心底恐ろしくなった。しかも前方でフェンスが道の中央に張られ、国道が遮断されていた。フェンスは左右に曲がりくねって何キロも続き、彼がこれから抜けるつもりだった東方紅村をぐるりと囲んでいた。数百メートル先の苗族と漢族の村の境界を越えたらどんな恐ろしいことが起こるのか、想像もできない。それでUターンすることにした。苗家村の守衛たちはすでに起床して、定位置についていた。そのうちの二人とは昨晩、顔を合わせていたので、彼を村に入れてくれた。

　村民委員会の事務所のほかに行くところがなかった。ちょうど、例の甘粛の芸術家・張乃慫が窓を開けて空気を入れ替えていて、遠くから艾丁に気づき、救いの星に出会ったように手を広げて出迎えてくれた。五メートルの距離を保ち、艾丁はバイクを停めてリュックを下ろした。艾丁は大きく一歩踏み出し、足をまっすぐ伸ばした。乃慫も真似をして、つま先同士が触れるまで足を伸ばして、二人とも一分間そのままでいた。疫病が蔓延している時代の固い握手や熱烈な抱擁の代わりだった。

　乃慫が言った。「兄貴、矢のように帰りたくてはやる気持ちはわかるよ、でも何も言わずに出立するなんてあんまりじゃないか」

　艾丁は詫びた。乃慫は頷いて部屋に戻ると、洗面器並みに大きな薄餅（中華クレープ）を持ってきて、兄貴、受け取れと叫んで、投げてよこした。艾丁はフリスビーのように飛んできた食料を受け取ると、大口を開けてかじりはじめた。乃慫は言った。「うちの向かいにある村は、もともと〝屎蛋村〟っていう名前だったんだ。何十年も前、毛沢東がふるさとの韶山《しょうざん》を視察した時に、急に真っ赤に染まって、〝東方紅村〟に改名したっていう、とんでもないサヨクのクソなんだよ。おれがこの地域に来たとき、不運なことに真っ先にやつらに捕まってね、疑似感染として隔離されたんだ。犬小屋に犬のエサみたいな扱いで、しかも一晩につき二百元を請求された。三日目の夜に、おれは民兵を殴り倒して、囲いをこえて逃げて来たんだ」

　艾丁は冷や汗を拭って言った。「危機一髪じゃないか！」

　乃慫はつづけた。「いま危ないのはあんただよ。おれは危なくない。苗家村にしっかり腰を据えて、ウイルスが去るまではどこにも行かないからな」

「でも僕は行かないわけにはいかない」

「今の上の権力は衰えてきているから、各村には自治がある。だから、東方紅村を通るのは国境をこっそりまたぐより難しいよ」

「私《アイヤ》は長沙が発行した省境を越える『通行証』を持っているが」

「なんだ、そうなのか。それが国務院の発行する外交ビザみたいなもんなら、やつらもあんたを行かせてくれるだろう」

「万一、足止めをくったら？」

乃慫はしばらく黙りこくってから、紙とペンを取り出した。膝の上に紙を置いて、しばらく何かを書いてから、手渡して言った。

「この村を出て、オートバイで千六百メートルほど行ってから、国道を右に降りて未舗装の道を三キロばかり行く。それからあぜ道に入って数百メートル行けば、東方紅村を迂回して苗家村と馬家河《ばかが》の村の境に出られる。馬家河というのは回民《ムスリム》の村だ。連中は単純だからさ、兄貴、あんたにちょっとしたバックがついてるとわかれば、とっとと通り過ぎてくれと言うよ」

艾丁は手書きの地図を受け取ると、こらえきれずに涙をこぼした。両手を合わせ、乃慫に向かって三度、礼をした。乃慫も急いで返礼をした。艾丁は身をひるがえして村を出、指示にそっていくと、果たせるかな村境を越えることができた。

かくして艾丁が馬家河村のわかれ道から国道に入ったのは晴れた正午の頃で、彼はスピードを上げて進んだ。左前方に洞庭湖、耳元でびゅうびゅう唸る風音に、波音が混じって聞こえるようだ。視界はひろびろと極めて良好で、艾丁はネットで地図を調べながら、さらに二韶《にしょう》という村を一つ越えて、省境の湘霊に到着した。

二韶というのは「第二韶山」の略称で、村のもともとの名前は「二荒」だった。「荒」とは荒地の意である。改名の由来は東方紅村と同じだ。数十年前に、韶山を故郷とする毛主席が視察にやってきて、ある村民の家に入り、鍋の蓋をあけると、「十分に食べられているか？」と食糧について尋ねたという。村民は「食べきれないほどあります。一畝の田んぼから五万斤（二十五トン）以上の米がとれ、天兵天将まるごと下界に降りてきても食べつくせません」と答えた。毛主席はニコニコと笑って、その村民の家に泊まり、死ぬほど辛い剁椒魚頭（唐辛子で蒸した魚頭、湖南の名物料理）を味わい、興に乗って「忙時喫乾、閑時喫希（忙しいときは乾物を食べ、暇なときは汁物を食べよ）」という最高指示を揮毫した。

二韶村の見張りはそんなに威張っておらず、実務的なだけだった。消毒液を噴霧し、体温を測り、書類をチェックした。身分証に武漢の字を見たときですら、驚いた様子はなかった。その後、通行証をチェックし、通行証の裏面に押されている公章の数を仔細に数えはじめた。長沙、岳陽、漢家村、苗家村、馬家河、すべての村境を越えるごとに公章を押してもらわねばならない。EU以外の国で国境を越えるのにビザが必要なように、一つでも欠けてはならないのだ。

いやな予感がして、艾丁が心中で叫びをあげたとき、見張りが案の定、顔をあげて言った。

「東方紅村のがないな」

艾丁は弁解した。「馬家河のほうから来たんです」

「どうしてそんな遠回りを？」

「風景を見ようと」

「いたるところで死者が出ているというのに、風景を見るだって？」

艾丁は答えを思いつけずにいると、見張りは口を突き出して、バリケードの前に貼られた紅い布の上の標語を示した。左側には「外出したら足を折る、口答えしたら殴って歯を折る」、右側には「今日親戚友人宅を訪問すれば、明日は家中から犬扱い」とあった。

巨漢が何人も出てきて、手にした担ぎ棒（重いものを運ぶ担ぎ棒は農村で武器として使用される）を水平に構えて周りを囲んだ。

艾丁は慌てて叫んだ。「村を迂回する抜け道を僕が知っているわけないじゃないか！」

見張りが男たちを制止して言った。「国道が通るすべての村の通過印がすべて押されていないといけない。万が一、おまえが突然病気になったら、政府は感染源をはっきりさせないといけないんだ。わかったか？」

艾丁は戦々兢々として、言葉を失った。もと来た道を一時間あまりかけて引き返すしかなかった。三度《みたび》、苗家村に戻ると、相変わらず垣根のところに犬がおり、扉はしっかり閉じたままで、村民委員会の事務所も変わらぬままだった。扉をたたいてから、艾丁は五メートル後ずさった。苦難を救う観音菩薩たる張乃慫が、ドアの軋む音とともに現れた。

「まだ行ってなかったのか？」

今回は乃慫が一歩踏み出し、足を伸ばしてきた。艾丁もそれにならい、二人はつま先を一分だけくっつけた。

艾丁は何があったか話した。乃慫は「通行証自体は問題ないんだな」と言った。

「でももし問題があったら？　あんたも東方紅で隔離されたんだろう？」

「こりゃ一本《アイヤー》とられた！」

「アイヤー、じゃないよ。あんたは南へ北へと旅慣れてるし、頭も切れる」

「まあそうかもな。ところで、あんたの通行証を見せてくれないか」

乃慫は踵を返し、部屋で半時間ほどドタバタしたあと戻ってきた。「さあ、さっさと行くんだ、もしまた兄貴殿が戻ってきたら、おれは梁から首を吊るしかないからな」

艾丁は通行証を受け取って、一目見て驚いた。「乃慫、兄弟よ、神よ！　愚兄、敬服つかまつった！」

「なに、石鹸をちょこっと彫って押しただけだよ。間に合わせにはなるんじゃないか」

第八章　〝国境線〟の彼我

黄昏時《たそがれどき》が近くなり、ずっと見たいと望んでいた〝湘北門戸〟たる湘霊についにたどり着いた。湘霊は四つの郷鎮があり、湖北と境界を接している。浩々とした長江とその数本の支流があちこちを横切り、遠くには湖北赤壁（三国演義に出てくる〝赤壁の戦〟のあの赤壁だ）を望むことができる。宋代の詩人の蘇東坡《そとうば》（蘇軾《そしょく》）はかつて、朝廷の貶謫《へんたく》によりこの地に送られたことがある。そんなある日、詩人は大いに酒に酔い、夜舟に遊んで、世に名高い『赤壁懐古』を残したのだった。

大江東去、浪淘尽、千古風流人物
（大江東に去り、浪あらい尽す、千古風流の人物を）
故塁西辺、人道是、三国周郎赤壁
（故塁の西辺、人のいう是、三国周郎の赤壁なりと）
乱石穿空、驚濤拍岸、捲起千堆雪。
（乱石空を穿ち、驚波岸を拍ち、捲き起こす、千堆の雪）
江山如画、一時多少豪傑……

（江山、画けるがごとく、一時多少の豪傑ぞ……）

豪傑とはいいがたい艾丁だが、このような歴史的名勝の地を通るときには、古い時代への思いを掻き立てられずにはいられなかった。数日前に荘子帰がやってみせた儒者もどきの科学者たちと舌戦を繰り広げる諸葛亮の真似を思い出し、つい失笑してしまう。

それはちょうど検査員たちが彼に消毒液をスプレーしているときで、艾丁が目を細めて笑っているのを見て、何が可笑しいのかと尋ねてきた。艾丁は思わず、「多情応に我を笑うべし、早くも華髪を生ぜし（『赤壁懐古』の一節。思い入れが強すぎて、白髪になったと笑う人もいるかもしれないの意）」とつぶやいてしまった。

「新型コロナウイルスでみんな死ぬか生きるかっていう時に、『多情』だって？　『我を笑うべし』？　あんた人でなしか」

これは蘇東坡の詩だと艾丁は説明すると、検査員は、「詩を読むより先に人としてちゃんとしろ。あんたみたいな多情なスケベ男が蘇東坡の詩を暗誦するに値するか？」

艾丁は耳まで真っ赤になり、口をつぐんだ。

通関手続きはすべて終わり、粗《あら》を見つけられなかった検査員は、さっさと省境を離れろ、理由なく湘霊に逗留してはならない、と艾丁に警告した。彼は冷や汗を拭きながら、速やかに立ち去った。ここは紅茶の生産で有名な省の港町だったが、今は厳重警備下の死の町となっていた。警察車両と遺体運搬車のほか、いかなる人間の活動の痕跡もない。湘霊は地理的に交通の利便性が極めて高く、武漢や湖北で生計を立てている人が数えきれないほど集まっているのだと艾丁は知った。そして、武漢と周辺の街が一つひとつ封鎖されるなか、春節を故郷で祝おうとする人たちが続々とこの地に集まった。その一人ひとりが言わば時限爆弾であり、最終的に、この街の人びとすべてが生と死の震盪《しんとう》に包囲されてしまったのである。

艾丁は急いで市街地を離れ、あっという間に湖南最北端の公牛鎮《こうぎゅうちん》にやってきた。幹線道路の通る橋を隔てた向こうに、湖北省が管轄する公牛村がある。橋の両端に検問所が設置されていた。検問の厳しさは第二次大戦時代の国境の税関以上だった。検問所の周囲には赤い腕章をつけた武装民兵が多数パトロールしており、それはこの疫病の状況下で勢力を増していた。伝統的に複雑で錯綜していた何十キロにもわたる省の境界線は、今では明確に線を引かれていた。

省境をはさんだ両側の村民は、塹壕を掘り、鉄条網を張り、国境警備隊の歩哨のように猟犬をつれて動き回り、昼夜交代で厳重に省境を死守していた。人間はいわずもがな、犬猫やネズミ一匹ですら、越境すれば逮捕され殺されてしまうのだろう。

艾丁は車を停め、検問を受けた。国境警備員が警告してくる。「ここが省境前の最終地点です。よろしいですか、同志。橋を渡ったら二度と戻ってこられませんよ」

「どういう意味です？」

「感染拡大防止は目下、最も厳しいステージに入りました。『外から中に入るのを防ぎ、内から外に出るのを防ぐ』ことが我々地方の党組織の最重要任務です。我々湘霊の主要任務は、湖南人と湖北人の接触を厳しく禁じることです。あなたは湖北人ですが、状況は特殊で、長沙当局から出境の特別許可が出ています。我々はそれを阻むことはできません。しかし、告知する必要はあります。我が党の政策は『出ることを許し、入ることを許さず』です」

「万一、湖北側が私を入れてくれなかったら？」

「あんたら同郷でしょうが。あのね、湖北もウイルスもあんたらのもの。こんなに人死にが出たのもあんたらのせいだろうが。同じ穴のムジナなんだから、あんたを受け入れないことがあるか」

「そ、そんな言い方はないだろう。橋の真ん中まで行って、向こう側の人にちょっと尋ねてくれてもいいじゃないか」

「あっちに向かって大声を出せっていうのか？　無理だね。このウイルスは飛沫感染するんだ。空気中で生きたまま二時間漂ってるんだぜ」

「なら距離を置いて立てばいい。そもそもあんた、N95マスクをつけてるじゃないか、なら大丈夫だろう？」

「我々湖南人すべて、偉大なる領袖、毛主席と同郷だ。一人の湖北人のために命の危険をおかすなんてありえない」

「じゃ、じゃあ電話で向こう側に聞くくらいいいだろう？」

「だめだ」

艾丁は憤慨したが、自制しなければならなかった。彼は目をそらした。夕焼けが照らす雲は膨大な数の割れた卵を散らかしたように見え、その上の昏れゆく夜空は引っくり返った鉢のようだった。鉢の底で星の光がかすかに瞬いている。どうしたらいい？　彼は脳を急速回転させた。

「僕が自分で橋の真ん中まで行って大声で聞いてみて、だめだったら戻ってきていいかい？」

「それは構わない。もし書面での拒絶を受けたらダメだ。湘霊に知り合いはいるのか」

「いない」

「もし省境を越えることができなければ、政府指定のホテルを紹介しよう」

「ありがとう」

艾丁はバイクをいったん検問所のところに止め、リュックを背負ったまま三十メートルほど一人で歩いていった。橋の真ん中に目立つ赤い線が引かれているのが見えた。彼はその手前に立って、両手を口元にラッパのようにあてて叫んだ。「僕は湖北人だ！　武漢に戻りたい！　聞こえるか？」

応答はなかった。彼は同じことを何度も何度も繰り返した。ついには嗄《しやが》れ声しか出なくなった。その時、メガホンの声が問い返してきた。「戻ってきてどうするんだ？」

「僕はドイツにいたんだ。家が武漢にある。妻と娘が家で待っている」

「もう一回言ってくれ。戻ってきてどうするって？　家族と故郷のために、今しばらく戻らないでくれ」

「同志たちよ、故郷の仲間たち、共産党員たちよ、みんな安心してほしい。僕の体は非常に健康だ。長沙で十四日間の隔離観察を受けてきた。ここまでの帰路でも、十数回の消毒と検査を受けてきた。発熱もないし咳もない。防疫指揮部の発行した通行証も携帯している。通行証の裏には、すべての村境の検問所の公章が押してある。これとベルリンの出国印と北京の入国印、すべて有力な証明になるはずだ。体温検査にも政治審査にも合格しているし……」

「無駄話がすぎるぞ！　来るなといっているんだ。どうしても来るというなら来い、一体何をするつもりか見極めてやる！」

艾丁はありがとう、と繰り返しいいつつも、悲痛に涙を抑えられなかった。

踵《きびす》を返しオートバイを取りに行こうとしたとき、誰かが低い声で言うのが聞こえた。「同郷人だからって騙されるんじゃないぞ……」

橋の右側に寄せて一台のバンが停まっているのが艾丁の視界に入った。馬面《うまづら》の男が運転席から頭を出していた。艾丁はちょっと躊躇してから近づいていった。馬面が車のドアを開けたので、艾丁は後部座席に乗り込んだ。二人はガラス板越しに会話した。馬面が言った、「おれは対岸赤壁の人間で、女房はこちら側の湘霊の人間なんだ。結婚して十年以上。十歳の娘がいる」

「僕の家とよく似ている」

「ここ数年、春節には一家でこの両岸を行ったり来たりして、女房の実家で旧暦三十日から除夕（旧暦の大晦日）まで過ごして、向こうのおれの両親の家で年越しして春節の初日を迎えてきたんだ。その逆のこともあった。今年はおれの母親が重い風邪でな、おれら三人家族は赤壁からまずこっちに来て、女房の実家で親孝行するつもりだったんだ。除夕が終わったらすぐに戻るつもりだった。だが突然、除夕前に武漢が都市封鎖された。続いて省も封鎖だ。天下大乱、どこもかしこも封鎖だ。みんな何がどうなってるか分からんし、おれもここで何日も手をこまねいてるんだ……」

　馬面が言うには、一家三人、旧暦正月五日の感染ピークの時に、湘霊市の市街地から公牛鎮を経由して赤壁の家に戻ろうとしたのだという。平常時はこの１０７号国道はスムーズに流れ、何の検問もなかった。だがこの時は、橋の両端にバリケードと検問所が設置されていた。湖南側の検問は簡単に通してもらったので問題ないと思って、湖北側の検問所を通ろうとした。だが馬面一家はそこで足止めされた。

　検問所ではこんなやり取りがあったそうだ。

「身分証は？」

　馬面がそれを手渡す。

「三人分だ」

「女房は身分証を持っているが、娘は身分証発行の年齢にまだ達していない」

「戸籍謄本は？」

馬面が手渡す。

「なるほど。あんたら、引き返しなさい」

「おれは赤壁の人間だ。家に帰る」

「だめだ」

「どういうことだ？」

「どういうこともそういうこともない。ダメなもんはダメなんだ」

「理由は？」

「どいつもこいつもみんな理由を訊く！　いちいち説明してたら、毎日千回以上は説明しなきゃいけないんだぞ、頭がおかしくなるだろうが？　で、引き返すのか引き返さないのか？」

引き返さないと馬面が言うや否や、検問員は丈八（一丈八尺）もあろうかという鉄棍棒を車のフロントガラスめがけて振り下ろそうとしたので、彼は驚いて叫びながら引き返したのだという。不満を抱えつつ馬面が車をターンさせて橋の袂《たもと》まで戻ると、女房はため息をつきながら「帰れないというなら、帰らない。家でじっとしているなら、どこでも同じじゃないの」という。

馬面はうなずいて、それはそうだ、と言った。だが、予期せぬことに車はまたも行方を阻まれた。

「身分証は？」

馬面は手渡した。

「三人分だ」

「女房はあるが、娘は身分証を持つ年齢になっていない」

「戸籍謄本は？」

馬面は手渡した。

「なるほど。では引き返しなさい」

「なんだって？」

「あんたは湖北人だ。党組織から我々に、『湖南人を湖北人と接触させるな』という任務が与えられているんだ」

「どうして接触しないでいられるんだ？　おれと女房は十年来、同じベッドで寝てるんだ、娘はこんなに大きくなっているんだぞ」

「あんたの女房と娘は湘霊に戻っていいが、あんたはダメだ」

「おれは湘霊の娘婿だぞ」

「それでもだめだ」

「ならば、そう、おれが運転して女房たちを実家に送り届けるのはいいだろう？」

「だめだ、あんたの車のナンバープレートは赤壁のだ。省の境界を越えることはできない」

「ちょっと前に越えていいと言ったじゃないか。党の政策がそんな短時間で変わるわけがないだろう」

「党の政策は太陽のように永遠に変わらない。しかし新型コロナウイルスが来て、すべてが変わった」

「それでどうなった?」と艾丁は馬面にたずねた。

「それで、その後ずっと、この七十メートルあまりの橋の上を放浪して今にいたる。車と人は前後五十メートル以内なら動いていいが、それより向こうには行っちゃダメなんだそうだ」

「車の中で寝ているのか?」

「車の中で寝るしかないだろう?」

「飲み食いは?」

「週に一度、女房が検問所に届けてくれる」

「トイレは?」

「トランクにゴミ袋がある。一週間に一度、女房が取りに来てくれる」

「いつまで続けるんだ」

「女房がいうには、必ず終わりがくるって」

「そんな状態が続いたら病気でなくても病気になるな」

「病気のことは絶対口にしないでくれ!　もし本当に病気になったら、おれは橋の上から飛び降りるからな」

「体を大事にな。僕のリュックにドイツの風邪薬があるから二箱あげるよ」

「あんた、いいやつだな」

「こっちこそあんたに感謝だ。もう少しで同じ目にあうところだった」

「もしあんたがおれと同じ立場の人間だったら、一緒にこの車にいてくれと言いたくなっただろうな。もっとも、この車は二人で寝るには狭すぎるから困っただろうけど」

街灯がともり、三日月が昇ってきた。月は街灯より明るかったが、氷のように冷たかった。艾丁は公牛鎮に戻り、政府が感染期間中に疑似感染者の旅行者を泊めるために準備していた一晩五百元もするホテルに泊まった。ベッドは比較的清潔で、インターネットはただで使え、一日二回の食事が部屋に運ばれた。

艾丁は急いで妻と、微信のビデオでこの状況について手短に相談した。妻をふくむ一家三人は不安がっていたが、かといってどうしようもない。妻は言った、「意外ではないわね。順調に家に戻れたほうが意外かもしれない」。艾丁は、「これからどうしよう。僕の通行証は、湖南省内では使えるが、省境を越えると失効するらしいんだ」。「もう一度、社区の防疫指揮部に電話してみるわ。湖北の通行証を発行するようにって。私の微信で写真をとって転送する」と妻が言う。「面倒じゃないかい?」と艾丁。「両方の政府は前にも連絡をとりあったことがあるから、きっと大丈夫よ」

続いて、妻はため息をついて言った。「実際、内心とても矛盾した気分なの。あなたは外にいて、危険な目にも何度もあっているけれど、いつも希望が前にある。あなたは今、凍えてもいないし、飢えてもいないし、病気にもなっていない。それは悪くないことよ。何とかやり過ごすような一日でも一日には変わらない。ウイルスが永遠に去らないってことはないでしょ?でも、いつかあなたが実際にこの家の中にいるのを見たら、私はもっと心配になるかもしれない」

「何が心配に?」

「この何日かに起きていることを、あえて多くは語らない。ただ、一つだけ言うわね。私たちの社区の入り口にある小さなスーパーが、一昨日《おととい》封鎖された。裏のマンションに住む女性が原因だったの。羅という苗字の四十過ぎの人で、家を出て、そこに買い物に来た。そして棚の上に積まれてたカップ麺をとろうとして、突然倒れたのよ。痙攣をおこして、むき出しになった目が、まるで小さな鈴みたいだった。私、そばにいたのよ。で、驚いてあわてて外に駆け出した。二列の商品棚がひっくり返って、その女の人の上に倒れた。私は何も買わずにまっすぐ家に帰ったんだけど、まる二晩眠れなかった……。見たことをネットに投稿して、みんなに注意喚起したのだけど、あっという間に削除されて……」

艾丁はこう言いたかった。「僕が家に戻れば、すべてよくなるよ」と。だが、頭を振って、その思いを捨てた。彼にも分かっていたのだ。家に戻ったとしても何もよくはならない。妻は、早く休んでね、と言って通信を切った。

艾丁はシャワーを浴び、ベッドに横になってネットサーフィンを続けた。湖北省のある党幹部が匿名で『荷戟週刊』誌のインタビューに答えて、こんなことを言っていた。

武漢の病床数と医療従事者の数は全国トップ3に入る。しかし結果からいえば、最初の疑似感染者の急増のとき、検査試薬キットが追いつかず、PCR検査も追いつかず、CTも間に合わなかった。一月三十一日、私自身の母にも発熱症状が出て、外来診療の窓口に並びにいって、そこで倒れかけたほどだった。

当時私たちも職場の上司に会いに行った。率直に言えばコネに頼ろうとしたんだ。しかし一般的なコネはすべて効果が失われていた。そこで私は省の機関のトップを頼った。正庁レベルに属す人だった。彼は時間をかけてベッドを探してくれたが、見つけられなかった。そのときの私は、省の上層部でも空きベッドを見つけられず、特権が反故になってしまったのだから、誰もがルールに従って正規のルートで病院に行かねばならないのだと思っていた。後になってそれどころではないと知った。ベッドは本当に不足していたのだ。黄金よりも貴重で、ダイヤモンドよりも希少だった。

当時私たちは、どうしてこんなことになってしまったのかと、パニックに陥っていた。葬儀社の人手も不足しているとも報道されていた……この病への恐怖は、入院できないという現状とリンクして、さらにそこに毎日微博で流れる助けを求めるメッセージが加わった。私はシステム自体の崩壊が起きていると感じていた。あの頃は毎日悶々としていて、ずっと夜も眠れなかった。

ただ今回の試練に直面して言えることは、湖北省と武漢市は及第点のとれる答案を一枚も出せなかったということだ。平常時の出来が悪いのは仕方がない。平常時に成績が良くても、役に立たない。非常時にこそ真の能力が試されるのだ。

昨日、私はある警句めいた一節を目にして、非常に居心地の悪い思いにさせられた。「終わりのない冬はないし、永遠に来ない春もない」というものだ。あの頃、残業しながら書いた報告書に、私はこの言葉を引用したんだ。しかしあらためて考えれば、いったいどれだけの人が父母や子供たちを失ったことか。彼らは永遠にこの冬の中にとどまっているのだ。

インタビューの下には非常にたくさんのイイね！がついたコメントがあり、署名に詩人・王蔵とあった。

ナイフで刺されたことのない者はその肉の痛みを知るまい。神通力広大なる省委員会幹部ですら痛みで動けないというなら、許章潤教授が「憤怒の人民にもはや恐れるものはない」と語ったのも責めることはできない。だから私はこの詩をこう名づける――

恐懼する人民は自殺に急ぐ

私はこのわずかな権力を失うことさえ怖いのです
私はすぐに自殺するしかない
でなければいつか殺されて
裁判官はこう裁定するのだ
自殺だと
そんなことになったら
浮かばれないじゃないか

もう一度いおう
ただ私だけが
私を徹底的に殺すことができるのだ
誰かが私を殺したら
そいつの夢の中で生きつづけよう

艾丁は眠気を押して、この詩についての短い論評を書きこんだ。翌日午前に目覚めてネットを見ると、王蔵の自殺の詩も彼の論評も、何もかもすべて削除されていた。アカウント凍結の警告も届いていた。だが、いまは憤慨多き時であり、ただ耐え忍ぶしかなかった。

十二時ちょうどに誰かがドアを敲き、食事だと叫んだ。ドアを開いて道を空けると、男が食事を載せたカートを押してさっと入ってきた。艾丁は魂が消し飛ぶほど驚いた。

「あんたは王、王、王……」

「王二大《ワンアルダー》。ホテルの臨時コックさ」

「え？　そうなのか？」

「なにか？」

「知りあいとあまりにそっくりで」

「だれだい？」

「王二小」

「そいつはおれの双子の弟さ」

「そうだったのか！　あんた、病気は？」

「病気はあんただろ」

「僕は違う。王二小は病気になったんだ」

「何だって？　今どうしてるんだ？」

死んだよ、と艾丁は言おうとしたが、それを飲み込んで言い換えた。「隔離された」

王二大はほっと息をつき、「それは珍しいことじゃない。いまどきはみんな隔離されてるから」と言った。

「彼と連絡をとったことは？」

「あいつの微信も携帯も通じなかった」

「病院にいるんだ」

「あの一文無しでも入院できるのか？」

「ウイルスが来たんで、彼は帰郷できなくて鑽石嶺街道防疫指揮部で雑用をしていた。人づきあいのいい人だったから感染を疑われて入院したんだ」艾丁はまばたき一つせずに嘘をつき、王二大は信じた。

　二人は話すほどに意気投合した。話を聞いてみると、双子の兄弟は二〇一七年に山東《さんとう》省聊《りょう》城《じょう》市冠《かん》県のベアリング鋼を生産する小さな会社で働いていたが、この会社が損失補塡のために地元の黒社会《やくざ》の高利貸から百三十万元以上の金を借りてしまったのだという。年利は一〇二パーセントで、社主は百八十万元以上を返さなくてはならなくなり、住居を担保に入れても十数万元足りなかった。それで黒社会は借金を取りたてる人間を送り込んだのだそうだ。

　艾丁はその話に聞き覚えがあった。「それって全国を震撼させた于歓《ユイホアン》殺人事件（二〇一六年四月に実際に起きた事件）じゃないか？」

「そう、それさ。于歓殺人事件のとき、おれらは現場にいたんだ。まず初日、やつらは会社にやって来て、于歓の母親（蘇銀霞、女性企業家）――つまり、おれたちのボスの髪をつかんで、金はあるか、と訊いた。ないとボスは答えた。するとやつらの一人が会社の便所に糞を垂れに行って、それからボスを便所に連れていき、便器に頭を突っこんで、食えと言ったんだ。やつらが立ち去ったあと、おれたちは１１０番と市長ホットラインに電話を何度もかけた。でも誰も出なかった。翌日、やつらはまた来た。今度は十一人だ。

　今度は于歓母子を事務所に閉じ込めて、殴る蹴るの暴行を働いた。悪党のリーダーは杜という苗字のやつで、そいつはズボンを下ろしてボスの顔をペニスで突き、靴の底で耳を殴ってから言った、『金がないなら、身体で払えよ。こいつらは八十元は出すぜ。おれなら百元出す』

やばいことになったと思って、おれは110番した。警察が事務所に来て、双方の言い分を聞いてから、こう言ったんだ。『借金をとりたてるのはいい。だが人を殴るのはいかんぞ』。で、帰っちまった。おれは外に出て、パトカーが帰るのをとめようとした。あんたらが帰ると、あの母子は殺されてしまう、行くんならおれの身体を轢《ひ》いていけ、と。でも行ってしまったよ。

片や于歓は焦っていた。だからテーブルの上にあった果物ナイフをつかんで、やくざのリーダーに帰れと言った。やつは無視して殴りかかった。于歓は目を血走らせて、そいつを四回たてつづけに刺した。悪党の杜は腹を押さえて、自分で車を運転して病院にいったが、はらわたがはみ出ていてね、死んじまったのさ」

「その後のことは僕も知ってる」と艾丁が言った。「『南方週末』が報じていたよ。二百万人近いネットユーザーが于歓母子に声援を送ったんだ。一審判決は于歓に無期懲役を言い渡したが、その後、世論の圧力を受けて懲役五年になった」

「あんたが知らないのは、おれがパトカーを呼びとめたせいで、兄弟二人とも黒社会に狙われるかもしれないってんで、その夜のうちに故郷の山西に逃げ帰ったってことさ。故郷にも何日もいられなくて、湖南まで逃げてきたのさ。長沙の建築会社には雇用枠が一つしかなかったんで、二小はそこに残って、おれは湘霊に仕事を探しに来たってわけだ」

艾丁は急にこの男への敬意が湧き上がった。この兄弟は容姿はそっくりだが、思想のレベルに差があった。

夜になって、王二大が酒と豚の頭肉を隠しもって、周囲に誰もいないのを見計らって部屋にやってきた。艾丁には望外の喜びだった。タイミングよく、妻が湖北の通行証の写真を転送してきた。酒瓶の半分を腹に流し入れ、二大は通行証を急いでダウンロードして印刷する手伝いをしてくれると即答した。さらに「誰かの助けになるというのは気分がいいもんさ。仏を送るなら西天へ、ってな。あんたの代わりに湖北方面に聞いてきてやるよ。で、大丈夫だったら出発する。ダメだったらしばらくとどまる。それでどうだ？」

またもや大喜びのあまり、艾丁は罪悪感をおぼえてきた。いつどんなタイミングで、二大に二小の真相を打ち明けるべきかわからなかった。二小には二百元の車代をまだ渡していない。二小との永遠の別れの前に自分は両手を合わせて言ったではないか。「後で会ったときに払う」と。この後でとは今なのか？　わからなかった。

次の日、二大は早起きして、艾丁のために橋の湖北側の様子を探りにいったが、全く相手にしてもらえなかった。

「『国歌』を歌えるか？　『中華民族に最大の危機が来たとき』っていうだろう？」そして検問所の男は言った。「上層部の命令は死んでも守る。それが湖南省長であっても進入させない」

「湖南省長じゃない。あんたら側の湖北人なんだ。通行証もある」

「その通行証は武漢某社区が発行したものであり、その社区でのみ有効だ。湖北全省の通行証は省一級防疫機構が発行したものでないといけない」

「ハードルが高すぎませんか」

「ハードルが高いのが嫌なら、今すぐお前の湖北籍を剝奪してやろうか」

「おれは山西人ですって」

「それは失敬。その通行証の持ち主の湖北籍を剝奪する」

「あんた、外交部の報道官か何かか？」

「もちろん違う。外交部の報道官は私よりずっと強引だ」

二大は怒ってマスクを引き下げ、そいつにペッと唾を吐き捨てるや、後ろをむいて走り出した。そいつはいきり立って追っかけてきた。二大は全力疾走で橋の中間のレッドラインまでいくと急に止まり、尻をピッと上げて、こちらに向かって突進してくるそいつに、一発臭い屁をかました。そいつは屁を食らって、むせてせき込んだ。

二大は叫んだ。「湖北人のくそったれめ、おれをつかまえて感染させてみろ！」湖南側からアハハハと大笑が起きた。

その時、警告の笛が鳴りひびき、ラッパの高音も響き、省境のレッドラインの両側から人が駆けつけて、相手の祖先を侮辱する罵倒合戦が展開された。二大はあたりを跳ねまわりながら罵った。「だんな、おれはちゃんと説明して話し合うつもりで行ったんだ。一人の武漢人をそちらに引き取ってもらおうって。ところがそいつが口を開くやいなや、すべての湖南人の祖先をアレしたいだのと下品なことを言いだすとは思わなかったよ。毛主席も湖南人の祖先なんだ。あんた、毛主席にアレできるか？」彼はさらに続けた。「毛主席以外のすべての湖南人をアレするってか？　省長が来ても通さんと言ったな。傲慢も極まれりだ。召《め》し使いの小僧一人ついたら、あんたみたいな畜生な公牛村のくそったれ農民が外交部の報道官みたいになれるとでも思ってんのか？」

湖北側が罵り返してきた。「この山西のロバの屁野郎、ロバのくせに人の威を借るんじゃねえぞ！」

「おう、おれのバックには公牛鎮の人らがついてるんだ。ロバのチンチンくわえてみるか？」

「公牛を村と鎮にわけられると思ってんのか！　どっちも農民なんだ、おれらを糞くらえといいうんなら、てめえらも同じ糞食いってことだ」

「こっちは鎮で、そっちは村だ。レベルとランクが違うんだよ。レベルが上のほうは肉を食って、下のほうは糞を食う。むかしっから、あんたらの祖先はおれらの祖先の糞を食ってきたんだ。今回ウイルスが暴れたのも、あんたらの方が先。そっちでさんざん死人を出してから、こっちに移ってきたんだ」

「この、この、てめえ」相手側は言い返せず、ただ怒り狂って男女の生殖器の名前を大声で叫ぶだけだった。この手の罵り言葉に関していえば、中国民間の語彙は極めて豊富であるというにとどめ、いちいち書き記さない。縮めていえば、ついには彼らは目の血走った雄牛（公牛）のごとくなって、橋のたもとの公牛全村の老若男女みな担ぎ棒や棍棒、梭鏢《さひょう》（中国古代の短い槍様の武器）をもって、橋の上になだれ込んだ。黒い頭が押し合いへし合いするなか、白いマスクがちらちら輝いた。あちら側が一斉に天と地を揺るがすような叫びをあげた。「根絶やしにしてやるぞ――公牛鎮！　男は盗人、女は娼婦――公牛鎮！　ウイルスで全員死んじまえ――公牛鎮！」こちら側は対抗するすべをなくし、110番に通報した。警察が両側同時に到着した。パトカーはしばらく見物してから、ゆっくりと告げた。「感染拡大時期の集会は禁止されている。挑発喧嘩など郷村の娯楽も禁止である。すぐに解散して家に帰りなさい。でなければ、法に基づき処罰する」

二大は急いでホテルに戻り、艾丁にこの出来事を報告した。苦笑いするしかなかった。故郷に帰る道はすでにどん詰まりだった。感染拡大はまだまだ終わりがない。どうすればいいのか？　ずっとこの値の張るホテルに住み続けることはできない。二大は艾丁の内心を見ぬいて、自分が借りている部屋に引っ越してこないか、と提案してきた。「１ＬＤＫだから、あんたは居間で寝て、おれは自分の部屋で寝る。普段はあんたが家にいて、おれはホテルで働く。ソーシャルディスタンスは保てるだろう」

「防疫当局は同意するかな？」

「おれが行って融通つけてもらってくるよ。おれが頑張って保証人になると言えば、問題ないだろう」

「なぜそんなに私によくしてくれる？」

「あんたは二小の知り合いだからな。一番大事なのは、二人一緒にいる方がなにかと日々暮らしやすいってことかな」

「だったら家賃、僕がもつよ」

「半々だ」

「なら家事は僕が」

「それも半々な」

「ありがとう、僕みたいな家無しの老いぼれ犬を置いてくれて。大恩大徳、今生無以為報（大きな恩と徳をうけて、生きているうちに報いることができない）、感染流行が終わったら家に招待するよ、心ばかりのお礼をしたい」

「これで問題なしだ」

　ちょうどそのとき妻からの微信が来たので、二大もついでにビデオ越しに挨拶した。彼女は初めて「突発的緊急事態」を知り、辛さのあまり涙をぬぐった。艾丁は急に黙りこくった。二大は状況を察して、拱手で暇《いとま》をつげた。夫婦は無言でしばらく向き合った。娘がやってきてパパと呼ぶと、艾丁は答えながらも耐えきれずに泣き出した。

娘が驚いて、パパこっちに来て、私が頭をなでなでしてあげる、という。艾丁は、わかったよ、といってビデオ画面に向かって頭を差し出し、娘が「パパは毎日ちょっとずつ近づいてるよ、毎日近づいてる」というのをただ聞いていた。艾丁は慌てて頷きながら、ビデオを切った。

新たに接続しなおしたあと、艾丁は妻に言った。「あの子の言っていたことは間違いない。一か月以上前、僕ははるか彼方のドイツにいて、今はそっちから数十キロはなれた省境にいる。もし正常にもどれば、高速鉄道で一時間のところだ」

妻は言った。「この一時間の距離の道を行くのに、あと一か月以上かかる気がする」

「そんなに長くはかからないだろう」

「わからないわよ」

「そうだわからない。古代ならば、都での試験に間に合うよう、書生は半年以上前には家を出た。もし合格名簿に名前がなかったら、二度目の試験のために、さらに半年以上かけて行く。よくこう言うだろう、『君帰期を問うも未だ期有らず、巴山の夜雨秋池に漲る。いつか共に西窓の燭をきり、かえって話さん巴山夜雨の時』」

「ガリ勉さん、愛してるわ」娘の叫ぶ声も聞こえた。「私たちみんな愛してる！」

こうして時間も気分もゆっくりと過ぎていった。艾丁は二大の部屋にころがりこみ、二人はそれぞれ一室を占めて、毎日早朝、二大はほとんど客のいないホテルに出勤し、コックの仕事とホテル全体の清掃を行った。人との交流は、二人のガードマン、カウンター受付の若い女性の四人で、みなマスクと防護眼鏡をつけ、距離を保ち、コミュニケーションはすべてハンドサインで行った。夕方になると二大は帰宅し、やっと防疫装備をすべて脱ぎ去ると、艾丁と卓をはさんで酒をのみ、雑談した。興がのってくると二人して真夜中すぎに、防疫装備をつけてオートバイに乗って夜遊びに出かけたりもした。非常時の都市封鎖時期であっても、この時間だけは、やたら厳しい検問も緩んでいた。二大は地形を熟知しており、運転手は彼が引き受けた。艾丁は後部シートに座ってその太い腰に手を回すたび、二小のことを思い出した。「猿公《えてこう》は紅軍になりたし、紅軍は猿公など要らぬ」と歌っていた彼と、突如として発病して迎えた悲惨な死を。ふいに鳥肌が立った。幸い二人とも酒を飲んだあとだったから、人と幽霊の違いをあまり大きく感じなかった。

遺体運搬車は夜にも行き来していて、建物の前に停まっていたり、道端に停まっていたりするのを見かけた。遺体は郵便配達が小包を収集するように回収されていった。泣く人もなく、送る人もない。まるで不気味な無声映画のようだった。二人で暗がりからその様子を眺めることもあった。あれはみんな武漢肺炎で死んだんだろうか、なんで病院に行かなかったんだろうか、と艾丁が訊く。二大は言う、市中心にある病院には発熱患者専門の隔離病棟があるが、ほとんど行く人はない、なぜならＰＣＲ検査キットがなく、行っても診断を確定することができない、だから湘霊の感染者数はゼロとされていると。

二人で公牛鎮を出て、蟠桃河《ばんとうが》河畔の烏雲《ううん》鎮に行ったことがあった。対岸は湖北赤壁。明るい月が空にかかり、眼を細めて遠くを見ると、蟠桃河と長江の交わるところに波濤が立ってキラキラと光るさまは、魚の鱗のようで、ダイヤモンドのようで、あるいは羽毛のようで、石版画に細かく刻まれた舟のようでもあった。百万を超える武人たちが参与した赤壁の戦は歳月の末に今や沈黙している。酩酊大酔した蘇東坡が詩を書き、武人らを祝し、記憶に刻んだ。なかんずく『羽扇綸巾《うせんりんきん》』『小喬初嫁《しょうきょうしょか》』といった詩句に込めて、英雄、美女への思いを。艾丁はため息をつき、「千年一晃而逝《せんねんいちおうにしてゆき》、人間再無東坡《じんかんにまたとうばなし》」（千年は一瞬に過ぎ去り、人の世に東坡はもう現れない）と詠んだ。

二大は「いい詩だ」と称賛した。

艾丁は「いい屁だろ」と笑った。

第九章　ウイルスは出国した

　河面の風がにわかに強くなり、二人は急いで引き返すことにした。帰るとすでに午前三時。二大は急いで戸締りし、寝床に行った。彼は早朝、仕事に行かねばならない。艾丁は興奮がさめやらず、パソコンを開いて、VPNをつなぎ、スカイプでベルリンの荘子帰を呼び出した。老荘の声は聞こえてきたが、ビデオ画面が起ち上がらなかった。「しばらくぶりだな！　艾丁、家に戻ったか？」

「まだです」彼は不満そうに言った。そしてこの数日のトラブルを簡単に説明した。

　老荘は不思議そうに言った。「まだそんなに危険なのか？」

「そうなんですよ。ドイツはいかがです」

「南部には出ていると聞いた。ベルリンはまだだ」

「なぜ無事なんでしょうね。こいつはめちゃくちゃ感染拡大スピードが速いんです。くれぐれも気を付けて。出かけるときはマスクに防護眼鏡。消毒液をこまめに手に擦り込んでくださいよ」

「こっちじゃマスクして外に出ると、みんなから病人だと思われる」

「どうして自分が病気じゃないとわかるんです？　検査したことがあるんですか？」

「テーゲル空港で体温を測ったぞ。正常だ。ブックフェアのためブリュッセルにきているんだ」

「こんなときに？　まだブックフェアに参加なんてしてるんですか？」

「主催者側は数日迷っていたがね、やはり予定通り開催することにした。数万人が参加するブックフェアなんだぞ、準備にも時間をかけてきたから、中止にすると損失もとても大きい」

「中止しないほうがもっと損失が大きいですよ。去年武漢肺炎が見つかってから何か月も経っていて、武漢が都市封鎖されてからだって一か月以上経ってるんです。中国各地の税関を抜けて、世界各地の感染地域に行った旅客は少なくとも数十万人もいたんですよ」

「くそっ、そうだ思い出した。中国が数十の大都市を封鎖するとき、すべての国際空港は中国から逃げ出そうとする連中のためにわざと運行時間を引き延ばしたんだった。……あまりに危険だった……」

「あなたは危険じゃないんですか？」

「昨日、開幕式に参加したのさ。参加者は一万五千人。数百のブースが並んでた。それが全部、巨大なフリスビーみたいな建物の中に収まってたわけだ。誰もマスクなんかしてない。おれはマスクを持っていってたが、つけるのははばかられたね」

「あんたもうおしまいですよ、老荘」

「何がおしまいだ。こうしてあんたと話してるだろうが」

「家に帰ったら、とにかく奥さんと娘さんには会わず、十四日間自主隔離することです」

「変なこと言うな、艾丁、あんたのほうがおれよりよっぽど危険だろうが」

「僕はおびえた兎のように、いつも耳を立ててますからね。とりあえず無事です」

突然ビデオが機能しはじめた。荘子帰は顔を近づけて艾丁をじっと見つめて、「グラスが空いてるんじゃないか？」と訊いてきた。

「早々に飲み終えてます」

「おれはもうホテルの部屋に戻ったから、あんたに付き合ってちょっと一杯やるよ。ブリュッセルはな、児童書の種類がすごく多いんだ、ありゃ世界一だな。だからブックフェアも子供がやたら多かった。おれは中国人の顔をしてるから、ある子どもが新型コロナはインフルエンザなのかと質問してきた。おれは、『違う、新型コロナ肺炎にかかると死ぬかもしれないんだぞ』と言った。するとその子は首を振って、『違うよ、インフルエンザでも毎年人が死んでるってパパが言ってた』と言うんだ」

「お気の毒に、老荘、ヨーロッパはもう陥落ですよ……ご無事を祈ります」

「こっちの中国人はみんなマスクをつけて、各種消毒液を常備してる。国内の地獄を知ってるからさ。おれもあれこれ消毒液を携帯して、数十分ごとに洗面所に行っちゃ、口に一噴き、鼻にも目にも……」

「あんたは外国人の目を覚まさないといけない。あんなにたくさんの作品が翻訳されているんだから、せめて自分の読者には警告しないと」

「おれは専門家じゃない。説得力に欠けるよ。ＷＨＯの感染状況リポートによれば、中国以外じゃ、世界中で新型コロナ肺炎の確定診断例は百九十一しかない。中国国内の百分の一にも満たない。外交部報道官の華春瑩《かしゅんえい》がこんなことを言っていた、『ウイルスよりも怖いのはデマとパニックだ』ってね」

「国内は早々に戦争みたいなパニックになっていて、死者も数えきれないんです！」

「彼女はこうも言っていた、『WHOは中国への渡航禁止措置については賛成していない。そして同時に、中国が取った措置には確かに効果があり、中国がウイルスとの戦いに勝利することに十分な確信を持っていると何度も表明している。高い防疫能力と先進的防疫設備を備えた一部の先進国が率先して過剰な制限措置をとることは、WHOの勧告に相反している。一部米国メディアと専門家でさえ、過剰な制限措置はWHOが明確に反対するものだと……』」

「ヘドが出そうだ」

「ここらの西洋人は吐かないようだがな。連中は必ずしも共産党を信じるわけじゃないが、WHOは信じるんだ」

「エチオピアのテドロス・アダノム・ゲブレイェソスでしたっけ？　あれは皇帝派の国連党支部書記みたいなもんです」

「あんたはいささか常軌を逸してきたぞ。あんたの言うことを真に受けたら、華春瑩は正しかった、『ウイルスより怖いのはデマとパニックだ』ってのは本当だった、ってみんな思っちまいそうだ」

「実際のところ、誰がデマとパニックを生み出してるっていうんです？」

「トランプだよ、あのアメリカ大統領はあんたと一緒で常軌を逸してる。肉まん皇帝（習近平のあだ名）と金三胖（金正恩のあだ名。金デブ三世の意）の方がよっぽど落ち着きがある」

艾丁はかっとなってビデオを切った。彼は荘子帰の〈反話法的アイロニー〉が読み取れていなかった。これは四川人の特徴なのだ。明朝の文人、金聖嘆《きんせいたん》が文字《もんじ》の獄で斬首されようというとき、こう叫んだと言われている。「あわてないでくれ、私には先祖伝来の秘方がある。それを残せないのは残念だ」。すると処刑人が「秘方とは？」と聞いた。聖嘆は「落花生と豆腐干を一緒に噛むと、ハムの味がする」と言った。

もし毛沢東がいなければ、九十九歳という長寿の中国共産党は、もっとはやくに国民党に殲滅されていた。毛沢東は常識破りの不正な泥棒戦術を発明し、それを「遊撃戦」という美名で呼んだ。しかもそれを絶えず強化し、党の基層組織として、「軍の部隊の上に党支部を建て、分隊の上に党小組をつくる」ようにした。

分隊は十人ほどで構成される一つの班で、そのうちの三人を核心の党小組とし、随時その他の兵士を管理監督し、組織に取り込んでいった。不服従者は言わずもがな、ちょっとした疑いをかけられただけで路線闘争が展開され、その結果、ときには死がもたらされ、果ては一族郎党まで連座させられた。こうした組織は現在も機能している。ウイルスの来襲とともに、党中央習主席の一声の号令で、中国数百万の郷村、街道の党組織がすぐに動き、軍事化し、堅《けん》壁《へき》清《せい》野《や》作戦（焦土作戦の一種）をとり、共産党スローガンを天にまでみなぎる洪水のごとく氾濫させ、ウイルスも病人ももろともに、人民戦争の大海原で溺死させてやると誓うのだった。

ウイルスを滅したいのであれば党とゆけ、一帯一路を邁進す
感染すなわち死と心得よ、夫婦同室で性愛に勤しめ
外出するなら足を折る、口答えするなら歯をも折る
マスクあるいは呼吸器か　いずれか一つを選ぶべし
故意に隠蔽、自主的隔離を厭えば子孫断絶
集会参加は恥知らず、雀卓囲むは命知らず

会食せぬのは今後も飯を食べるため、家を訪ねぬのは今後も親しき人に生きてもらうため
今年の挨拶は来年の墓参り
今日いたるところに立ち寄れば、明日は肺炎が家にくる
人の家に立ち寄るは殺人で、集会するは自殺なり
今や宴はみな鴻門宴《こうもんえん》（『史記』より。項羽の陣を訪れた劉邦を宴会のさなかに殺害しようとする場面。「鴻門の会」とも。ここでは「死の危険のある宴会」という意）

しかし欧米列強の鬼子を相手にするのはまた話が違った。内向きと外向きに違いがあって、党は内には厳しく、外には緩いと言えばいいか。荘子帰は、この数日の間に全ヨーロッパを風靡したあるビデオのリンクを艾丁に転送してきた。「新華社はこれを大々的な対外宣伝の目玉として作り直したそうだ。澎湃新聞電子版も、これに尾ひれ胸びれをつけて長尺版を作った。少なくとも数十種あり、転送したのがどの版なのかわからん」とのメッセージがついていた。艾丁はさっそく鑑賞することにした。

中国人顔のファッショナブルな青年がひとり、重い足取りでフィレンツェの下町に向かって歩いている。かつてミケランジェロがさまよったという町のレンガの壁の前に立ち、彼は胸を張って遠くを見つめる。（ナレーション：彼の思いは翼をはやし、その刹那、東方から昇ってくる故郷に戻っていた。ああ、母親の教えが耳元にこだまする）——艾丁がちょっと調べてみると、この青年はイタリア生まれの華僑の二世であり、動画で紹介されているような「中国人留学生」ではなかった。——続いて若者はN95マスクをつけ、長い黒い布で両眼を覆い、彫像のように黙ってたたずむ。その傍らには目を引く看板がたてかけてある。そこに英語、中国語、

イタリア語でこう書かれている。「私はウイルスではありません。私は人間です。私たちを差別しないでください！」

観光客が絶え間なく流れてゆく。この世界的に有名なルネッサンスの国には、毎年、多くのアーティストが巡礼やパフォーマンスにやってくる。だから、初めは彼に注意を払う者はいない。（ナレーション：彼はこの無言だが力強い行動により、ウイルスのパニックがもたらした全中国人に対する偏見と民族差別に反撃した）徐々に、足を止めて見物する人がでてきた。ある者は写真をとり、ある者はひそひそと言葉を交わした。

突然、美しい白いドレスの少女がやってきて、彼を抱擁する。彼女の友人たちがその後に続いて、しっかりと彼を抱擁し、撫で、肩をもみ、頭髪をかきまわし、最後にはみんな丸くなって抱き合う。イタリア人たちも感動した様子で、涙まじりのキスは避けられなくなる。（ナレーション：中国の友人はこの世のいたるところにいる！　昨年、習近平主席がイタリアを初訪問し、この偉大な国家から熱烈な歓迎を受けた。政府と民衆は完全に一帯一路を受け入れた。今こそ一時的に後退しているが、この暗い霧が晴れれば、二〇二〇年の中伊観光交流年は必ず再度のクライマックスを迎えるだろう）。

ますます多くのフィレンツェ市民がセンセーショナルな傑作〈ウイルスではなく人間です〉を抱擁しにくる。ある者は彼のマスクと黒布の目隠しをとり、より濃厚接触のキスまでしてみせる。（ナレーション：これこそは彼への最大の支持であり、中国への最大の支持であった）

続いて、この〝抱擁を求める〟活動の主役は中国新聞ネットの単独インタビューを受けている。その日、三、四十人が自分を抱擁したことは、本当に思いもよらないことだった、と言う。「結局のところ、『中国人がウイルスをもっている』と言う人が最近多すぎるんです。私たちがこのビデオを撮ったのは、すべての中国人がウイルスをもっているわけではないということをみんなにわかってほしいからでした。同時に、イタリア人に私たちをもう怖がってほしくないし、偏見ももってほしくない。民族蔑視はウイルスよりも感染速度が速いんです」

この動画がつくられたあと、〝抱擁〟は全ヨーロッパにひろがった。スペインでも多くの中国人留学生がマスクをして「#No Soy Un Virus（#私はウイルスではない）」のプラカードを掲げて通りを歩き、無数の抱擁を勝ち取った。イタリアのミラノでは観光客でいっぱいの大聖堂広場で、「私を抱きしめて、私は中国人、ウイルスではない」という標語を掲げて黙って微笑む中国人女性を、異なる肌色の人々が次々と抱擁した。パリのエッフェル塔の近くでも、別の中国の女の子が「フリーハグ。怖がらないで、私はウイルスではない！」と書かれた紙をもって、少なからぬ微笑みと涙と抱擁を稼いだ。

周知のように、〝抱擁の連鎖〟が一時風靡した三週間後、イタリア、スペイン、フランスがウイルスの重大災害区になった。確診感染と死者数のデータは欧州で第一、第二、第三となった。第二次世界大戦以来、イタリアでこんな短時間でこれほど多くの棺を作らねばならなかったことはなかった。『人民日報』旗下の『環球時報』の主筆、胡錫進《こしゃくしん》は、これについて、こんな論評を発表した。

イタリアはすでに〝湖北化〟し、〝武漢化〟し、さらに悔しいことには、武漢や湖北が全中国から得た驚くべき増援を、イタリアは求めることもできなかった。イタリアには火神山医院や雷神山医院のように一夜で現れる仮設病院もなく、大量の軽症患者はただ家で自然治癒を待つしかなかった。ロックダウンしても、感染がおきたコミュニティーでの感染拡大を阻止するのは難しかった。ヨーロッパのその他の国家の感染状況の深刻さはすでに湖北を除く中国の各地域でのピーク時を超えている。それらの国々は全面動員防疫を執るべきか否かの十字路にある。こうした躊躇は非常に苦しいものである。米国は感染蔓延から最も遠いところにあるが、目下の情勢は非常にまずい。くわえて、どの国が〝公的な情報隠蔽〟を行っているかについては、米国自身も含めて議論の余地があり、今後の状況は予測し難い……。

痛ましいことにイタリアでの一日当たりの新たな死者数は四百二十七人に増え、累計死者数は三千四百五人と、中国の三千二百五十人を超えて、新型コロナ肺炎による死者数最多の国になってしまった。

すべての人よ、少しでも強くなろう。自分が最も不運だと思うべからず。あなたが少しでも楽観的であれば、勇気づけられる人はもっと多いだろう。

新たにかかってきたインターネット電話で、荘子帰は艾丁にこう告げた。欧米国家の元首たちが、胡主筆が言ったような、中国に対して善意と楽観に満ちた態度をとるようになった、と。ドイツ首相のメルケル夫人は演説で、５Ｇの建設からは中国を排除すべきではないと強調した。しかし、瞬く間に、彼女の主治医が確診感染となり、首相自身も十四日間の自主隔離措置を取らざるを得なくなった。英国首相のジョンソン氏も、数日前まで集団免疫論を推進していたが、その直後に確診とされ、体調不良を訴えて「重症監護、集中治療」に入った。「貿易戦争の段階的勝利」に陶酔していた米国は、情勢を見誤って予防を怠ったため、新型コロナ死者が急増、ついには十四万人を突破し、第二次世界大戦の戦死者数を超えた。

党中央では、習主席の指導下で着実にウイルスとの戦いに勝利しつつあった億万の人民が、まるで一九四九年十月一日に毛沢東が北京・天安門楼上で宣言したように、今度は悲嘆にくれたこの世界を救おうと立ち上がった。「中国が世界を救う」の最大の障害は米国である。反米が時代の最強の声に返り咲いた。千八百万人以上のアクティヴなフォロワーを持つ国内微信アカウントで、ページビューもクリック率も最大のフォーラム〈至道学宮〉は、米国の新型コロナ肺炎の死者が十四万人を突破したと聞いて沸いた。すぐに『迫りくる死神　米国の沈没』という論評があがり、筆者は十四万人を百万人と誇張して、その百万の遺体はすべて「行方不明」だとしたうえで、米国での豚肉不足と絡めて次のようにしめくくっていた。

焼却するにしろ万人坑に埋めるにしろ、これほど多くの遺体をどうやって処理するのか。どこにもっていけばいいのか。米国がこれらの遺体を冷凍し、牛肉、豚肉その他の肉、あるいは加工肉、人肉バーガー、人肉ホットドッグにして、その他の米国人に食べものとしてさしだすことも大いにありえよう。現在、多くの米国の養豚場や酪農工場が破産している。人肉を食べれば、食物不足の問題が解決でき、遺体処理の問題も解決でき、いわば一挙両得というわけである。

第十章　科学者は陰謀論と戦う

無聊《ぶりょう》を慰めるため、艾丁と荘子帰の長距離スカイプ通話は日ごとに頻繁になっていた。ある日、老荘は不安そうな様子で艾丁に報告した。「さっき、二〇〇八年にノーベル医学賞を受賞したリュック・モンタニエがこう言っているのを見た。『このウイルスは蝙蝠の体にあったコロナウイルスをもとにして製造されたもので、のちに過失で実験室から漏れた可能性がある。いわゆる海鮮市場由来説は伝説にすぎない』とね。彼はさらにこう言っていた。『新型コロナウイルスの中にＨＩＶウイルスのゲノム配列があるのを最初に発見したのは我々ではない。すでにインドの科学者が新型コロナウイルスのゲノム配列の中に、他のウイルスの配列が含まれていることを発見していた。私の知るかぎり、この〝他のウイルス〟とはエイズウイルスのことだ。しかし、彼らの論文は正式発表の前に撤回された。彼らには非常に大きな圧力がかかったのだ……』」

「どこからの圧力です？」

「わからない。おれが思うに、石正麗にも大きな圧力がかかったんだ。大急ぎで否定して注意をそらそうとするのは人の常だ。こんな恐ろしい罪の責任をかぶろうとする者なんていないさ。パリのパスツール研究所のサイモン・ウェイン＝ホブソン教授がラジオ・フランス・アンテルナショナルの単独インタビューを受けているのも見た。彼はリュック・モンタニエの説には同意せず、武漢ウイルスは自然のウイルスだと見ていた。しかし、同時にこうも言っていたよ、『いわゆるGOF（機能獲得）研究とは、ウイルスのゲノムに新たな機能を加えることで、ウイルスを直接人体細胞に感染させたり、ウイルスを空気感染させるようにもできる。当時、私はこの種の研究について疑問を呈した事実上唯一の専門家だった……私自身は、石正麗チームによるそうした研究は完全に狂気の研究であり、人類に不必要なリスクを冒させるものだと考えている……』」

「僕ら素人が聞いても、『ウイルスゲノムに新しい機能を加え、人体細胞に直接感染させる』と、『蝙蝠から発見されたコロナウイルスの中にエイズウイルスがある』というのに違いなんてなきに等しい。どっちにしてもぞっとするようなニュースです」

「科学者にとっては、その二つのニュースは全然違うものらしいぞ。猫の死と犬の死とか、蝙蝠か猿かとか、増加法か挿入法かとか、特定の実験においては全然違うものらしい。とはいえ、生きとし生ける衆生にすれば、二〇〇三年から二〇二〇年までの期間、SARSからアップグレード版SARSまで一切すべて区別なく、漫然と放置されていたわけさ。まな板の上の鯉みたいなものだよ。ともかく、サイモン・ウェイン＝ホブソンはインタビューの最後にこう言っていた、『中国は一挙手一投足が周囲に影響を及ぼすような大国だ。ハイレベル規格のウイルス実験室を保有すべきだろう。しかし問題は、これが独裁政府であるということだ』」

「この話は二〇〇三年五月の報道にさかのぼりますね。中国科学院副院長の陳竺がフランスを訪問し、P4実験室の共同プロジェクトで、フランス側と合意に至った……メリュー家がありとあらゆる政界とのコネを総動員して、政府の説得に成功したというニュースです。彼らは中国が独裁政府であることを忘れていたんですかね？」

　荘子帰は意地悪な笑いを漏らし、わざと反論してみせた。『おれに言わせれば、リュック・モンタニエとかいう二〇〇八年度のノーベル医学賞受賞者はあてにならない。西側の大多数の専門家は、彼の『ウイルス人工合成説』は戯言だと攻撃してたからな」

「その批判の根拠は？」

「ＤＮＡ／ＲＮＡの解読の結果、自然発生したものと判断されたからだよ。蝙蝠から種を越えてヒトに感染しても、ウイルスの染色体に変化はない。エイズウイルスの四つの配列が挿入されているとか、ゲノムが編集されているとか、あるいは実験室から漏洩したとか、そういうのは全部、嘘っぱちだということさ」

「それで？」

「それで、自然発生のウイルスによる感染だと結論づけた。石正麗は嘘をついてないし、これは大自然が人類の非文明的生活習慣に与えた懲罰ということさ。おいしい野味にバチがあたったとね！　〇三年にハクビシンを食べ、一九年には蝙蝠を食べた。華南海鮮市場には蝙蝠はいなかったが、蝙蝠から感染した別の動物がいたんだろう。最近、香港の専門家の袁国勇《ユエングオヨン》が香港紙『明報』に寄稿していた。彼は鍾南山の最高特別専門家チーム六人のうちの一人だ。すぐに撤回されたが、その寄稿にはこうあった、『野味市場は万毒の源だ。武漢新型コロナウイルスは中国人の劣質文化の産物であり、野生動物の乱獲乱食は動物に対して非人道的であり、生命を尊重していない。各種の欲望を満足させるために野味を食べ続けるという中国人の悪い習慣と下劣な根性がウイルスの源である』と」

「中国共産党に『改善命令通知』を突きつけたみたいなものですかね」

「艾丁、おれたちが反党のために理性を失っちゃだめだろう。科学は科学さ。ボイス・オブ・アメリカが、『〝新型コロナウイルスが自然界由来ではないという陰謀論〟を科学者たちが非難』というタイトルの記事を出している。新型コロナウイルスが人工合成だという説が多くの権威ある科学者の反対にあっているという内容だが、その反対する科学者の中に、中国以外の二十七人の著名な公衆衛生学者が含まれている。彼らは二月十九日、『ランセット』に声明を発表した。『複数の国の科学者により、病原体ＳＡＲＳ‐ＣｏＶ‐２のゲノムが公表、また解析されており、その結果は圧倒的に本コロナウイルスが野生動物に起源をもつと結論づけている。こうした科学者たちは、この伝染病と戦っている中国の科学者・公衆衛生および医療従事者と協調し、支持を表明するとともに、〝新型コロナウイルスが自然由来でないという陰謀論を強く非難〟した』とある」

「中国側の公式の反応はどうでした？」

「第一に、武漢ウイルス研究所は新型コロナウイルスが自分たちの実験室から漏洩したという説を強烈に否定した。『全職員、研究生への手紙』の中でこう言っている。『こうしたうわさは、科学研究の第一線を守る本研究所の科学研究従事者たちに対してきわめて多大な損害を与え、研究所が責任を負う戦疫に対応する科学研究の攻略任務を深刻に阻害するものである』。その後、外交部報道官の耿爽《ゲンシュワン》も質問に答えてこう言った。『目下、ＷＨＯおよび世界の絶対的大多数の公衆衛生領域の科学者、専門家たちはみな、新型コロナウイルスの実験室起源に証拠はないと普遍的に認識している』と」

「オウムみたいに読み上げてるだけじゃないですか」艾丁は苛立って画面を閉じたくなった。

「落ち着けって。専門家が具体的にどう言ってたかを知っておく必要があるんだよ。ＢＢＣも

『政治紛争下で、世界の科学者は武漢ウイルス起源論とウイルスのトレーサビリティをどう見ているか』という長編報道をやっていて、その中に、武漢ウイルスが『なぜ実験室から漏洩する可能性がほとんどないか』という専門家たちによる解説がある。聞きたいか？」

「耳をかっぽじって聞きますよ」

「反駁《はんばく》したくなったらしていいぞ」

「意味ありませんよ。記者にも専門家にも聞こえるわけでなし」

「録音しとけばいつか聞かせてやれるぜ」

「ご冗談を」

「専門家と疫病の犠牲者との〝陰謀論〟に関する討論は、いわば『三国演義』第四十三回の〈諸葛亮、群儒と舌戦す〉に相当するって話でな。その挿話ってのはこうだ――劉備が敗北し、曹操率いる八十三万の軍が江南の境に押し寄せようとしていると聞きつけて、東呉君臣すべてが士気を失い、投降の準備をはじめる。この重大な危機の分かれ道に、蜀の丞相・諸葛亮が長江を越えて夏口（今の武漢）に単身乗り込み、説得にきた。それで群臣との舌戦が東呉朝廷で展開するわけだ。その諸葛亮は雄弁の才で相手を口撃、敗北させて、最終的に孫権を説得する。それで同盟が結ばれ、曹操軍との〝赤壁の戦〟がはじまり、ついに勝利する。かくして中国歴史は以降七十年以上におよぶ魏、蜀、呉鼎立の三国時代に突入する――と、こういう話なんだが」

「わかりました。どうぞ読んでください」

荘子帰は手元の資料を読み上げはじめた。「――ジョン・S・マッケンジーはオーストラリア・カーティン大学で五十年近くの研究歴がある感染症専門の有名な教授である。二〇〇三年に中国に赴いたSARSの起源を探る最初の調査団の団長だった。教授は今回のウイルスが実験室から漏洩した蓋然性は極めて低いとみている。全世界のＰ４実験室はすべて、偶発的な漏洩を避ける同一の基準による厳格な審査が必要だからだ。『我々はこの種の実験室を〈箱の中《ボックス・イン・ザ・》の箱《ボックス》〉と呼んでいる』と教授はＢＢＣに語った。『この種の実験室は、常時、多数の安全手順によって保障され、そのすべてが同時に機能不全に陥ることは非常に難しい』」

艾丁は反論した。「Ｐ４にはスーパーウイルス監獄というあだ名があって、正常な状況のもとなら囚人、つまりウイルスは脱獄不可能です。でも、正常な状況とは言えないようですよ。最近、武漢ウイルス研究所は黙って公式サイトの一部を削除してるんです。その中には、米国大使館科学技術専門家のリック・スイッツァーが二〇一八年三月に武漢ウイルス研究所を訪問したときのニュースや、研究員が安全防護措置を取らずに蝙蝠を捕獲したりウイルス標本処理をしたりしている多くの写真もふくまれていました。北京の米国大使館は、二〇一八年一月以降、何度もスタッフを武漢ウイルス研究所に派遣しています。その直後、二通の外交電の中で、米国側スタッフは同研究所の安全と管理における弱点について警告しているんです。そこで指摘されているのは、安全訓練を受けた技術スタッフが少ないという問題でした。武漢Ｐ４実験室の外部向けサイトには、もともと蝙蝠ウイルス研究に関する少なからぬ写真が掲載されていました。スタッフが蝙蝠をとらえ、サンプルを採り、実験室で解剖分析するプロセスなどが紹介されていた。そうした写真を見る限り、安全防護対策はまったくなかったみたいでしたよ。これらの写真も、最近、サイトから突然削除されました」

「米コロンビア大学公衆衛生大学院のウイルス学者アンジェラ・ラスムッセンも同意見のようだぞ。彼女はＢＢＣにこう言っている。『歴史的に見て、Ｈ５Ｎ１／Ｈ７Ｎ１／Ｈ７Ｎ９インフルエンザ・ウイルス、ＭＥＲＳ、エボラ・ウイルス、ジカ・ウイルスを含むあらゆる新型ウイルスは、すべて自然の中で出現してきた。今のところ実験室での事故から誕生した新しいウイルスはない』」

艾丁はまた反論した。「チェルノブイリの放射能漏れ事故も先例がなかったでしょう。新疆《しんきょう》のウイグル人が百万人以上もインターネット監視下に置かれ、洗脳キャンプに収容されたのも先例がなかった。武漢ウイルスが百八十か国以上の国家に氾濫し厄災をもたらしたのも先例がない。――共産党はずっとするような先例のない偶発事を、科学の分野に限らず、いくつも起こしているじゃないですか」

「――シャロン・ルーウィンはオーストラリアのピーター・ドハーティ感染免疫研究所所長だ。彼女はＢＢＣにこう答えた。『新型コロナウイルスはＲａＴＧ13《コウモリコロナウイルス》と似通っている部分がある。しかし、ウイルスが人体に進入する通路、つまり受容体ＡＣＥ2上に独特の特徴があり、ＲａＴＧ13は人の細胞には感染しえない』」

「石正麗が長年にわたって、中間宿主を経由して蝙蝠がヒトに〝異種感染〟させる研究を行ってきたことは、学術成果として中国国内外の科学刊行物上で発表されています。中国の公式メディアでも大量に報道されている。その人は石正麗その人のことをまったく知らないんじゃないですか」

「――ＲａＴＧ13は新型コロナウイルスと最も近しい親戚のようなものだが、それでも依然として違いはあり、この違いは数十年の月日を経てようやく完成される進化だ、とコロンビア大学のラスムッセンは言っている。『遺伝子が示す証拠は、この種のウイルスは自然発生した蝙蝠コロナウイルスに由来することを示唆しており、その多くが中国の野生の蝙蝠から発生している』」

「パリのパスツール研究所のサイモン・ウェイン＝ホブソン教授は、ＲＦＩ《ラジオ・フランス・アンテルナショナル》の取材を受けてこう言っているようですよ、『石正麗の研究は、ウイルスのゲノムに新たな機能を与えるもので、直接ヒト細胞に感染できるようにしたり、直接空気感染できるようにしたりするものだ……』。そして『遺伝子が示す証拠は、この種のウイルスは自然発生した蝙蝠コロナウイルスに由来することを示唆』しているとしても、武漢Ｐ４にこの種のウイルスがなかったということにはならないでしょう。ウイルスに加工が行われなかったということにもならない。酒の原材料は天然のものですが、アルコール飲料を作るのには加工が要るのと同じです」

「――デール・フィッシャー教授は、ＷＨＯ傘下のＧＯＡＲＮ（国際感染症対策《グローバル・アウトブレイク・アラート・アンド・リスポンス》ネットワーク議長である。彼はＢＢＣにこう述べた。『数か月の期間で、新型コロナウイルスはすでに百回以上の突然変異を起こしている。このような活性の程度が、この種のウイルスの進化が自然界においてのみ可能であることのさらなる証明となる。コロナウイルスは、安全な実験室にあるよりも、飛び回る数百万匹の蝙蝠の喉にいたほうが変異を起こしやすいだろう』」

「蝙蝠には五千万年の進化の歴史があります。蝙蝠たちは多くのウイルスを運んでいますが、長い歳月の中で、それをヒトに感染させたなんて聞いたことがなかった。蝙蝠の糞便は昔から今に至るまで、〈夜明砂〉と呼ばれる有名な中薬（漢方薬）でした。『コロナウイルスは蝙蝠の喉にいたほうが変異を起こしやすい』なんて科学的根拠がないでしょう。そもそも独裁国家の実験室は安全なんですか？」

「――ジェラルド・ケウシュは米ボストン大学の医学・国際衛生学の教授だ。彼はＢＢＣにこう語る。『バングラデシュでニパ・ウイルス感染症のアウトブレイクが起きたときの記録によれば、果蝠《フルーツバット》の尿や唾液で汚染された果実の果汁を飲んだことがヒトへの感染の原因だったという。これは、蝙蝠から直接ヒトにウイルスが感染することもあるということだ』」

「石正麗と多くの専門家が実験によってすでに実証していることは、『蝙蝠からヒトへ直接ウイルスは感染する』というのが常識的に見て錯誤である、ということです。石正麗が研究し命名した『中華菊頭《きくがしら》蝙蝠』とバングラデシュのフルーツバットでは性質が異なります」

「――オランダのライデン大学のウイルス専門家、アレクサンダー・ゴルバレニャはBBCにこう言っている。人によって体質が異なるため、ウイルスが〝攻撃性〟を持つように変異する数週間、あるいは数か月前に、すでにヒトのあいだに拡散しているかもしれない。武漢の人口は膨大なので、最初の感染源までさかのぼることはより困難になったと、彼は考えている」

「前半部分の説には同意します。後半の、『さかのぼることはより困難』という理由が『武漢の人口が膨大なので』というのには、同意しません。おそらくこの人は、内部告発に踏み切った李文亮や、警告を発した艾芬のことを知らないんでしょう」

「――医学ジャーナル『感染・遺伝と進化』(Infection, Genetics and Evolution)に発表された研究論文によれば、世界の七千六百人の患者から採取した新型コロナウイルスの最新のゲノム分析で、このウイルスは昨年末から急速に世界に伝播していたことがわかったという。これはウイルスが発見される以前から、すでに世界に伝播していたという仮説を排除するものだ。『一切は専門家の国際調査に基づくべきだ』とケウシュ教授は言う。『暗闇の中では陰謀論だけがはぐくまれ、真相の光は陰謀の闇にかき消されてしまう』」

「根拠のない『陰謀論』と『真相論』を議論しても意味ないですよ。何度も言いますが、独裁者には何でもできるんですよ？　ほんの少しの教訓を得るために、どれだけの人が死ねばいいんですか？　あまたある西側のハイテクプロジェクトが中国共産党を排除するまでに、どれだけの人が死んだらいいんです？　あんたのいう専門家たちは中国に来てすらいないんですよ、武漢にも来ていない、ましてＰ４の現場を自分の目で調査もしていない。解放軍首席化学武器防衛専門家が、軍を率いてそこを厳重に守っているんです。Ｐ４と華南海鮮市場のそばにある武漢疾病コントロールセンターには無数の蝙蝠がいて、無数のＳＰＦ動物がいて、それはみんな無節操でばかげた実験に使われているんです。今も武漢Ｐ４は、中南海と同じく核心的機密で、誰の監督もうけていない。調査も許可されず、その邪悪さは永遠に人の知るところではない。『一切は専門的国際調査に基づくべきだ』だなんてどうしたら言えるんですか」

二〇〇三年のＳＡＲＳは、当時の公衆衛生史上、最初かつ最重要のマイルストーンでもあった。それ以前にも国内では数えきれないほどの疫病がはやり、死者がもっと多く出たものもあったかもしれず、損害の度合いがもっと大きいものもあったかもしれないが、まだ人命は雑草扱いであり、あらゆるレベルで隠蔽され、外国からの関心もひかなかった。ＳＡＲＳは例外だったのだ。軍医の蔣彦永の警告により全国民が動員され、また広東から国境をこえて二十七か国に感染が広がったことがＷＨＯを震撼させた。これにより、世界の公衆衛生史上に残る有名なケースとなったのだ。「一切は我々の足元から始まった」現在、Ｐ４ウイルス漏洩疑惑の渦中にあるウイルス専門家・石正麗もこう言っている。「我らはまさにＳＡＲＳ世代である」

公的資料と石正麗自身の公開の発言によれば、二〇〇三年にＳＡＲＳが猛威を振るった当時、中国内外で一万人以上の感染者が出て、千四百五十九人が死亡した。これが石正麗に決定的な影響力を与えた。最初のＳＡＲＳ感染者は仏山で出た。その後、広東全省に感染は拡大、最終的に二十七か省に拡大した。石正麗の同僚は広東の野味市場で売られていた養殖のハクビシン体内からSARSウイルスを検出、実験を続けた結果、ハクビシンはSARSをヒトに感染させた中間宿主に過ぎず、その起源は蝙蝠であることを発見した。ウイルス専門家の間で、少なくとも五千万年の進化の歴史がある蝙蝠は、特殊な地位を占めている。それは地球上で唯一、飛行する哺乳動物であり、また狂犬病ウイルス、マールブルグ・ウイルス、ニパ・ウイルスなど百種以上の烈性ウイルスの自然宿主であり、〝ウイルスの貯水池〟と呼ばれている。

二〇〇四年から、中国科学院武漢ウイルス研究所の全面援助のもと、石正麗はチームを率いてSARSコロナウイルス起源追跡の旅に踏み出した。「南方であれ北方であれ、中部であれ西部であれ、蝙蝠がいると聞けば私たちはいく。我が国二十八省市、くまなく歩きまわり、大海原から一本の針をさらうように、その起源を探し出す。このようにして、一つのことに十数年の時間をかけてきた」という。

二〇〇五年、石正麗チームは最初の論文を発表した。蝙蝠の体内から取り出したウイルスの発見についてのものだったが、それはSARS直系の親族ではなく、ヒトに直接感染するものでもなかった。二〇一一年、彼女らは雲南省のとある断崖の洞窟の中で、数十種類に達する蝙蝠の群れを発見した。それはウイルスゲノムの天然の宝庫だった。最終的に彼女らはSARSと高度に同源性の高い新型コロナウイルスを分離した。この後、彼女のチームは年に二回、定期的にここを訪れてサンプルを採取し、繰り返し実験を行って、それらに種を超えた感染能力がそなわっているかを検証した。

二〇一五年十一月九日（二〇一六年四月六日更新）、石正麗は国際的に著名な医学雑誌『ネイチャー・メディシン』電子版に論文を発表した。『一種の伝播性SARS蝙蝠コロナウイルス群が示したヒトへの感染の可能性』（A SARS-like cluster of circulating bat coronaviruses shows potential for human emergence）と題された論文にはこうある。

重症急性呼吸器症候群コロナウイルス（ＳＡＲＳ－ＣｏＶ）と中東呼吸器症候群コロナウイルス（ＭＥＲＳ－ＣｏＶ）の出現は、ヒト間のアウトブレイクをもたらす種を超えた感染の危険を意識させるものであった。本稿では中国菊頭蝙蝠種群中で伝播するＳＡＲＳ様のコロナウイルスＳＨＣ０１４－ＣｏＶの疾病ポテンシャルを見てゆく。まずＳＡＲＳ－ＣｏＶのリバース・ジェネティクスシステムを利用して、一種のキメラウイルスを作りだした。このウイルスはマウスに与えたＳＡＲＳ－ＣｏＶの遺伝子バックボーンに適応させると、ＳＨＣ０１４－ＣｏＶのスパイクが出現した。この結果が示していることは、２ｂグループの野生型遺伝子が突然変異することでＳＨＣ０１４をエンコードしたウイルスが、ＳＡＲＳ受容体および人体のアンジオテンシン変換酵素２（ＡＣＥ２）の複数のオーソログを効率的に利用するということ。それが、人類の呼吸気道から分離した初代細胞培養の中で効果的に複製され、生体外《イン・ヴィトロ》でＳＡＲＳ－ＣｏＶ流行株に相当するウイルス力価を達成できた。

このほか、生体内実験《イン・ヴィーヴォ》によって証明されたことは、キメラウイルスはマウス肺部の複製で明らかに発病メカニズムを具有している。既存のＳＡＲＳベースの免疫治療と予防モダリティに対する評価は、明らかに効率が悪いと示された。――モノクローナル抗体とワクチンアプローチともに、この新しいスパイクタンパクを利用して中和することができず、細胞をコロナウイルスの感染から保護することもできなかった。――これらの知見に基づけば、我々は一種の感染性の全長性ＳＨＣ０１４組み換えウイルスを合成したことになる。

同時に生体内外の両方において、ウイルスの堅牢な複製能力を実証した。我々の研究は、目下、蝙蝠種群の中で伝播しているウイルスの中から新たなSARS‐CoVが再び出現する潜在的リスクを示唆している。

これに対して、『ネイチャー・メディシン』は、他のウイルス学者による意見を掲載している。彼らはこの研究の必要性に疑問を呈し、いかなる意義もなく、むしろ極めて大きなリスクを内包していると指摘した。「あまりに常軌を逸しており、もしウイルスが漏れたとしたら、〔その結果は〕想像もつかない」と。

こうした論争をよそに、石正麗の科学者としてのキャリアはこのときピークに達した。彼女は中国科学院の〈新発性・強毒性病原と生物安全重点実験室主任〉となり、武漢ウイルス研究所新発性感染症研究センター主任、湖北省科学技術庁〈二〇一九年新型肺炎応急科学技術攻略プロジェクト〉応急攻略専門家チーム長などの栄光に浴した。各種会議に出席し、二〇一八年には北京テレビの講演番組『一席・BUICK』で雄弁にこう語った。

「こうした野生動物のウイルスはどのように人類社会に到達するのでしょう？　過去にはそんなに多くの感染症はありませんでした。ではなぜ現在はこんなに多いのでしょう？　親戚からこんな質問をされたことがあります。SARSがなくなったら、あなたがやっていることにどんな意義があるの？　こんな病気はもう永遠に来ないかもしれないのに、と。しかし私が思うに、私たちがやっていることは、一度でも疾病のアウトブレイクを予防できれば報われるのです」

そう、彼女がＰ４漏洩をめぐる世論の嵐に巻き込まれたとき、『中国科学報』が中国科学院武漢ウイルス研究所党委員会書記で副所長で、ウイルス学国家重点実験室副主任の蕭庚富《シャオゲンフ》研究員に取材している。彼はこう証言していた。

「我々は二〇一九年十二月三十日に武漢市金銀潭医院から送られてきた原因不明の肺炎のサンプルを誰よりも早く受け取り、ただちに組織を編成し、七十二時間かけてウイルスのゲノムを攻略、二〇二〇年一月二日には二〇一九年新型コロナウイルスの全ゲノム配列を確定しました。一月五日にウイルス株を分離、これが病原体の確定やウイルス検査の展開、薬剤のスクリーニングおよび研究開発の重要な基礎となりました。それ以前には、我々のところにはこのウイルスは全くなかったのです」

「我々のところにはこのウイルスは全くなかった」という発言が嘘であることをのぞけば、すべて事実だ。もし上記の作業や研究結果が一月五日に公の知るところになり、警告がなされていれば、石正麗が言うように「私たちがやっていることは、一度でも疾病のアウトブレイクを予防できれば報われる」。しかし残念なのは、当時、これは国家機密に属していたことだった。ウイルスが蔓延してゆき、〝デマ〟が禁止され、数十万人の政府や民間の人々が集まってお互いを感染させていたとき、石正麗と彼女の上司は共産党中央委員会の指示におとなしく従っていたのだ。

国内でさかんに噂されている『人工ウイルス漏洩説』について、『中国科学報』は蕭庚富にこんな質問を投げかけている。「二〇一五年に『ネイチャー・メディシン』誌上で発表した論文『一種の伝播性ＳＡＲＳ蝙蝠コロナウイルス群が示したヒトへの感染の可能性』では、ＳＨＣ０１４と呼ばれるウイルスが潜在的な病原性をもつことが発見されたとあり、さらに研究者はキメラウイルスを作り出しています。武漢ウイルス研究所の石正麗は論文の著者の一人ですが、彼女はこの研究においてどのような仕事に関与したのですか？」

蕭庚富はこう答えている。「この研究において、石正麗研究員はＳＨＣ０１４のスパイクエンベロープタンパク質のゲノム配列を提供しただけです。キメラウイルスの具体的実験操作には参加していません。ウイルスの材料も国内には持ち込んでいません。このプロジェクトの動物実験はすべて米国で完成しました。そして米国チームはマウスの感染実験をおこなっただけで、非人類霊長類（サル類）での実験は実施していません。さらにいえば、ＳＨＣ０１４と今回の二〇一九年新型コロナウイルスでは全ゲノム配列の相似性が七九・六％で、近親のウイルスではありません。武漢ウイルス研究所にはＳＨＣ０１４の活性化ウイルスもありません。つまり、二〇一五年に発表した実験で米国チームが生み出したキメラウイルスを、武漢ウイルス研究所で合成したことも保存したこともなく、さらなる研究を行ったこともないのです」

蕭庚富という権威による完全否定は、その後、〈戦狼〉と異名をとる外交部の趙立堅《ちょうりつけん》報道官の創造力によって、この伝染病に関する最初の陰謀論を生み出した。「ＣＯＶＩＤ‐19の零号患者は米軍だ！　米国のＰ４実験室から漏洩したウイルスは、まずインフルエンザ様の症状を起こす。それをアメリカ人が武漢で行われた第七回ミリタリーワールドゲームズに参加することで中国内に持ち込み、あとはご覧の通りだ！　やつらの生物兵器実験が成功したのだ」。鍾南山院士も、ＣＯＶＩＤ‐19が中国でアウトブレイクしたからといって、その起源が必ずしも中国とは限らないと言った。これに対してトランプ大統領はこう返した。「ウイルスがどこからきたか、みんな知っている」。そして、はっきりと「中国ウイルス」と呼んだ。ホワイトハウスの通商顧問ピーター・ナヴァロもこう言った。「この感染状況は本来、武漢で封じ込められたはずだ。しかし中国共産党は感染状況を六週間隠蔽し、感染地域から数十万人の旅行客が飛行機に乗ってミラノやニューヨークやその他地方にやってくるのを許し、武漢ウイルスを全世界に拡散させたのだ」

書記である蕭庚富の独断による回答に、党員の石正麗はただ拍手でやり過ごすしかなかった。中国共産党はナチスやソ連共産党に倣って、厳格な党内民主集中制を制定していたからである。つまり、個人は組織に服従し、少数は多数に服従し、下級は上級に服従し、全党は中央に服従する――たとえ石正麗が長年の苦労と引き換えに得た科学研究成果をほとんど全面的に否定されたとしても。

これはSARS世代の終焉でもあった。願わくば、これが真の「歴史の終わり」であってほしい。ありがちな予言や宣言のいう「歴史の終わり」ではなく。日系米国人学者のフランシス・フクヤマのそれは、のちに改定をくりかえし、とうとう「歴史の終わり」ならぬ「歴史の冗談」になってしまっている。

深夜になった。酔いつぶれる間際に、艾丁は荘子帰からまた四つの情報を受け取った。

Ａ　華南理工大学生物科学・工程学院の蕭波濤《シヤオボータオ》教授は、グローバル学術交流サイトの〈リサーチゲート〉で、『新型コロナウイルスのありうる起源』というタイトルの英文のリポートを発表した。これによると、今回の最初の感染源地とされる〝華南海鮮市場〟からわずか二百八十メートルの地点に武漢疾病予防コントロールセンター（ＷＨＣＤＣ）があり、長期にわたって六百匹以上の野生蝙蝠を保有していただけでなく、二〇一七年と二〇一九年に、蝙蝠の血液と尿液が漏洩する事故が発生している。ある研究者がサンプルを採るプロセスで蝙蝠に襲われて尿液に汚染され、十四日間、自主隔離を行った。

蕭波濤はこう指摘している。「新型コロナウイルスのゲノム配列に、石正麗が雲南の洞窟で発見・命名した〝中華菊頭蝙蝠〟のコロナウイルス（ＣｏＶＺＣ45）と九十六パーセントから八十九パーセントの相似性があることが分かった。その病原性と、どの程度ヒトに感染するかは研究が必要である」。同リポートによれば、「華南海鮮市場で採集された五百八十五のサンプル中、三十三例から武漢ウイルスが検出された」という。

Ｂ　フランス『ル・モンド』紙に掲載されたラファエル・バッケ（Raphaëlle Bacqué）とブライス・ペドロメッティ（Brice Pedroletti）の調査報告：

昨年（二〇一九年）十二月、武漢肺炎がアウトブレイクしたとき、武漢Ｐ４ウイルス研究所実験室責任者の石正麗は不安と恐れをおぼえた。何日も眠れなかったと彼女自身が言っている。なんども繰り返し、自分のすべての研究内容と手順を思い返し、この殺し屋（ウイルス）が自分のところから外部に漏れたことがゲノム配列から判明することを非常に心配していたという。彼女は月刊『アメリカンサイエンス』記者のジェーン・チュウにこう話している、「今回の件で私は心を乱されたし、目をつぶって見過ごすことはできなかった」。同ウイルス研究所ではコロナウイルスを多数の人間が研究している。石正麗のチームがおこなった機能獲得研究《GOF》とは、つまり〝ウイルスの再構築〟実験であり、ウイルスにさらに強力な感染力を加えたり、その後、その弱点を特定し、治療のテストを行ったりする。このほか、石正麗は今年（二〇二〇年）一月二十日に新ウイルスのゲノム配列研究成果に関する論文を発表し、それによれば、今回のウイルスは過去に発見されたものではない未知のものであり、蝙蝠コロナウイルスRaTG13とは九十六パーセントの相似性があるという。

C　習近平の重要講話

生物安全《バイオセキュリティ》を国家安全システムに組み入れ、早急に「生物安全法」の制定を推進せよ。習近平は以下のように命じている。「今回の感染蔓延状況が明らかにした欠点と不足に対して、緊急にその不足を補い、漏れを防ぎ……重大感染流行の予防コントロール機構と、健全な国家公衆衛生応急管理システムを完成させよ……」

D　一月十五日の中米通商交渉の第一段階合意の調印に先立って、中国側は次の内容を付加するよう特に求めた。「もし自然災害あるいはその他の不可抗力の要因によって、一方が本協議の履行に遅れたり、あるいは協議の履行自体ができなくなったりした場合、双方は話し合いによって対応を解決する」

続いて一月二十三日に武漢の都市封鎖が行われ、中国の数十の大都市も相次いで封鎖された。しかし、すべての税関はその後も数日開放され続け、数十万の旅客が感染地域から世界各地に飛び立った。……このことは、中国側が署名前にカタストロフィーがくると知っていたことを証明する。

トランプは敗北した。彼はこの署名の一瞬、史上最大の貿易戦に勝利したと思い、これはたとえ香港を見捨てても惜しくない成果だと思ったことだろう。彼は独裁者に騙されたのだ。「生物化学的超限戦」がすでに目の前に迫っていることを知らずに。この超限戦の規模と影響は、貿易戦争とは比べ物にならないほど大きいものだとは……。

第十一章　超限戦

もうすぐ正午だった。艾丁は起床してポット一杯の茶を淹れ、荘子帰が昨夜に送ってきた四本の情報を読みなおした。最後の一本にあった「生物化学的超限戦」という数文字が妙に目障りだった。そうだ、ウイルスが武漢の実験室から漏洩したか否かにかかわらず、結果を見れば「超限戦」的特徴に合致しているのだ。

『超限戦』とは解放軍空軍少将・国家安全政策研究委員会副秘書長・国防大学教授の喬良《チャオリャン》と空軍大佐の王湘穂《ワンシアンスイ》の共著による軍事著作であり、〝制限を超越した、戦場を超越した戦争〟を意味する。出奇制勝（奇策で勝利を制し）、改変強弱（弱者と強者を逆転させる）の戦略だ。たとえば9・11米同時多発テロ事件――弱い勢力であったテロ分子が飛行機でニューヨークのツインビルに突っ込み、約三千人を死亡させた。これが典型的な改変強弱の超限戦だ。この事件は世界中を震撼させたが、中国においては愛国的反米勢力に狂喜のムードをあおり、解放軍内の中級〜上級レベルで熱い議論を次々に引き起こした。若き主戦派は、毛沢東の人民戦争理論はすでに過去のものとなり、未来の戦争は主戦場がなく、無数の戦場がそれを超えるようになる、とした。つまり、決まった方向性や形態はなく、むしろ無数の方向性と形態において推進される戦争。たとえばインテリジェンス、生物化学《バイオケミカル》、ハイテク、ニュース、文化、宣伝などなど。これらがすべて生死にかかわる「超限戦」とみなされる。――総じていえば、ビン・ラディンとタリバン・アルカイダ組織による〝テロ攻撃の傑作〟によって、『超限戦』という本は、毛沢東の『持久戦を論ず』以降で最も軍人たちに熱愛される一書になった。ついには、こんな宣伝文句が公式に打ち出された。――『超限戦』は米ペンタゴンを警戒させ、「旧ソ連崩壊後で最大の軍事的危機に奇しくも提示された世界最先端の軍事理論」と考えられている。

十年の追跡を経て、ついにビン・ラディンは斃れた。しかし中国共産党は以前どおりタリバンと密接なコンタクトを維持している。新疆で百万人以上のウイグル人の洗脳を行う強制収容キャンプの存在が暴露されたのちの二〇一九年六月二十日、外交部報道官・陸慷《りくこう》は、記者会見で次のように発表した。「タリバンの在ドーハ事務所主任のムラー・アブドゥル・ガーニ・バラーダルおよび数名の職員が中国を訪問した。中国側高官は彼らとアフガン〝和平和解プロセス〟について意見交換を行った」

国際世論は騒然となった。だが、人類道徳の最後の一線を無視するようなこの挑発もまた超限戦の一部であり、結果、中国が勝利した。国際社会の大多数は経済利益のために沈黙を守り、イタリアはついに一帯一路を全面的に受け入れ、〝強盗との蜜月〟に入った。続いて、英国、フランス、ドイツ、スペイン、国連があいつぎ、横暴な金持ちとの蜜月に入ったのだった。ファーウェイと5Gの問題にしろ、香港危機にしろ、新疆やチベットでの暴政にしろ、ますます度を超す人権侵害にしろ、フェイスID他の先端IT技術を利用した全民監視コントロールにしろ、すべて超限戦によって、思いのまま、向かうところ敵なしであり……。

このテーマに熱中している大部分は好戦的な技術将校たちだった。『解放軍報』二〇一五年十月六日付に、「生物科学技術《バイオテクノロジー》が未来の軍事革命の新たな戦略的高地となる」という勇ましい論説記事が掲載されたが、これは超限戦の領域をさらに一歩拡大した、いわゆる〝技術至上主義〟の理論の最高到達点とみなされた。筆者は賀福初《ハーフーチュー》、生物学者であり技術将校であり、中共中央候補委員かつ中央軍事委員会科学技術委員会の副主任兼解放軍軍事科学院副院長である。この記事は次のように結ばれている。

生体の兵器化は日増しに現実的になっており、非伝統的な作戦様式が登場しつつある……人の脳を利用しコントロールすることも可能になり、作戦領域を物理領域・情報領域から認知領域に加速的に展開し、人の脳を、陸・海・空・天・電・網《ネット》に続く新たな作戦空間にすることが可能となってくる。将来、究極的には〝脳とネットのリンク〟が、インターネット、ＩｏＴに続く全く新しい形のネットワークとなり、生物智能《バイオインテリジェンス》を現代の情報技術に全面的に融合させ、超越させることができるだろう。

今上皇帝（習近平）の周囲には、明らかにこうした高い素質をもった超限戦マニアのグループがおり、新疆の強制収容キャンプで百万人以上のウイグル人の〝脳ネットワーク〟テストを行い、順調に全民情報コントロールを果たし、最終的にはバイオテクノロジー――「未来生物体兵器」の閾値に到達する。人類の未来は最先端技術によって決められる。有名なSF作家・劉《りゅう》慈欣《じきん》原作の映画『流転の地球』は、五十万年後、太陽がまさに消滅せんとするときに、生き残った地球が新しい太陽を探し求めて茫々たる宇宙の奥深くに新たに旅立たねばならない、という物語だが、人類の運命を決定するのは、なんと中国共産党なのだ！　米国もヨーロッパも早々に姿を消し、西側社会は完全に終わっており、ただ中国共産党帝国が、技術の卓越性と人民の忠誠により、地球の五十万年後の未来を支配するという。なんと太陽もなくなったのに、公安警察の派出所はまだあり、五星紅旗など帝国の標識も存在する。だから外交部報道官の華春瑩は記者会見で、一週間で二十八億人民元の売り上げを突破したこの大対外プロパガンダ作品を強く推薦したのである。

米国帝国主義をはじめとした西側列強がどのように姿を消すのか、新華社出版が盛大に推薦する軍事著作『制生権戦争（生命権を制する戦争）新時代の軍事戦略の再構築』を読むとわかる。著者の郭継衛《グオジーウエイ》は陸軍大佐で主任医師、第三軍医大学教授だ。郭大佐が架空の設定としてあげた制生権戦争とは次のようなものだ。

空母打撃群の内のある一隻の護衛艦に、一人の軍医が乗船している。仮にドクターと呼ぼう。この空母打撃群は石油プラットフォームの護衛のために遠洋に出航、大海原は風が穏やかで波も静かで、ドクターはすこぶる退屈であった。彼は甲板上を散歩するうち、腹が金色に輝く一羽の軍艦鳥が国旗を高く掲げてある旗竿の上に止まっているのを目にした。ドクターは気にとめなかった。数日後、定例会議で看護主任が上層部に、輸血が必要な病人が突然急増したと報告した。ドクターは頭の中でひらめくものがあった。彼は立ち上がって叫んだ。「あの軍艦鳥だ！」。彼は地球上の各大海を航海したことがあった。あの軍艦鳥はこのあたりの大陸種ではない。ここは公海であり、あの軍艦鳥がここまで飛んでくるのは不可能だ。彼は忽然と気づいたのだ。「我々はおそらく生物兵器的攻撃にあったのだ！」

その後、艦隊の大半の人員に呼吸器感染症状が現れ、百人以上の将兵が死亡。艦隊司令部は感染拡大を避けるため、患者を上陸させて治療することを禁じた。生物防護機能を備えた病院船〈星夜〉が急遽、支援にきた。後の調査で、百十カイリ沖でウイルスに感染した一群の鳥が漁船から放たれて、茫々たる大海で休息できる船を探し、この空母打撃群上に飛来したのだった。このように一羽の鳥から、簡単に空母打撃群まるごと機能不全に陥らせることができるのだ。

「生物化学《バイオケミカル》超限戦」を代表するこの一冊は、二〇一〇年に出版されている。はからずも十年後の今日、同様の現実版幽霊船の情景が現れた——

米国の原子力空母ルーズベルト号では、五百人以上の将兵が新型肺炎患者と確診され、うち一人が死亡、艦長は救助を求める上申書を書いたため免職となり、のちに艦長自身も感染確診となった。

台湾の敦睦艦隊指揮センターは、三隻の軍艦乗員七百四十四人の将兵を召集し、サンプル採取による化学的検査を毎夜実施すると宣言、結果、艦隊乗員のうち二十四将校が武漢肺炎の感染確診となった。年齢は二十代から四十代まで（略）目下、盤石のはずの艦隊の乗員将兵すべてが撤退し（略）消毒作業を展開している（以下略）。

翌日、二人は引き続き超限戦について話し合った。すると突然、艾丁が奇抜なことを話しだした。香港は生物化学超限戦の延長版の危機にあるのではないか、と。老荘はそれはまずありえない、といった。なぜなら武漢ウイルスはほとんど全世界同時に厄災をもたらし、中国自身の損失も悲惨であり、客観的効果でいえば、香港人がよくいう〝攬炒《ランチャオ》（まとめて炒めるの意）〟——死なばもろとも――みたいなものだ。〃今上皇帝〃も誰かと〃攪炒〃したいとは思わないだろうし、やはり〃一帯一路〃を通じて世界の盟主になりたいと切望しているだろうと。

艾丁は「もし、うっかりミスだった場合……」と言いかけた。

老荘が遮る。「うっかりミスで毒を香港に放り投げたって？―― セルフメディアの炎上ネタじゃあるまいし。おれは信じないね。二、三年続いていた中米貿易戦争が、少し前に一段落ついたからだ。トランプが第一段階合意に自ら調印し、〃当代の李鴻章《りこうしょう》〃と呼ばれる劉鶴《りゅうかく》に手渡した。トランプはドヤ顔で、この調印は史上最大のディールだといって、劉鶴は苦笑いしてたろ……劉鶴は演技をしていたんだ。彼は皇帝を悩ませているのが香港であることを知っていたからね」

「米国を肥え太らせて、香港を食らうということですか？」

「俗にこういうだろう、『子供を惜しんでは、狼は捕らえられない（「大きな獲物をとるには大切なものを犠牲にしなければならない」の意のたとえ）』。香港の現状は、『習近平と彼の愛人たち』という政治ゴシップ本がきっかけだ。毛沢東、鄧小《とうしょう》平《へい》、江沢民、胡錦濤らの性遍歴のたぐいの本は、過去数十年、香港で無数に出版されてきた。知識分子が興味をもつようなものではない。小市民と大陸の客が買って一読し、床屋談義のネタにするだけだ。誰が真に受ける？　しかし今回、皇帝は真に受けた。なんとスパイをいくつもの潜入ルートでタイやマカオや香港の国境を越えて特別に派遣し、この出版案件にかかわる書店関係者を誘拐して秘密裡に拘束し、数か月にわたる尋問を行った。スウェーデン国籍の桂《グイ》民海《ミンハイ》は二度、テレビカメラ前で懺悔させられ、何度も〃指定居所による居住監視〃という軟禁状態におかれた。スウェーデン外交官が強硬に彼の引き渡しを要求すると、とうとう『自らスウェーデン国籍を放棄したい』ということで、懲役十年の判決を言い渡された――これが中国内外を震撼させた『銅鑼湾書店誘拐事件』だよ」

「それも超限戦？」

「公然と国境を越えて誘拐するなんて、中共建国以来、いまだかつてなかった。東西冷戦時代ですら聞いたことがない。しかし、恐れおののかせるという目的は達成した。香港の出版界は冬の蟬のごとく静かになり、誰もが自分も危ないと感じて、時政系の書籍は瞬く間に姿を消した。しばらくして雨傘革命が失敗し、多くの運動のリーダー格が逮捕され、判決を受けた。続いて二〇一九年六月、香港の特別区行政長官林鄭月娥《キャリー・ラム》が強く推進した『逃亡犯条例改正案（逃犯送中条例）』によって、中国当局による越境誘拐が合法化されそうになって、これが都市を傾けるほどの市民の怒りを引き起こし、二百万人以上の市民が街中で抗議デモをおこなった。平和・理性・非暴力を掲げる和理非派と、破壊活動も辞さない勇武派が合流した。八十歳を超えた老ジャーナリスト、李怡《リーイー》はこう語っている。『過去、香港人は一切を我慢してきた。しかし、送中条例が私たちに知らしめたことは、香港人は奴隷を選択する以外、生きる道がない、ということだ。だから、奴隷制に抵抗する自由の最後の一戦が展開されたのだ』と。――二〇一九年は、天安門事件からちょうど三十周年だ。だからみんな、香港の全都市に戒厳令が出て、解放軍によって占領されると思った。確かに五百両以上の軍用車が香港と大陸の境界に待機していた。辺境警備の武装警察の数も三倍になり、香港の五か所の戦略要衝地帯に進駐する様子を、七百万人以上の香港市民がニュースで見ていた」

「しかし、天安門事件が再現されることはなかった」

「幾千もの抵抗者が殺戮された六月四日の未明のようなことは繰り返されなかった。だが数百の自殺者が次々と発見されたよ。多くの裸の遺体が見つかり、多くの少女が暴行され、ある救護班の少女は眼球を失った。ティーンエイジャーや八十代の老人が新屋嶺拘留所に拘留された。大学キャンパスへの攻撃、深夜に中国本土に向かって発車する謎の特別列車、数千人規模の逮捕、万人規模の失踪……。でも暴行はまばらで散発的で、みんなが観たいと待っていた『シンドラーのリスト』的な派手なイベントはなかった。他のインターネット時代のニュースと同じく、今日のニュースが出れば昨日の話はかき消されてしまうんだよ。国際社会の懸念も解体され希釈されていく……。しかし、希望はまだある。これが最後の抵抗であり、失敗したら二度目はないとみんな知っているということさ……」

「この話題は尽きないですね……あ、ドイツはもうすぐ夜明けですね、おやすみなさい、老荘」

「そうだな。艾丁、旅が順調に行くことを祈るよ」

通話を終え、艾丁は立ち上がった。頭の中はまだ嵐のように逆巻いていた。彼は気持ちを整理するために、パソコンの前に戻ると日記の続きを書き始めた——

艾丁の在宅封鎖日記

——香港の鎮圧と抵抗は極めて長きにわたるもので、感染蔓延時期も、警察側は運動の主導者を十五人、逮捕していた。帝国の首都では、社会が暗く乱れている暗黒の中でも、全人代（全国人民代表大会）が開催され、香港人に対して香港版『国安法（国家安全維持法）』が制定された。——あたかもナチスが一九三五年、ユダヤ人に対して『ニュルンベルク法』（ナチスのイデオロギーを文える人種政策論の多くを具現化した二つの法律、帝国公民法とドイツ人の血と名誉を守る法の総称、中国語では〝隔離法令〟という言葉が使われる）を制定したようなものだ。――これは香港以外の地域を含む「一国一制度」を急速推進することになる。

戦場を超越し、制限、下限、人間性、時間を超越して、勝利のために手段を択《えら》ばない。天安門事件を経験したある専門家は次のように語っていた。

天安門事件はすでに香港で始まっていた。抹殺はひそやかに広がっていた。それをとどめるものはないのだろうか？　天安門事件が起こりうると気づかせる前兆のような事件は一つもなかったのか？　そういうものはもはやありえない。この時代の武装鎮圧において、戦車を市街地に走らせるようなことはない。彼らはそこまで馬鹿ではない。そんな瞬間は永遠にこない。しかし彼らは武装警察を送り込む。近距離で催涙弾やビーンバッグ弾を発射し、そこがどこであれ死力を尽くして戦う。だからこの時代の天安門事件とは、一つの主要な鎮圧事件を一見小さな無数の事件に分散させたものなのだ。天安門事件方式は通常ルールの戦いであり、主戦場における戦力と戦力のぶつかり合いだ。ならば現代の鎮圧の流儀はテロリズムであり、それは徐々にエスカレートし、分散化する。それはみなに本当の戦争状態は一貫して後退しており、到来することはないかのように思わせるが、実はエスカレーションの各段階が、実質的な戦争の一部なのだ。その一線《ボトムライン》は永遠に見つけることができない。〝一線〟などもともと存在しないのだ。香港鎮圧方式とは、「化整為零」（集結した部隊をバラバラに分散して投入するゲリラ戦）であり、徐々にエスカレートし、ついには大陸からの援軍を引き入れるものだった。注意すべきは、彼らがやっていることは、大陸武装警察と解放軍を使って、帝国による鎮圧という古き道をたどっているに過ぎないということだ。そして異なる地域、異なる民族集団の人々を利用して互いに鎮圧させあうことで、手先となった側が敵対勢力に対して情け容赦なく対応するように仕立てる。香港鎮圧で浮き彫りになったのは、現代の帝国の策略である。分散化、テロリズム化（無差別襲撃、市外戦、急襲などだが、つまりは〝戦争〟と〝対抗〟の概念は完全に作り替えられたのである）、主戦場の消失、異なるグループ同士の相互の仇敵意識の挑発、この中には、古くからの裏技もあれば、新しい流儀もふくまれる。

いかなる人間も圧力を受けて無限に耐えることはできない。中共軍隊の超限戦設計によれば、累卵の危うきにある香港は、最後には中国に服従する。他方、中米貿易戦争は膠着状態にあった。トランプは威圧し、習近平が北朝鮮の金三胖を引っ張り出して延期を繰り返していた。そして精力尽き果てた双方は、ついに一月十五日に第一段階合意に調印する——グローバル化による全体の利益のために局部に犠牲を強いる。これは二つの世界大戦の中でしばしば目にした事象だ。当時のヨーロッパでは誰もポーランドやチェコやセルビアなど多くの被占領国家の人々の意見など事前に求めはしなかった。

しかし、武漢からウイルスがやってきて、それが自然由来であろうと人工物であろうと、うっかり漏洩したものであろうと、一切が変わってしまった。

神はすべてを見届けるのか？　これは神の超限戦なのか？　すぐにでも急ブレーキを踏まなければ、人類に対する警告には間に合わない。

自由世界が武漢からのウイルスの進入を経験し、一千万人以上の感染と数十万人の死亡を経験した今、この〝超限戦〟の存在にゆっくりとでもいいので気づいてほしいと私は願った。

――百年以上にわたって中国共産党がもたらした災害に対する深い反省を引き起こすようにとも願った。私は米国とドイツの在中国大使館の中文サイト上で、次のような声明を見た。

我々、米国、カナダ、フランス、ドイツ、イタリア、日本、英国各国の外相とEU上級代表は、中国の香港に対する国家安全維持法の強制的な施行について、深刻に懸念していると強調する。

中国の決定は「香港基本法」と相容れず、その根拠として国連に登録され、法的拘束力を持つ「英中共同声明」の原則によってなされた公約とも相容れない。提示された国家安全維持法は〝一国二制度〟の原則とその領土の高度の自治を深刻に破壊するものであり、これは香港の長年の繁栄と成功のシステムに危害を生じさせる……

我々は中国政府にこの決定を考え直すよう猛然と促すものである。

私の記憶では、〝猛然と促す〟という表現は三十一年前の天安門事件以来、西側陣営によって初めて出されたものだ。願わくは首脳レベルからの〝猛然と促す〟が続いてほしいところである。

香港を救うことは西側自身を救うことだ。自由、民主、人権を通じて香港を支持し、そのことを再び全人類によって確認しなければならない。

神の庇護する街、東方のエルサレムよ、汝に栄光が戻ることを願う――

何以　這土地　涙再流

（なぜこの土地は涙を再び流すのか）
何以 令衆人 亦憤恨
（なぜ人々をまた怒り恨むのか）
昂首 拒黙沉 吶喊声 響透
（昂首し、沈黙を拒み、吶喊する声よ、響き渡れ）
盼自由 帰於 這裡
（自由がここに戻るを待ちわびて）

何以 這恐懼 抹不走
（なぜこの恐懼は消えないのか）
何以 為信念 従没退後
（なぜ信念を後退させられないのか）
何解 血在流 但邁進声 響透
（どうすればいい、血は流れ、しかし邁進する声よ、響き渡れ）
建自由 光輝 香港
（自由をうち建て、光輝け、香港よ）

在晩星 墜落 彷徨午夜
（夜の星が落ち、さまよえる深夜）
迷霧裡 最遠処吹来 号角声

（霧に迷う中、遠く聞こゆる　角笛の声）
捍自由　来斉集這裡　来全力抗対
（自由を守れ、ここに集え、全力で抵抗せよ）
勇気　智慧　也永不滅
（勇気、叡智は永遠に不滅）

黎明来到　要光復　這香港
（黎明来たり、光よ再び、この香港に）
同行児女　為正義　時代革命
（仲間よ、正義のための時代革命を）
祈求　民主与自由　万世都不朽
（祈り求めよ、民主と自由、万世の不朽）
我願栄光帰香港
（我、願う香港に再び栄光あれ、と）

第十二章　皇帝陛下の御成り

混乱した世界で、まるで一粒の盲目の砂が盲目の祖国に投げ返されるように帰国した艾丁は、輾転としてすでに一か月半すぎても、まだ湖北省の外にいて、酒の力をかりて憂さを晴らす日々を過ごしていた。しかし妻は相変わらず、彼の運は悪くないと言っていた。「感染していないうえに、異郷で患難を分かち合う知己、王二大と出会えたのだから」と。

この日はいつもと違う一日だった。艾丁はいつも通り昼頃まで寝て、妻から転送された微信チャットグループ管理者からの通知を見た。

本日、武漢市各区の公安警察分局は警官を各住民家庭に配置し、安全検査を行います。一時間前後ですので在宅で待機してください。警察は防護服を着て事前消毒を行うので、皆さん積極的に任務にご協力いただき、警察とのコミュニケーションをよろしく取っていただけますよう、お願いいたします。

艾丁はうさん臭く感じた。都市封鎖以来、葬儀関係者が父親を迎えにきた以外は、これが初めての積極的な外からの訪問であり、それがまさか警察とは！　彼は折り返し電話をかけてみたが、誰も電話にでなかった。内心不安で気が気でなかった。どんな予想外のことが起きているのか——。果たせるかな意外なことが起きていたのだ！　数時間後、妻とのビデオチャットがつながった。開口一句が「皇帝陛下のおなりよ！」だった。

艾丁は仰天し、そして閊《つか》えていた石が落ちたようにほっとした。皇帝がついに武漢にきた！これは都市封鎖解除が近いというシグナルではないか？

妻は、それはこの世ならぬ霊にしかわからないことよ、気をつけないと、猿が池にうつった月を掬って喜ぶみたいな、ぬか喜びになりかねないわよ、と言った。前に国務院副首相の孫《そん》春蘭《しゅんらん》が視察におでましになったときには、大勢の指導者のお供が数人の住人代表と接見して茶番を演じていたので、マンションの上層階の窓から大声で「嘘だ！　嘘だ！　全部嘘っぱちだ！」と叫ぶ人もいた。それに恐れをなして一行はすぐに立ち去った。しかも新型コロナウイルスがいたるところにあるものだから、警察もそのマンションに乗り込むことができず、この反革命分子を現行犯で捕まえることをあえてせずにうやむやにしてしまったのだ。

そうそう、前回の護衛は数百人だったけれど、今回は一万人以上が配備されている、と妻はいった。「それは誇張しすぎだろう」と艾丁。

「武漢全部の警察を動員しただけでは終わらないかもしれないわよ。微信のグループチャットの管理者通知によれば、私たちの東湖社区界隈だけでも数千世帯あって、どの世帯にも二人ずつの警官が派遣されているそうよ。だから一万人以上にはなる。それから地上部隊、ボディーガード……三歩ごとに警備をおいて、五歩ごとに見張りを置いているような感じ。特にすごいのは、屋上とか建物の廊下の窓とか、すべての建物の連結部分の至るところに狙撃手が配置されているのよ……」

艾丁の妻が話しこんでいると、〝安全全面調査〟の微信通知が来た。彼女はすぐに「我が家の家族全員安全上の問題はなし」と返した。ネット管理者の音声メッセージが「警察はすでにそちらに向かっている途中です、ご協力感謝します」と、すぐに返信してきた。

それから二十分あまりたって、インターホンがなった。艾丁の妻がご用件は？　と尋ねると、警察は「ここの家の方ですか。公務でまいりました」と答えた。

艾丁の妻がドアを開けるや、白い人影が二人、さっと入ってきた。防護服で頭から足の先まで包み、その上からマスクと防護眼鏡をかけている。だから誰が誰かわからず、彼女は終始、「廬山の真面目を識らざるは」（蘇軾の七言絶句「西林の壁に題す」より、「廬山の真の姿がわからないのは自分が山の中にいるからだ」）という気持ちだった。

「お水でも？」と訊いたが、警官は首を横にふった。お座りに？　と訊いても黙っていた。だが、周囲を見回したあと、「娘さんはどこにいます？」と訊いてきた。

「自分の部屋にいます」

「呼んできてください」

「娘はまだ十歳です。久しく外にも出ておらず、知らない人を見るとちょっと怖がります」

「怖がる必要はありません。警察のおじさんが守ってあげるのですから」

「近頃の子供は〝警察のおじさん〟を怖がるんです」

「呼んできなさい。我々は任務執行中だ。上層部からの指示なのだ、社区内のすべての窓のそばに人がいてはならない」

娘が出てきて、母親の手をぎゅっと握りしめた。警官が防護服の内側でハハハと乾いた声で笑い、「名前はなんというの？」と訊くと、マスクの上からのぞいている娘の眼がパニックの色を浮かべた。警官は続けて言う、「おじさんはね、君が丹丹《ダンダン》だというのを知ってるよ、おじさんは戸籍が調べられるからね」

　艾丁の妻が言う、「なにか指示があるのなら、はっきり言ってください」

「よろしい。第一に、窓とベランダには近づいてはならない。第二に、あなた方が動いていいのは、このリビングだけだ。一挙手一投足、我々の視界の外に出てはならない」

「トイレは？」

「トイレは例外です。ただし内側から鍵をかけてはならない。第三に、我々がここにいる時間は、おそらくは一時間を越えないが、もし延長しても許容いただきたい。第四に、大声や物音をたてることを禁止する。必要でないかぎり、話をしないように。第五に、我々二人が話しているとき、あなた方は口をはさまないこと。第六に、我々は自分用の乾燥食料、水、その他の必需品を携帯しているので、あなた方の家にあるいかなるものにも触れません。第七に、スマートフォン、パソコン、固定電話などの通信設備をすべてオフにするように。我々で一つ一つ確認します」

「そんなにたくさん、覚えられません」

「なら一つだけ覚えなさい、リビングで大人しくして待っていること」

　母と娘は二人してリビングのソファに座り、二人の警官はベランダの窓を開いて外に出て、下を見下ろし仔細にチェックしていた。前後左右の棟のすべての階のベランダでも、よく似た白い人影がぼんやり動いていた。調べ終わると、二人の警官は二つの低い椅子を持ち込んで、頭を低くして向き合って座り、ひそひそと何かを話していた。まるで二つの体がつながったエイリアンのようにも見えた。向かい側の一棟の屋上に身を隠す狙撃手が、銃口をこちらに向けているのも見えた。皇帝のボディーガードは互いに牽制しあい、いわゆる〝天網恢恢《てんもうかいかい》、疏《そ》にして漏らさず〟の状態だった。

遠くから雷鳴のような音が聞こえてきた。母娘は思わず立ちあがりかけたが、警官が慌てて手を振って座らせ、それからベランダのシャッターを閉めた。艾丁の妻は、その音が雷鳴ではなく、下の人の流れと車の流れの喧噪音であると聞き分けることができた。その喧噪が突然やみ、二、三分、万物の沈黙が続いた。鳥やネズミですらあえて鳴かず、人と同じく、かごの中の鳥も猫も犬も声を上げようとしなかった。万物の支配者、皇帝陛下の玉音を賜ろうという瞬間だったからだ。

「階上の住民同志たちよ、私は習近平だ。みなに会いに来た」

続いて万物の沈黙が再びきた。太陽は身震いして急いで黒雲に隠れ、風も怯えて吹こうとしない。しかし、ある窓から誰かが頭を出して声高に叫んだ。「習主席、ニンハオ！　習主席、お疲れ様です！」

続いて、またいくつかの窓から、同じように、まさしく馬の屁のように嘘くさいおべっかが発せられた。艾丁の妻は、前に「嘘だ！　嘘だ！　全部嘘っぱちだ！」と叫んだ人がいたことを思い出し、自分もそう吼えたい衝動にかられたが、この家のために我慢しなくてはならなかった。

皇帝は身をひるがえしてその場を去った。母と娘と警官二人はほっと息をついた。続いて、警官たちは各自で水を飲み、物を食べた。また一時間ほどが過ぎて、警察は撤退命令を受けて、暇《いとま》を告げた。最後になって小さな娘をからかうように「丹丹、私のこと、おじさんって呼んでごらん」と言った。

「あんたは私のおじさんじゃないもん！」と娘は突然大声でいった。「とっととと出てけ！　この、コンチキショーの悪い狼め！」

皇帝は大急ぎで十時間あまりで武漢を視察し、東湖社区、火神山医院あたりを回って、ちょっと現場の尻を叩いてから立ち去った。その足取りは秘匿され、またもやネット上で炎上を引き起こした。作者不明の創作童謡がそのきっかけとなった。

習大大、来視察
（習とうさん、視察に来た）
毎戸先安両警察
（各家に警察二人配置した）
一心只為百姓好
（庶民のための一心で）
警察譲俺閉嘴吧
（警察おいらの口封じ）
閉嘴吧、不説話、
（黙っておれ、話すべからず）
要説只説党偉大
（言うなら一言、党は偉大なり）
偉大従来不掺仮

（偉大さにもとよりまじりけなし）
大大聴了笑哈哈……
（とうさん聴いて大笑い）

その後、公式の統一ニュース映像で、西側の元首が庶民と触れ合う政治ショーを模倣してマスクをした皇帝の姿が現れた。数えるほどの現地政府指導者をお供に通りを歩き、社区のマンションの間を歩き、周りにはまったく警備の姿はなかった。上の方を見て、右手を挙げる――わずかな変化を見極めるネットの虫たちは、すぐにこの右手のスクリーンショットをアップして、皇帝が他のニュースで同じように右手を挙げている写真と比較して、その結果、次のような発見をした。小指の長さが違う！　そして、耳たぶの形も違う！

こうして、「皇帝が本物か偽物か」という話題が野火のように広がり、生死を顧みないネットの虫たちは、違う場面での陛下の右手と左耳のアップ写真を使って対比図を作り、点線や寸法を記し、赤い丸で囲み、中国のグレートファイヤーウォール内外のあちこちに貼りつけて、数万のネット警察と五毛が忙しさに眩暈を起こすほど転載したのだった。――これは二大の目にすら留まり、彼はこれを転載したため微信アカウントを封鎖されてしまった。驚いた彼は自主的に微信の管理者に自己批判の手紙を書いて提出し、今回だけということで、一週間後にアカウントを復活してもらった。

この根拠なき「皇帝真贋」問題は、ガルシア＝マルケスの小説『族長の秋』を彷彿させる。この小説は、ある独裁者が暗殺を恐れて精巧な影武者を訓練育成するというもので、顔かたちはもちろん、体つき、歩き方、話し方、手の振り方、しゃっくり、屁をするところまで全く同じにし、世界でもこんな素晴らしい身代わりはいないというほどになって、政府官僚や将軍たちどころか大統領の親族やずっとそばにいる近衛兵まで見分けがつかなくなってしまう。ところが長い間身代わりをやっているうちに、影武者は大統領の習慣をすべて身につけてしまう。公務、文書の処理、視察旅行、戦争の発動、女性との乱交まで、大事から小事に至るまでのすべてを。大統領も指示を忘れるようになってきて、何もしなくなる。かくして、全国でただ一人真贋を見分けることのできるのは大統領を育て上げた乳母兼料理人だけ――彼女は本物の大統領が戦争し、支配し、戦場を駆け回るのを、数えきれないほど見てきた。だから女性に対するときに、本物は戦馬にまたがるような感じでのしかかり、キスもせず、佩刀も解かず、馬靴も脱がず、毎回右からまたがり、体を安定させてから尻を上下に動かして抽送を繰り返すのを知っている。しかし、偽の大統領が同じことをする場合、普通の男子のように軍刀を置き、馬靴を脱いで、キスし、抱きしめて一つになる……。

聞くところによると、マルケスがこの作品を発表したのち、モデルにされた独裁者は跳びあがって雷のごとく怒り、この「デマを作ったくそったれ」を三日三晩エサを与えられていないライオンと一緒に檻にいれてやると誓ったため、おびえたマルケスは夜を徹して国境を越え、別のラテンアメリカの国にネズミのように逃げ込んだ、という。

本物か偽物かにかかわらず、皇帝の武漢行幸は復活のシグナルだった。全国経済は停滞してすでに久しく、日常製品の供給もますます厳しくなっていた。艾丁の妻はビデオ通話の中で、もうすぐ食糧が尽きそうだと話した。「預金はまだある、でもモノがなくて買えないの。みんな着る物も食べる物も節約してる。あなたは？」

「二大がホテルでコックをやっているから、おかげ様で、おなか一杯食べられているよ」

「省境は通行できるようになった？」

「まだ通れない」

「訊きに行ったの？」

「二大が人に頼んで訊いてもらった。自分では行けないよ。あっちの人たちから恨まれているから」

「恨まれるようなことしたの？」

「二大がね。あっちは、僕と二大が仲間だと知っているんだ」

夫婦はお互い、黙ってしまった。同時に人差し指でビデオのスクリーンにふれた。双方ともベッドサイドに座り、双方とも窓の外に明るい陽射しが輝いていた。鳥のさえずりが聞こえる。妻が突然言った。「私たち、とてもラッキーよね。お義父さんは九十三歳で逝ったけど、何も思い残すようなことはなかった。残った一家三人は、病院へも仮設隔離病院へも行ったことがないもの」

「僕たちが感染しなかったのは、本当に奇跡だよな」

娘はリビングでテレビを見ていた。両親が〝奇跡〟と言っているのを聞いて、話に入ってきた。「私、なぜ病気にならなかったか、知っているよ」

「なぜ？」

「大根を食べたから」

そういって、覚えたての感染予防の童謡を歌いだした。

白蘿蔔、一顆顆、
（だいこん、いっこっこ）
装上車、楽呵呵。
（車に積まれて、にっこにこ）
往哪裡？　幹嘛去？
（どちらへ行くの？　なにしに行くの？）
去武漢、打妖怪。
（武漢に行くの、妖怪退治に行くんだよ）
啥本領？　嘛能耐？
（どうやって？　なにができるの？）
栄養高、消化快。
（栄養たっぷり　消化も早い）
只要有我蘿蔔在、
（だいこんさえあれば）
定譲病毒九宵外。
（ウイルスなんて　あの世ゆき）

艾丁はにやにやしていった。「以前は双黄連がウイルスを退治するって言ってたのに、いまは大根にかわったのか」
妻は腹立たしそうに言った。「娘がどんな歌を歌ったっていいじゃないの」

艾丁は笑ったが、笑うほうが泣くより悪い。それで、憤然としつつその場を濁した。やがて、妻は始まりも終わりもない〈生存者の口述〉を転送してきた。

……注射を打てたのなら幸運だ。一回打ってから、また次の注射のために並ぶことができないのが恨めしい。毎回、注射のために十時間並ぶ。毎回、早朝三時に起きて、一口の水も飲まず、マスクも取らず、午後三時四時まで並び、五時か六時に帰る。一口水を飲んで、一口飯を食べて、横になって寝る。

毎日、人が死んでいく。少しの尊厳もない。多いときは二時間のうちに四人が死んだ。その日、私は二階で注射を打ってもらっていた。六時から始まって八時にならぬうちに、まず上の階の病室から二人の遺体が下ろされてきた。それは確診感染のものだろう。それから私のそばで二人が倒れた。午後に一階でまた二人死んだ。PCR検査を受けられずに病院で死んだ人は新型コロナ肺炎の死亡リストに含まれない。疑似感染でもカウントされない。

午前八時にこの世を去ったあのおばあさん。おそらく七十歳前後だった。夜中から並びだし、注射を打ち終わって、二歩も歩かないうちに倒れてしまい、それっきりだった。私から二メートルほど離れたところだった。二人の息子の年ごろが私とほとんど一緒。シーツにくるまれて、夜の九時に運ばれていった。

人手も車両も足りなかった。治安維持責任者が現場に一人いるだけ、葬儀会館の車も本来は一台に一人の遺体を乗せるものなのに、結果的に一台で八人を運んでいる。あの日私が外にたばこを吸いに出たら、ちょうど七、八人の遺体をコンテナのようなトラックが運び去るのを見かけた。こんな光景よりも、地獄のほうがまだましなのではないのか……

続いては家族全員が感染したケースの口述だった。

　私と私の母は確定診断された。母は年を取っていて、目も見えない。症状は比較的重かった。午前三時まで辛抱したが、どうしようもなく、私はまた車を運転して第四医院の発熱外来まで行き、母に注射を打ってもらった。今日もまた一日待たされて、朝八時にやっと家に帰った。父もずっと咳をしている。妻も少し症状がある。これほど多くの人が、家で全く何の方法もなく隔離されているのだ……。

　私が確定診断書を得た後、最初の一時間で社区とアパートの管理会社に状況を説明した。当時私たちの社区には「無疫情門洞（無感染横丁の意）」の張り紙が張ってあった。私にできることは、ご近所のみんなに注意してもらうよう管理会社に言うことだけだった。しかし、今も「無疫情門洞」の張り紙は張ったまま。玄関に上がるときに消毒する人もいない。居民委員会は入り口のところに椅子を二つ置き、人が入れないようにしていた。

　二月九日、ついに母の入院が手配された。私もやっと東西湖の仮設隔離病棟に入った。二月十七日午前十一時、入院治療の効果もなく母はこの世を去った。

　この二つのケースを見て、艾丁は妻が言った〝幸運〟という言葉の意味を悟った。しかし落ち込んだ気持ちはすぐに持ち直した。二大が仕事から帰ってきたのだ。

　艾丁は心の赴くまま雑談をはじめ、二大も同類を憐れむように故郷の妻と子を思い出し、また長沙の二小のことを思い出した。二小の微信と電話はやはり不通で、まさか確診になったのか？　などと言った。艾丁は密かに苦痛の声を上げていたが、それを少しでも声色に漏らすわけにはいかなかった。二大は、都市封鎖が解除されたら直接長沙に行ってみると言った。もし二小がいたら、すぐ彼を連れて山西に帰ると。

艾丁はこの話を続けるのを恐れた。二人はしばらく一緒に苦い酒を飲んで、それぞれ横になった。艾丁はまったく寝つけなかった。鬱々として気分が落ち込んだが、理由ははっきりわからなかった。空が白むころ、妻に微信で電話をかけた。むこうはぼんやりしたように「あなた、一体こんな時間にどうしたの？」と一言いって、通話は切れた。

――二日後に妻が微信電話をかけてきた。少し頭痛があって熱っぽいという。艾丁は、引きこもり生活が長すぎたんだ、大丈夫だ、窓から首を伸ばして深呼吸したら、よくなるよ、と言った。

妻はうなずいて、話題を変えた。娘がコロナ禍の中で、物分かりのよい子になった、今日はあの子がおかゆを炊いて、ちゃんと碗や箸も並べて、私を助けてテーブルに座らせてくれたのよ、と話した。艾丁は、「あと二十一日たてば、丹丹の十一歳の誕生日だな。その時はきっと戻っているから」と言った。娘が泣きだした。「パパ、早く帰ってきて、ママが病気になっちゃった、すごくこわいの」

さらに三日たった。妻の熱は下がらないという。ふいに艾丁は取り乱し、社区の防疫部に通知すべきだと言わずにおれなかった。すでに通知したと妻は言った。母娘二人でずっと家に閉じこもっていたのにどうして感染するんだ、と艾丁。すこし前に社区の入り口にある小さなスーパーで買い物をしていた時、二、三メートルほど先で女の人が倒れたことがあったと妻は言う。艾丁はすぐに時間を計算した。十四日間のウイルス潜伏期は過ぎている。それで「安心しろ」と話した。妻は「症状がどんどん重くなっているの。昨日の夜は、眠りかけては息苦しくて眼が覚めてしまった。万一のことがあったら、あの子はどうなるの？」と訴えた。艾丁は歯を食いしばって「わかった、わかった。急いで戻る方法を考える」と言った。

翌日、二大は休暇だった。艾丁が家庭の状況を告げると、二大は深く同情した。真昼間なので、酒を飲むには不都合ということで、台所から酢の瓶を持ってくると、ごくごくと瓶底を天に向けて流し込み、こう言った。「あんたの問題はおれの問題だ。おれが一肌脱ごう。そこらを訪ねまわって人を探して、あんたを家に帰す算段をつけてやる」

艾丁は感動で涙があふれた。山西省は酢の産地で有名なのは知っていた。山西人にとって酢を飲むことは酒を飲むことに等しいことも知っていたから、彼も台所から酢を一瓶持ってきて、一気に飲み干した。酢がしみた歯でしかめ面をして言う、「兄弟、あんたも一緒に省境を突破するつもりか？　それは容易じゃないぞ。『伍子胥韶関を過ぐ、一夜頭を白んず（伍子胥過韶関、一夜白了頭）』って知ってるだろ？」

「ああ、もちろんだ。もしあんたが伍子胥で、一夜で白髪になれば省境を突破することができるってんなら、白髪になる値打ちがあるってものさ（春秋時代の将軍・伍子胥が逃避行の途上で一夜にして白髪となった故事を指す）」

「僕たちに羽根が生えてても大変だろうな」

「陸路がダメなら水路があるぜ。アニキは家でおれの知らせを待っててくれ」

第十三章　密航で家に帰る

二大は二日続けて外をうろついていた。朝に出かけて深夜に戻り、艾丁と酒を飲んでいても心ここにあらずで、微信でひっきりなしにやり取りしていた。三日目の午後、彼は早めに戻ってきて、「決まった」と言った。それで二人はそれぞれベッドに横になって、体と心を休めることにした。日が落ちて起き出すと、興奮のあまり天井にむかって何度もパンチを打った。台所に行って肉料理を二皿と野菜料理を二皿ずつに、炊飯器いっぱいの白米を作った。食べ終えると二人は両目を見開いて互いを見つめた。もはや暗雲は吹き散らされたという気がしていた。二つのコップにアルコール度五十六度の〈湘江大麹〉を注いでパンとぶつけ、一気に空けた。そしてその場にあおむけに倒れ、すぐに雷のようないびきをかいて夜中まで寝た。眼を覚ましたときには満月が昇っていた。

艾丁はリュックを背負った。二大はすでにオートバイを押し出して、いざ突撃して敵陣を落とさんというようなポーズをとっていた。二人はドアに鍵をかけ、出発した。湘霊市街地を迂回し、国道を避け、蟠桃河西岸の烏雲鎮のとある村のとある組織へと、耕運機用農道を直行した。途中、特に遮るものもなかったが、村の入り口に着いたときに突然、一人の男が勢いよく飛び出してきて、押し殺した声で尋ねた。「合言葉は？」

二大はバイクを止めて答えた。「朋の遠方より来る有り」

これに応えて、「遠きにありても必ず誅せん」

合言葉は合致した。艾丁は黙ったままポケットから千元を出して、男に渡した。二大はオートバイのエンジンを切り、手で押して、艾丁と肩を並べて男について行った。数百メートル向こうを蟠桃河が流れている。川を二、三キロ下れば長江に合流する。その合流地点がすなわち、大波押し寄せる壮大な赤壁の古戦場だ。風向きは時節によって南から北へ、北から南へと変わる。『三国演義』で、諸葛亮は天文と地理の知識を共に知っているとされている。香を焚き、何月何日何時に季節外れの東南風が起こると計算で割り出し、周瑜に火船を準備させ、時きたるや追い風にのって曹操軍を直接攻撃し、鎖で船同士をつないだ七百里におよぶ水上陣営を全滅せしめたのだ。

しかし今この時の川面ゆく風は、時に強く時に緩やかだった。三日月が寒さに震えるように叢雲の中に身を隠し、ぼんやりとした光の線を雲間から、針を刺すように漏らしていた。村と村が境を接するところには新しく掘られた壕溝があり、水がいっぱいに注がれ、真ん中には鉄条網まで張られていた。感染流行がもっとも厳しいときは、どちらの村も毎夜、民兵とシェパードによるパトロールを行っていた。皇帝陛下の武漢行幸に伴って情勢は緩和し、シェパードも民兵もやっと撤退した。

「それでもまだ用心しないと」と男は言った。「もし捕まったら、気絶するほどボコボコにされて、再び強制隔離だ」

「まさか」と二大。「こういうことをやったのは一度や二度じゃないんだろ?」

「やったことなんてないよ」

「嘘だ」
「むかしは壁に耳ありだったが、今は風に耳ありなんだよ。ないと言ったらない。もし捕まったら、あんたら二人とも覚えとけよ、これが最初、初犯だと言え。それなら、障害が残るほどは殴られずに済む」
艾丁は寒くもないのにぞっとした。男は、嘘じゃないぞと証明するように、振り返ってチラシを二枚、彼らに押し付けた。一か月前のものだった。艾丁はチラシをズボンのポケットに突っ込み、後でじっくり目を通した。

万人の心を一つにし、共同で新型コロナ感染と戦おう。湖北（特に武漢）からの入境者、および湖北人との接触が明らかな者の報告を歓迎する。事実の確認後、上級防疫部門の査定を経て、最初の報告者には千元の報奨金を与え、また報告者の個人情報は秘匿する。一方、湖北人（特に武漢人）をかくまった者は、検挙ののち当該事実が明らかになれば罰金千元を科す。報告専用ホットライン：－12345。

三人は川辺の隠れ家にやってきた。男は水に浸かった古い柳の根につないであった縄を解いて、漁舟を引きずり出した。中央の幅が一丈（約3メートル）あまり、弓型の舟だ。前後の舳先はとがり、矢を射る弓のような形だった。この種の舟の形は古くから今に至るまでほとんど変わらない――麻の紐で首をつながれたミサゴが両の舳先に止まり、いつでも波濤に突っ込んで魚をとらえようとしていて、舟の真ん中には漁夫が立ち、釣り糸を垂れたり網を投げたりする、その手の昔ながらの舟である。こんな緊張の場にいながらも、自分が古き詩人・屈原《くつげん》の挿話を思い出していることに艾丁は驚いた。汨羅江《べきらこう》に左遷させられた屈原は、漁夫と出会って言う、「世を挙げて皆濁り、我独り清めり（世の中に不正があふれ濁っており、清廉なのは私ひとりだ）」。すると漁夫が言う、「衆人皆酔わば、何ぞ必ずしも独り醒めん？（みんなが酔っ払っているときに、ひとり素面でいなくてもよいのでは？）」。そして歌に曰く「滄浪の水清まば、以て吾が纓（冠の紐）をあらうべし、滄浪の水濁れば、以って吾が足をあらうべし！（滄浪の水が澄んだのなら、冠の紐を洗うがよい。滄浪の水が濁ったのならば、自分の泥足を洗うがよい。清濁に応じて生きるのがよい、の意）」

男が縄でオートバイを舟に固定した。そのあと艾丁は舟に乗り、拱手して礼を示した。すでに二大とはきつく抱擁を交わし、今生の別れを告げていた。この瞬間ばかりは、感染のことなどお互いまったく顧みなかった。舟は軽々と岸を離れてゆくと、月影が波に光る中、二大の姿は遠く小さくなってゆき、しかしずっとそこにありつづけた……

二つの櫂をこぐ音がギィイギィイと鳴り、舟は少しずつ河の中央へと進んだ。風は穏やかで浪も静か、月明りは絵に描いたようだった。漁夫が言った。「対岸につくころには、あそこの雲が流れて、月をちょっと隠してほしいもんだ。ちったあ安全になるだろう」

艾丁はうなずいた。スマートフォンがぶるっと着信音を立てたので、慌てて見ると、思わず暗然となった。

今晩の司門口《しもんこう》（武漢の繁華街）は、私のほかはゴミ拾いの老人だけで、ほかに道行く人は見かけませんでした。川沿いの明かりも再びきらめくことはなく、空は蝙蝠の翼に覆われているかのように真っ暗で、息をするのも苦しいくらい……。

ちょうど十七時三十分になったとき、誰かが司門口の陸橋の上から飛び降りました。さっきまで、その男の人はずっと橋の上に立って泣いていた。とても悲しそうに、とても絶望したように……寂静な通りの上で、あの人の泣き声とヒステリックな吶喊が、一声ごとに道行く人の心を突き刺していた。その人は泣いて訴えてた、自分はコロナウイルスに感染してしまった。家にいることはできない。妻や子に感染させるのが怖い。病院には空いているベッドがなかった。一時的に部屋を借りたが、病院に診察に行くにも、公共のバスはないから遠い遠い道のりを歩かねばならず、体力がついていかない。もう食べる物すらなく、死んだほうがましだ……。

そして世の中のすべてへの怨念とともに身を投げたのです。血で彼の顔ははっきり見えず、私の目も涙に濡れてた……すぐに警察に通報しようとしたら、どこか近くからパトカーが一台やってくる音が聴こえてきた。私は死者に三度、頭を下げて弔いました。

その場を去るとき、警察は私に「このことをネットに上げるな」と繰り返し注意しました。私は涙ぐみながら笑いました。

艾丁は頭を上げた。不吉な予感がした。舟の櫂はギィイギィイと鳴り続けている。二、三キロの水面を一時間くらい進み、徐々に対岸に近づいた。漁夫は舟を枯れ木の陰に入れ、縄を解き、オートバイを岸に上げるのを手伝った。拱手して、漁夫が静かに立ち去ろうとしたとき、指笛の音が聞こえたかと思うと、数人の屈強な男たちが地面から飛び出るようにいきなり現れて、艾丁を地面に押し付け、漁夫に殴りかかった。まるで梁山泊の追剝のように、二人に気を取り戻す隙を与えず、両手を縛り上げていた。

追剝の頭領は、美髯に黒ずくめ、手には大刀を持っており、『三国演義』に出てくる英雄・関羽の再来のようだった。そしていきなり一喝、「恥知らずな密航者め！」と叫んだ。

二人は小便を洩らさんばかりに腰を抜かし、地面に座りこんだ。頭領がまた叫んだ。「感染が拡大しているのはわかりきっているのに、禁を犯して河を渡り、何をするつもりだった？」

艾丁は手を拱《こまね》きながら言った。「家で火急の用があり、他に手がなかったのです」

「火急の用？　家が火事なのか？」

「火事よりも緊急なんです。妻の感染が確診されました。家で私が帰るのを待っているんです」

「確診されたんだったら、家に帰って何の役に立つ？」

「役に立つ立たないじゃない、今生の別れになるかもしれないんです。どうか行かせてください」

「感染蔓延時の政策では、誰も私情でルールを破ってはならない」

「みなさんは立派な方たちとお見受け……」

「立派なのはあんたの方さ」男が言った。

「兄貴……」艾丁は感極まって言った。

「いや、あんたが『兄貴』だよ」

「金ならあります。いくらか言ってください。出せる限り出します」

「わが党は賄賂を拒絶している」

「な、なら……どうしたら？」

「どうもしないでいい。行きたいところに行けばいい」

「ありがとうございます、この大恩大徳に感謝します！」

漁夫も、時代劇に出てくる好漢がやるように、感謝の歌を歌いながら急いで立ち上がった。

艾丁は声に出して礼を言い、うつむき気味にオートバイを取りに行くと、そこで止められた。

「これは事件の証拠として、法にもとづき没収する」

「これは長沙防疫部からの借り物ですから、後で返さないと……」

「証明するものは？」

艾丁は急いで、湖南省の通行証を取り出した。

「これでは証明にはならない」

艾丁は頭を掻きむしりながら、リュックをひっくり返して探した。

「証明書があっても、一時的に押収する。感染収束を待って再度、話し合おう」

「な、なら、預かり証を発行してください」

「発行しない」

「一万元以上の値打ちがあるものなのに、預かり証すら発行しないって……」

「なんだ？」

「まるで強盗じゃないか！」

「なんだと？」

「僕は……」

「やるのか？」追剝の頭領が大刀を振り上げた。切っ先が頭に向かって来るのを艾丁は飛びのいて避けたが、横合いから棍棒で殴られた。舟の中から漁夫が稲妻より早く叫んだ。「逃げないのか？　あんたが逃げないなら、おれは逃げるぞ！」追いつめられ、艾丁は舟に飛びのった。その瞬間、オートバイのエンジンがガガガッとかかる音がした。何人かのごろつきたちが月明りの下で躍り上がって歓声を上げていた。「やったぜ、こいつを売れば、ちょっとした金になる。山分けだ！」

怒り冷めやらぬまま、舟を河の中心にもどした。内心煮えくり返っていた艾丁は、ついに抑えきれず、漁夫をつかんで拳で殴ってしまった。月は洗うがごとく明るく、波が鱗のように光るなか、舟は大きく揺らいだ。漁夫は櫂を放し、彼の手首をつかんだ。

「気でもくるったか！」

「くるってない！」

「こんな水の上で喧嘩するなんて、あんたはおれと一緒に死にたいのか」

「そうさ、死なばもろともだ！」

「いかれてやがる！」

「おまえらぐるなんだろう！」

「ちがう！」

「河の両岸で共謀してウイルスで金儲けか、いい商売だな」

「誤解だって」

「オートバイが奪われたじゃないか！」

「あれは本当に災難だったな」

「いい加減なことというな」

「ウイルスで封鎖されてから、おれがずっとヤミで運び屋をやってるのは、人民に奉仕するためさ。ついでにちょっと稼がせてもらっているだけなんだ。これまでの客はみな地元、この両岸の人間で、名前は知らなくても顔見知りの連中だった。みんな岸に上がってからちょっと歩いたところに家があるから、こっそり帰れたんだ。あんたはたまたまオートバイを持っていたもんだから」

「まだ数百キロの道程があるんだ、武漢まで飛んで帰れっていうのか？」

「オートバイがなかったら、やつらも多くて五百元の通行料をとって放してくれただろう。あんな思いがけない棚ぼたを奪わないやつがいるか？」

「ちくしょう！」

艾丁の怒りは頂点に達し、一瞬の殺意に駆られて櫂を奪って漁夫の頭に打ちおろした。漁夫はよけきれず水中に飛び込んだ。そして『水滸伝』の浪裏白條《ろうりはくちょう》・張順《ちょうじゅん》を思わせる泳ぎの本領を発揮して、舟底にもぐって一枚の葉のような小舟をくるくる回した。艾丁がバランスを崩して水に落ちそうになった刹那、漁夫は渦の中からサメのように飛び出して、艾丁を押し倒し、自分も舟によじ登った。

「あんたは王二大の友人だし、気持ちはおれもわかる」漁夫はぺっと唾を吐いて言った。「悪かったよ、仕事をやり遂げられなかったんだから、岸に上がったら五百元は返す」

漁夫は艾丁を村の出口まで送って行き、月明りで、烏雲村から公牛鎮の帰る道を地図に描いてくれた。見つけにくい場所にある監視台の印を二つ三つつけて、「こういうふうに迂回していけば、夜明け前に帰ることができる」と言った。

艾丁は意気消沈しつつも先を急いだ。途中、妻から微信がきた。どこにいるの？　と訊かれたが、艾丁ははっきりと答えられず、遅れている、とだけ答えた。

妻は、遅れているのはわかっている、という。艾丁は、どうすればいいかがわからない、と答えた。妻は昨日、社区の防疫指揮部に五回電話し、微信のメッセージを三回送って、自分を病院で検査してほしいと要請したという。しかし防疫指揮部の回答は、資源が厳しく、割り当てられる検査枠がない、というものだった。妻は再度、長沙側と連絡を取ってほしいと要請した。艾丁が、結果はどうだった？　と訊くと、妻は「今はまだわからない」と言った。

艾丁はポンと額をたたいて言った。「虎の首につけた鈴は、鈴をつけた人間が外すべきじゃないか。なんてバカなんだ。二大と一か月あまりも一緒に暮らしていたのに、大事なことを言ってなかった」

「そんなに義に厚い人を相手に、あなたは本当に友達甲斐のないことをしているわ」と妻は言った。

「真実を言う勇気がなかったんだよ」と艾丁。

すると妻は、いいことを思いついた、と言った。今から録音する音声を長沙の王主任に転送するようにと。『私の夫、艾丁は、ドイツから帰国して四十日余り、まだ家にたどりついていません。今、私は崖っぷちの状況にいて、夫も進退きわまっています。夫に残された手段は、湘霊から長沙にあなたを訪ねに行き、その際に王二大を連れてゆくことだけです。王二大というのは、あなたが死に追いやった王二小の双子の兄です。夫と彼とで、この件に関して法に則った正義を求め、インターネットで世に問うしかありません』

「妻よ、君には諸葛亮も真っ青だ」

「こんなに追いつめられていなければ、こんな事、思いついたかしら？」

「君は本当に大丈夫なのか……？」

「今日も苦しくて夜明け前の四時過ぎに目が覚めたわ。とても眠いのに、眠れないの。眠ると、まるで水に溺れるみたいに息ができなくなる。もがくようにして目を覚まして、とても心配になった。私が急にいなくなったら、あの子はどうなるの？　今、あなたに録音を微信で送った。命がけであなたを家に帰らせてみせるわ！」

艾丁は狼のように一声咆哮して、あわてて口を覆った。妻はまた言った。「確診が出るまで診察を待ってても意味ないと思う。このあたりには数十棟のマンションがあって、千人以上が死んでいるらしいの。なのに死ぬ前に病院で確診された人は百人程度よ。医者や看護師ですら、検査が間に合わないまま死んでしまうのよ」

「自分で自分を不安にさせてどうする。感染源はどこなんだ？」

「エレベーターよ！　防疫指揮部が最近の監視カメラ映像を調べたら、このあたりで見かけないざんばら髪の女がエレベーター内のあちこちをさわりまくって、唾を吐き散らし、鼻水を垂らしながら、『私の唯一の武器は唾だ！』ってずっと叫んでいたそうよ。その女が逃げたあと、ちょうど私がそのエレベーターで下に降りて、注文していた野菜を受け取りにエントランスまで行ったの……」

まるで神の怒りの五つの雷に同時に撃たれたように、艾丁は茫然とした。

空はいつのまにか白んでいた。夢を見ていたかのようで、艾丁は自分がどうやって帰ったかもわからなかった。鋭いナイフのような朝風が無情に吹き付け、彼は顔を覆った。ドアは軽く触れただけで軋んで開いた。二大が部屋着姿で、ぼんやりしていた。宙にぶら下がっているように見えたが、よく見ると、テーブルの上に足を組んで座っているのがわかった。振り返って艾丁がいるのを見て、テーブルを飛び越え、艾丁の胸ぐらに殴りかかってきた。

艾丁はあおむけに地面に倒れた。唇の端から血をあふれさせて叫んだ。「いいパンチだ！　いいパンチじゃないか！」

二大は彼をつかんでベッドに引きずっていき、言った。「あんたの奥さんから微信があった。二小に起きたことを教えてもらった。もうすべて知ってるぜ、兄貴、すまないと思ってるんだったら、おれのこぶしを受けてくれ。だが、奥さんはよくできた人だぞ、自分はもう長くないからって、おれとあんたのことを気にかけてた。この義理人情は、おれとあんた、兄弟で受け止めなきゃならない」

「なにかしてほしいことがあれば、なんでも言ってくれ」

「王主任についてのことは全部聞いた。奥さんはあいつの責任を問うて、第一、第二、第三、第四箇条に基づいて賠償を求めるつもりだ。例の録音も転送されてきたから保存してある。感染が正式に収束したら、おれは長沙に向かう。そのときに、兄貴に声をかけるから証言しに来てくれ」

「もちろんだ」

「一晩中大変だったな、疲れたろ。まず寝ろよ」

艾丁は心身ともに疲れ果てていた。しかし思考は波のように逆巻いていた。二大が一杯の熱い砂糖水を持ってきてくれたので、艾丁は飲み干した。少し気分がよくなり、寝床に入って横になった。大して時間のたたないうちに意識がぼんやりしてきて、二大が壁の向こうでぶつぶつ言っているのが聞こえた。「二小よ、おまえはどんなふうに逝ってしまったんだ。跡形もなく、兄ちゃんにもさよならを言わんで、父ちゃんや母ちゃんにも別れを告げんで、遺骨も、なんの遺品すら残さんで。おれたちはたしかに双子の兄弟同士だった、でもまるで夢だったみたいだ。おれが目を覚ましたら、あるいはおまえが目を覚ましたら、お互い陰と陽の世界にわかれてしまったみたいで、もう会えなくなっちまった。

　おれたちの名前は祖父ちゃんがつけてくれたんだよな。祖父ちゃんは高名な呂《ろ》正《せい》操《そう》将軍（抗日将軍として名高い軍人。中華人民共和国建国後は政府高官となる）の部下だった。字は知らなかったし学もなかったし、それでなんか得したわけでもないんだけどな。子孫のおれたちも、もちろん何かそれで得したこともなかったけど。祖父ちゃんから教わったことといえば、『牛飼い二小の歌』とかいう古い抗日歌くらいか。一九四〇年に山西の太行革命根拠地で大流行したっていうやつさ。

　母ちゃんがおれたちを身ごもった時、みんな赤ん坊は一人だと思い込んでたそうだ。で、祖父ちゃんは酒を二杯ばかり飲んだら、突然霊感がおりてきて、〝二小〟って名前を付けたんだ。ところが、生まれてきたのは二人。だから〝二小〟って名前はおまえにやって、おれが〝二大〟になった。

　二小よ、今おまえはおれより先に祖父ちゃんに会ってんだよな。おまえと祖父ちゃんのことだから、天国でふんふん『牛飼い二小の歌』を歌ってんだろうな」

　何秒かして、だみ声の歌声が流れてきた。

　牛児還在山坡吃草、放牛的卻不知哪兒去了
　（牛っこが山の斜面で草をはむ　牛飼いはどこいった）
　不是他貪玩耍丟了牛、放牛的孩子王二小。
　（遊んでて牛を見失ったわけじゃない　牛飼いの子は王二小）

九月十六那天早上、鬼子向一條山溝掃蕩、
（九月十六日の朝早く　鬼子が谷で掃討戦）
昏頭昏脳地迷失了方向、抓住了二小要他帯路。
（うっかり方角みうしない、二小を捕まえ案内させた）
二小他順従地走在前面、把鬼子帯進我們的埋伏圏、
（素直な二小は前を行き、鬼子を我らが待ち伏せ場所へ）
四下裡乒乓乒、乓、響起了槍声、敵人才知道受了騙。
（銃声パパパンと四方から　敵はようやく騙されたと悟り）
鬼子把二小挑在槍尖、摔死在大石頭的上面、
（鬼子は二小を槍で突き　大岩の上に叩きつけ）
我們那十三歳的王二小、可憐他死得這様惨。
（我らが十三歳の王二小　憐れ死にざまの無残さよ）
幹部和老郷得到安全、他卻睡在冰冷的山間、
（幹部と村人は難をのがれ　二小は山間で冷たく眠っていた）
他的臉上含著微笑、他的血染紅藍藍的天。
（顔には微笑み　血が青空を赤く染める）
秋風吹遍了這個村荘、它把這動人的故事伝揚、
（秋風吹くこの村に、心をふるわす物語が残る）
毎一個老郷都含著眼涙、歌唱著二小放牛郎。
（村人はみな涙を浮かべ　牛飼い二小の歌を歌う）

こらえきれず、艾丁は涙で顔を濡らした。無常な人生よ。二小が発症する数分前、まだ何の兆候もないとき、彼も高らかに勇猛によく似た曲調の歌を歌っていた。格調は正反対な、『猿公は紅軍になりたし』という歌だった……。

　艾丁の苦しみは、なお三日続いた。その頭髪もひげも、まるで一生苦しみ続けたように、〝伍子胥韶関〟を思わせて大半が白くまだらになっていた。目だけが赤く、涙袋と口角は崩れるように垂れ下がってしまった。彼は自ら王主任に電話したが、相手は出なかった。それで妻に微信で電話をかけたが、ビデオ画面に出てきたのは娘だった。マスクをし、雨がっぱを着ていた。まるで鉄桶（ドラム缶）を着ているみたいに見えた。艾丁が「おまえ、その恰好はいったいどうしたんだ？」と訊くと、娘は涙声でいった。「ママがこうしなさいって。ごはんも自分一人で食べなさいって。何もないなら、ずっと自分の部屋にいて、出てきちゃだめだって」。艾丁は「今、どんなようすなんだ？」と訊いた。「ママは息が苦しそう。もうすぐしたらパパが帰ってくるって言ってた」

　ビデオチャットを切った。どうしたらいいのかわからなかった。そのとき、ドアの外で車のクラクションがファファファと立て続けに鳴り響いた。彼が反応する前に二大がすぐにドアを開けた。そして大声で「来たぞ、来たぞ！」と叫んだ。——それは血のように赤い夕陽の沈む春先の黄昏時のこと、フロントガラスに〈111号特別警察通行証〉と張り出した一台のオフロード車が玄関前に停まって、艾丁が外套を着て表に出てくるのを待っていた。すでに二大が艾丁のリュックを後ろのトランクに積み込んでいた。艾丁と二大はひしと抱き合って、声を上げずに泣いた。オレンジ色の防護服を着た三人の警官が、背後から質問を投げてきた。「あなたが艾丁さんですか？」。艾丁にはその声が聞こえず、「身分証を出してください！」と警官の一人が怒鳴って、彼はやっとびくっとして振り返った。

身分証で本人だと証明した艾丁がマスクをつけると、パトカーの後部座席に押し込められ、一行はさっそく出発した。艾丁は二大にもう一度手を振りたかったが、そのチャンスはなかった。各々の座席は防弾ガラスで仕切られ、両側の窓のカーテンもきっちり閉じられていた。フロントガラスの向こうに夕焼け雲が広がって、都市のビル群を飲み込もうとしている様子を見て、艾丁は帰国したばかりのときのことを思い出さずにいられなかった。北京に到着して長沙行きに乗り換えたとき、飛行機から見たよく似た風景を。この四十日余りに過ぎ去った出来事が、ふいに昨日のことのように思えた。

公牛鎮を出て、省境を越えた。停まったのは境界のあちら側とこちら側の二回だけ。高速道路は封鎖されていたので、警察車両は国道を走った。途中、助手席の警官がスマートフォンを掲げた。隔離壁の上の隙間から王主任の声が聞こえてきた。「いやはや《アイヤ》、艾先生、まさかこんなに長い時間、あなたが家に戻れていないなんて、本当にすみません。王二小のことですが、あれは全くの事故で、あんなふうになるとは誰も思ってなかった、そうですよね？　湖南と湖北の間では話がついています。まずあなたを家に帰し、家のことに専念していただく。残りのことは、感染が収束するのを待って、社会が正常にもどってから、改めて相談するということでいいですね？　ご理解、ご協力、ありがとうございます」

そのあと長い沈黙が続いた。三時間近くの旅の間、四人はほとんど一言も話さなかった。夜のとばりが落ち、ヘッドライトが前方を照らすなか、沿道の十ほどの農村の検問所を一行は抜けていった。この国の小国寡民割拠（人口の少ない小さな国がお互いを侵さずに分かれて暮らすという、老子が理想とするありかた）状態の困難さは、艾丁はすでに身に染みる程に経験ずみだ。しかし今回は、警察車両が道を切り拓き、向かうところ敵なしだった。武漢市街地についたときには、まだ夜の十時にもなっていなかった。

　社区のゲートに入っても艾丁はまだ下車しなかった。警察車両で直接、自宅のマンションの前まで送ってもらった。これは艾丁にとって人生で初めて享受した特権だった。運転手が先に降り、右側に回ってドアを開けてくれた。艾丁は車を降りると、後ろのトランクからリュックとパソコンを取り出し、振り返らずにエントランスに入った。

　エレベーターの前で数秒躊躇《ためら》った。妻の感染源がエレベーターだったことを思い出し、階段を上ることにした。二階分上っただけで息が切れた。滅菌手袋を取り出して付け、三歩ごとに手すりを握って止まり、螺旋を描いて上がっていった。

　家は二十階にある。もう家はすぐそこにあったが、艾丁の両足は打ち震え、心中にパニックが湧きあがってきた。荒い息をつきながら脳みそを絞り、家の玄関をくぐったらどうすべきか、なにを言うべきか考えた。妻は生死の境にいる。でも抱きしめることはできない。でも二メートル離れたところから、微笑んで、投げキスをして、大げさに抱擁の恰好をしてみせよう。これは絶対だ。娘もウイルス相手の完全武装だ。せいぜい「パパ」と呼ぶほか何もできまい。それ以上は手ぶりで意思疎通を図るしかない。それから風呂に入り、妻と娘のためにあったかいご飯をつくろう。それから、三つの部屋と台所とバスルームを徹底的に掃除して消毒して……一年も会ってなかったんだ、ちょっとくらいは埋め合わせをしないと……。

　二十分後、艾丁は最後の踊り場にたどり着いた。通路に出るドアを押し開け、角を一つまがると2016号室だ。彼は小走りになった。ドアベルについて思い悩む必要はなかった。ドアは大きく開いていた。娘が玄関に立って、ぼんやりと彼を見つめていた。娘のマスクはぐっしょりと湿っていた。

「パパ！」

「丹丹！」

娘は一切を顧みずに飛びつき、彼も一切を顧みずに抱き上げた。娘は父親のマスクを引き下げて、その鼻と口をつねった。それから自分のマスクも引き下げて、その顔を彼の頰に押しつけた。

「ママは？」

娘は声をあげずに泣きはじめた。体が猿のように痩せこけていた。

「ママは？」

「行っちゃったの！」

「何だって？」

「さっき、行っちゃった。二人のおじさんが来て、運んでいっちゃったの！」

彼は娘を下ろし、窓辺に駆け寄り外を見回した。数千の街灯が群星のように深淵に沈んで見えた。妻はそのうちの一つなのだ。時空は渺々《びょうびょう》として果てしなく、人の世は茫々《ぼうぼう》としてとらえどころがない。彼と彼女は出会い、愛し合い、何年も同じ寝床で枕を共にしてきたのに、今や彼女が、この光のどの一つなのかもわからない。

死と生はリレー競争のようなものだ。妻が行き、艾丁が来た。彼らの娘は何とか命拾いした。これが生活であり、昔から今にいたるまで、数えきれない、ミクロな人類史の一つであり、誰であれ受け入れるほかないものだ。

風呂を出た艾丁はすぐに横になりたかった。しかし、なんとか自分を奮い起こして娘に言った、甲冑のような防護服を脱いで、お風呂で体を洗い、消毒しなさいと。そして、呼ぶまで出てきてはいけないと。

彼は大掃除をはじめ、消毒液をつくってスプレーし、ふき取った。テーブル、椅子、ドアや窓、床、ベッド、コンロ、すべてひととおりやり、すべての鍋、碗、盆類を二つの洗い桶に浸した。最後にマスクをとり、窓を十分間あけて空気を入れ替え、窓を閉めてエアコンを入れ、空気清浄機の電源を入れた。

「もういいよ」と彼は言った。

娘は素っ裸で出てきて、パパがドイツから持ち帰った新しい洋服一式に着替え、気分一新されたばかりのリビングのソファにお姫様のように座り、お菓子を食べながら、艾丁が食事を作るのを待っていた。

冷蔵庫には火腿《ハム》とインスタントラーメンがあった。隅っこにあった生姜とニンニクは芽を出していた。艾丁は二袋のインスタントラーメンを煮て、ハムを細切れにして入れ、生姜とニンニクの柔らかい芽を散らしてテーブルに運んだ。娘はまだ夕食を済ませておらず、「おいしそう」と歓呼し、ママが逝ってしまったばかりだということも全部忘れてしまったようだった。

娘は食べ終わっても、もっと食べたい、と言った。艾丁は、これ以上食べても、もうそんなにおいしくないよ、といって、ゆっくりごそごそと、ポケットから大きな手いっぱいにドイツのチョコレートをつかみだした。娘はその手からチョコをうばうと、満足するまで、一粒ずつ口にいれた。

微信の管理者アカウントから、この数日間、武漢と全国の都市封鎖がまもなく解除されるとの情報が毎日のように発信され、大いにみんなの食欲と希望を刺激した。人々は、行動が自由になったら何を食べたいか、何をしたいかを語り合った。武漢人は当然、熱乾麺（混ぜそば）、重慶人は火鍋（ラー油鍋）、北京人は涮羊肉（羊肉しゃぶしゃぶ）、成都人は食べたいものが多すぎる——鍋盔（四川風パン）ではさんだ回鍋肉（豚肉辛味噌いため）から、麻婆豆腐、老媽兎頭（兎の頭の煮込み）などなど。

艾丁は誠実なパパとして、香辣鶏腿（スパイシーフライドチキン、ＫＦＣその他のファストフードの定番人気メニュー）をネットで予約購入しないわけにはいかなかった。三日後、微信で商品受け取り日の通知があった。夜更けに彼は寝ていた娘を起こし、娘のローラースケート靴をもって、一緒にこっそり下に降りていった。父と娘は深夜パトロールの警備員をやり過ごし、駐車場につながる地下道を進んだ。艾丁は懐中電灯を点けて、ローラースケート靴に履き替えるよう娘に言った。二人で道を行き出すと、娘は緊張しつつも興奮して、こう訊いてきた。「本当にいいの、パパ？　私たち捕まっちゃうよ！」

「誰がそんなこと言った？」

「ママが言ったの。お外に出たら捕まっちゃうって」

「でも、誰も見てないよ」

「前に誰かいるよ」

「幽霊だろう。幽霊がいても怖くないよ、パパがここにいるから」

「そうだそうだ！　パパがここにいるのに怖いものなんてない。パパは外国人だもの」

「パパは外国から帰って来たんだよ」

「だから、外国人なのよ」娘は滑りながら笑い、懐中電灯の光の中で踊り、くるくる回り続けた。「ここって、こんなに面白いところだったんだ！　パパ、あと三日で私の誕生日よ！　また連れてきてくれる？」

「おっと、もう少しで忘れるところだった。問題ないよ丹丹、暗闇が怖くないならね」

「ママは暗いのを怖がってた。でも、パパだもんね」

二人は千平方メートル近い地下駐車場を横断して保安フェンスの扉まで行き、配達員に置いておくように指定しておいた宅配便の荷物を、フェンスの間から手を伸ばして回収した。その後、誰にも気づかれないように素早く戻った。外袋を解くと、四つの小さな包みが出てきて、それぞれ八個のフライドチキンが入っていた。父と娘は満面に笑みを浮かべ、存分に楽しみながら、それぞれ二つずつ食べた。

しばらくすると、娘は眠ってしまった。艾丁はベッドのヘッドボードにもたれかかって妻のことを思い、同時に何とか忘れようとしていた。リビングに行ってコップに白酒をつぎ、指先でかき回して、酒を空中にはじいた。それから、ひとりごとを言いながらパソコンを開き、ベルリンの荘子帰を呼び出した。「もしもし、この数日ご無沙汰していました。世界は物是にして人非なり（住むところは変わらないのに、知り合いはいなくなってしまった意）ですよ」彼はため息をついたが、妻が亡くなったことには触れなかった。

「まずはあんたの帰宅を祝おう」と老荘は杯を掲げた。「奥さんと娘さんは寝たのかい？」

「寝ました」艾丁の声には、言外の何かがこもった響きがあった。「しばらくは目覚めないでしょう」

「それはよかった」老荘はそれに気づかなかった。「なら、おれたちは酔っぱらうまで飲もうか」

　二人は飲みながら際限なくしゃべり続けた。老荘が突然言った。「キックリスが釈放されたぞ」

「P4の近くで捕まりかけた〈九五年世代〉のイケメンがですか？」

「あいつさ。命からがら逃げ出して部屋に駆け込んで、パソコンを起ち上げて真っ暗な中で四時間近く生配信したあいつだよ。結局ドアを開けたところで逮捕されたんだがね。おれも生で見ていたやじ馬の一人だったよ。まさかこんなに早くに出て来れるとはな。しかもあの男、YouTubeで、あのときのいきさつについて公開で告白したんだ。あいつについては国内外でいろんな憶測が流れている」

「それで？」

「それで、いろんな憶測が風雲湧き起こるがごとく広がってるんだよ。おれも怪しいと思ってる。まず、その『告白』で、あの男はP4の話題を完全に避けた。だがあいつがSOSを発する生配信をしたのはほんの二か月前だ。ネットで大勢がはっきり見ている。あいつは明らかにP4付近で追っ手に遭遇したんだ。第二に、あいつを逮捕した機関は〝国安〟だったはずが〝公安〟になっていた。つまり、国家機密を探ろうとした容疑から公共の秩序を擾乱した容疑に罪状が変わった。『一切の設備は没収されなかった』とやつは言っている。武漢で隔離されたのち、車で江西《こうせい》省萍郷《へいきょう》の実家に送り戻されて再度隔離され、毎日CCTVの新聞聯播《ニュース》だけ見ることが許されたと言っている」

「当局側はどう説明しているんですか？」

「何も。英国のBBCが、キックリスが言及していた〝八大家派出所〟に確認の電話をかけたが、『そのような人物は知らないし、そのような事実はない』と言われたそうだ。BBCは武漢市公安局にも電話取材していたが、そっちもダンマリだ」

「隠蔽する気なんだ！」

「方斌、陳秋実、キックリスの三人は、最も影響力のある民間の感染状況取材記者だった。キックリスだけがP4の近くまで行った。あいつの話になると、誰もが捕まったときのことを思い出す……」

「捕まったときのことですって？　黙っているに限りますね、でないと……」

「YouTubeでの告白の最後に、まだ二十五歳だというのに、キックリスはなんと中国の先秦時代の古典『尚書・大禹謨』を引用したんだ。『人心これ危うく、道心これ微なり、これ精これ一、允《まこと》にその中を執れ（人心惟危、道心惟微、惟精惟一、允執厥中）[*注]』とね。自分の境遇をほのめかしたんだろう。なかなか深いぞ。解釈はいろいろあるが、おれなら素直にこう直訳するね。『人の心は最も危うく、天地の心は最も微妙だ、信念は一つ、永遠に放棄しない』」

＊注　「允執厥中」は堯帝が舜に天下を禅譲するときに伝えた訓戒。舜帝が禹に天下禅譲のとき、前の十二字をつけた。意は、人の心は物欲に迷って危うく、本来人に備わる道義心も物欲で微かになっている。だから人心と道義心の違いを精察し、道義の心を失わないこと、それによってこそ不偏の正しい人生を歩むことができる。

第十四章　失踪人民共和国
——ヒッチコック式サスペンス

この日がついに来た。作家・方方は全六十編の『武漢日記』を書き終えた。彼女は最後の日記で、『聖書』の『テモテへの手紙　二』四章七節、「われ善き戦闘をたたかひ、走るべき道程を果し、信仰を守れり」を引用した。そして、「今よりのち義の冠冕《かんむり》わが為に備はれり……」（同・四章八節）と続けた。

荘子帰もこれを祝福した。方方といえば、と老荘は艾丁に言った。きのうベルリン郊外に散歩に行った折、突如として霊感に打たれ、ボールペンで次のような文章を書き留めたのだそうだ。

冬の名残、林の木々はまばらで、それは今にも死にそうに気息奄々としている大勢の老人たちのようだった。突然、蒼天から嘶《いなな》きのような声が響き、雁の隊列が二つ、一つは一の字、もう一つは人の字を成して、一頭の軍馬の形をした暗い雲を突っ切って、南に飛んで行った。地平線にだんだんと消えていく、〃一人〃の字の形をした渡り鳥を、彼はぼんやりと眺めた。何万キロもはるか彼方の地へ、この時間の深みの中へ。いま、ある〃一人〃が突如として出現した。彼女の名は方方。一九八〇年代の作品で、方方はある記憶喪失症患者を描いている。その人物は昔のことほどはっきり記憶し、最近のことほど記憶できず、目の前で起きた出来事をほとんどすぐに忘れてしまう。それを思い出すのは何年も経ってから……

その続きは、と艾丁は尋ねた。続きは今のところない、と老荘は答えた。方方のその小説を読み返さねばならない、でないと続きを書くための手がかりが得られないのだが、ネットで検索してもその小説は出てこなかった、それでとりあえず、しばらくは寝かせておくしかないと。艾丁の気持ちは乱れた。続きを待ってますね、と言いかけて思った、では自分の物語の続きは？

ドンドンとドアを敲く音が部屋に響き渡った。娘が先に飛び起きた。続いて艾丁も。「なぜドアベルを鳴らさないんだ」そう独り言を言いながら、何も考えずにドアを開けると、そこにいたのは妻の弟だった。

「おじさん！」と丹丹が駆け寄った。義弟は手を伸ばして娘の両手をつかんで、もごもごと言った。「上海から慌てて来たんだよ……」

妻の件の始末のために来たのだろうと艾丁は思った。感染蔓延期が過ぎれば、まず何より先に予約番号を手に入れねばならず、そのために夜を徹して列に並んだりといった末に、ようやく遺骨を受け取り、先を争って墓地を買い求めることが許される。それまで十日か半月で済めば幸運だ。そこへ突然、防護服を着こんだ警官が数人、通路の角の陰から姿を現した。

「お義兄さんを探してるみたいです……」義弟は、またもごもごと言った。

リーダー格の警官が早足で近づいてきて言った。「あなたが艾丁？」

「何の用です？」

「我々は武漢市国家安全局の者です。私は王。これが〈警官証〉」

艾丁は本能的に後ずさりした。それに乗じて警官たちが入ってきた。丹丹と義弟を押しのけて、艾丁を囲んだ。「ご同行ねがいます」

「何の用なんです?!」

「いくつか確認したいことがあります。未成年の娘さんがいることを考慮し、ここでは詳細は控えます」

娘がヒステリックに「パパ」と叫んだ。身をよじってこちらに来ようとするのを、叔父が必死に抱き留めていた。「丹丹は僕が面倒を見ますから、義兄さんは安心して行ってください」

こうして、わけもわからぬまま艾丁は連行されていった。今回は感染症による隔離措置ではなかった。デマをまき散らした疑いで、指定居所における居住監視下に置かれる——つまり〝失踪させられる〟ということだった。これは世界でも類のない恐怖主義の法規だ。かつて居住監視は自宅で行われ、家族と引き離されることはなかった。現在では、時間、場所を共に警察が選定し、どこにせよ自宅でない場所に押し込められ、審判を経ずに直接、監獄送りとなる。監獄に入れられるよりも悲惨なのは、自分自身も家族も、どこに閉じ込められているのか、どのくらいの時間閉じ込められるのか、まったくわからないことだった。膨大な数の容疑者たちが、失踪させられている間に拷問に遭った。北京で働いていた有名な弁護士・高智晟《ガオジーション》は、新疆と陝西《せんせい》で居住監視下に置かれた。尋問のさなか、たばこの火で生殖器にやけどさせられるなどの拷問を受けた。二〇一五年七月九日には、一晩で百五十人以上の人権派弁護士が一斉拘束された。彼らの多くが、薬を飲まされたり、殴られたりした。何度も秘密裡に場所を変えて居住監視下に置かれているうちに重度の精神障害を引き起こすケースもあった。スウェーデン人の人権派弁護士、ピーター・ダーリンも、中国人弁護士たちを支援したことで失踪させられたことがあった。彼は九死に一生を得たのち、中国研究者で人権活動家のマイケル・キャスターの著作『失踪人民共和国』を熱烈に推薦するようになった。「この本には、非常に多くの（実際に失踪させられた）体験者の証言が載っている」とピーター・ダーリンは言う、「これは指定居所居住監視システムを理解する上での重要な資料だ」

公民権運動の市民活動家の董広平《ドングワンピン》（政治犯として国際指名手配され、亡命先のタイで中国の指示に従った現地当局によって逮捕され、中国に強制送還されたことがある）は、記憶を振り返って言う。「私はついに監獄の大門から出ることができた……三年八か月の獄中生活は、いまでもまだ脳裏に浮かぶ。もっとも苦痛だったのは五か月におよぶ〝指定居所居住監視〟であった。重慶の国保（公安部国内安全保衛局）は私を屈服させるために、一日二十四時間、手錠をしたままにした。二人の特別警察官が二十四時間、私を監視し、寝る以外のことを許さず、寝床のそばにずっと座ったままでいた。部屋は窓のない密室で、日の出も日の入りもわからず、昼なのか夜なのかもわからず、季節も時刻もわからなかった。さらにつらいのが、食事を十分に与えず、睡眠を十分にとらせないことだった。私が罪を認めず、懺悔もしないと彼らが確信している間は、まともな食事と睡眠は与えられなかった……ついに判決が出たときも、居住監視下にあった期間は、二日で一日と計算され、私が白髪になるほど苦しんだ拘留期間のうちの七十五日は刑期に数えられなかった（通常は判決の命じる刑期から拘留期間を引く）。いまいましいかぎりだ、一日を十日に換算しても納得できないというのに。あれほどの苦痛の日々は想像を絶している。特別警察でさえ、『私があんただったら、とっくにおかしくなっていたよ』と言っていた」

今、政治とは無縁の艾丁に、こういう目にあう番が回ってきたのだ。彼は階下に連れていかれ、パトカーに押し込まれた。マスクと防護眼鏡は外され、代わりに手錠をかけられ、黒い袋を頭からかぶせられた。深淵の中を上へ下へ漂うような感覚を長い間味わい、ちょうど眠りに落ちかけたとき、車から引きずり降ろされた。ごうごうという音とともに夜空を昇り、それがしばらく停止したあと、彼は密閉された部屋か何かに入ったようだった。手錠をとかれ、黒い袋を頭から外される——そこは単に密閉された部屋ではなく、秘密の尋問室だった。彼は床に座るように指示された。彼を尋問する三人の警官は机の向こうに座っていた。尋問はすぐに始まった。尋問者がローテーションで替わる車輪戦術の尋問が、三日三晩続いた。ある早朝、机上のスタンドライトが未だまっすぐに彼の眼に照射されるなか、彼は湯で顔を洗わせてくれと求めたが、警官たちは可とも否とも言わず、再び中国科学院武漢ウイルス研究所の二月十六日の声明を読み上げた。

このほどネット上で、当研究所の卒業生である黄燕玲《ホワンイエンリン》君が、新型コロナ肺炎のいわゆる「零号患者」、最初の感染者であるとするデマが流布している。当研究所は調査を行い、厳かに次の声明を発表する。

黄燕玲君は二〇一五年に当研究所を卒業し修士号を取得した。在学中の研究内容は、バクテリオファージ溶解素の機能及び抗菌広域スペクトルで、卒業後は他省で勤務・生活しており、武漢市に戻っていない。新型コロナウイルスに感染しておらず、健康である。

感染対策の重要な時期におけるデマは、当方の科学研究活動を強く妨害した。当方は法に基づき法的責任を追及する権利を留保する。社会各界からの関心・支持・支援に心から感謝する。

艾丁は困惑した。「たしかにこの声明を転送しましたが、何か問題でも？」

「何度、転送した？」

「覚えていません」

「転送しただけか？」

「何行かコメントはつけました。みんなに理解してもらうために」

「どんなコメントだ？」

「声明を発表すべきは黄燕玲自身で、ウイルス研究所じゃないだろうと思いました。研究所は五年も彼女に会っていないのに、なぜ彼女が感染しておらず、健康なのだとわかるんでしょう。僕があなたと五年前に会ったことがあったとして、その五年後、たくさんの人が『あなたは死んだ』と言うのを聞いても、僕にはあなたが死んでいないなんて声明は出せません。あなた自身が表に出て、自分は死んでいない、と証明しなければならないでしょう」

「ウイルス研究所では、P3であれP4であれ、死者は出ていない。石正麗研究員がインタビューでもそう語っている。『一目でフェイクニュースとわかります。研究生も含めて、研究所内で誰一人ウイルスに感染したことはないと私は保証できます。私たちの研究所はゼロ感染です』と」

「僕もコメントの中でその話を引用しました」

「しかし、おまえは別のデマを続けて引用しただろう。『匿名の内部告発者によれば、二〇一九年十二月頃に、武漢P3実験室はサンプルの漏洩事故を起こし、黄という女性が感染して死亡している。同実験室はすぐに消毒され、遺体の検査が行われた。肺胞から陽性反応が出、これがCOVID‐19の零号患者となった。しかしこれは上層部に報告されず、遺体は無断で火葬場に送られた。結果、遺体を扱った火葬場の職員も感染……』」

「対立する二つの見方を紹介したんです。偏らず公正にすることは悪いことですか？」

「これは捜査であって裁判ではない。我々は論争のためにいるのではない」

「僕を罪に問いたいなら、いつでも容疑をでっち上げられるわけですね……」

「よろしい、次は華南海鮮市場についてだ。これも転送しただろう。『二月二日、石正麗は友人たちのチャットグループで次のような文章を投稿した。〝新型コロナウイルスは大自然が我々の非文明的な生活習慣に与えた罰であり、これを疑う者の口をふさぐだろう〟』。要するに、武漢肺炎は武漢人が蝙蝠を食べることで起きたということだ。冬にこのあたりには蝙蝠はいないにもかかわらず。これはまさに二〇〇三年、SARSの流行は広東人がハクビシンを食べるから起きたのだといわれたのと同様だ」

「転送はしましたが、問題があるのですか？」

「続いてこれも転送しただろう。〈中国科学報〉二〇一八年一月八日付、第四面の特集報道だ。読み上げてやろう――

SARSのアウトブレイク後、石正麗研究員が中国科学院動物研究所の張樹義《ジャンシューイー》研究員と共同で、蝙蝠からSARSコロナウイルスに類似したコロナウイルスの核酸を検出、蝙蝠がSARS様コロナウイルスの自然宿主であることを発見、研究論文を二〇〇五年に国際著名学術雑誌〈サイエンス〉誌上で発表した。

二〇一三年、石正麗チームはSARSウイルスと同一起源のSARS様コロナウイルスを分離した。武漢ウイルス研究所は、これを英語の略語でＷＩＶ１と命名した。そして中華菊頭蝙蝠がＳＡＲＳウイルスの最初の起源であると実証、研究成果を国際著名学術雑誌の〈ネイチャー〉誌で発表、注目すべき論文として推奨された。

石正麗はチームを率いて雲南省のある荒野の洞窟を長期にわたって定点観測し、菊頭蝙蝠種群内でＳＡＲＳ様コロナウイルスが伝播している状況を観測、蝙蝠の糞便や肛門からの綿棒サンプル採取などを行ってきた。六十四のサンプル中から、ＳＡＲＳ様コロナウイルスのＲＮＡを検出、その分析結果によれば、ＳＡＲＳウイルスと高度に起源を同じくするＳＡＲＳ様コロナウイルスは洞窟の蝙蝠の間で均等に存在していた。

さらなる分析により遺伝子上に頻繁に組み換えが起きる箇所がある証拠を発見、ＳＡＲＳウイルスの直接の祖先は、こうした蝙蝠ＳＡＲＳ様コロナウイルスの祖先株の間で一連の組み換えが起きた結果として生まれたのだろうと考えられる。

二〇一七年十一月末、この研究成果はウイルス学で権威あるオンライン雑誌〈ＰＬＯＳパソジェンズ〉で発表され、その週の推奨記事になった。十二月一日、〈ネイチャー〉もこの論文について論評を掲載、国内外で少なからぬ反響を呼んだ。

こうした長く地道な研究によって、種を越えてヒトに感染しうるＳＡＲＳ様ウイルス変異株をわが国の蝙蝠が持っていることが明らかになった。これは関連する疾病の予防に関する重要な手がかりを提供するもので……」

この無意味な朗読に眠りかけていた艾丁に、質問が浴びせられた。

「この二つの記事を転送したのち、おまえはこんなコメントをつけている。『これは生物化学兵器製造の証拠だ！』。なぜだ？」

彼は恐怖で目を覚まし、跳びあがった。狂おしいまでに必死に言い逃れをしかけたが、つまるところ彼は実験室の猿のようなものであり、あっさりねじ伏せられる存在だった。足かせと手錠がついた長方形の拘束台が運び込まれた。その真ん中に開けられた穴に彼は押し込められた。リーダー格の尋問官がため息をつきながら言った。「すまないな、艾丁先生、私はやはり訊かねばならない。なぜこれが生物化学兵器製造の証拠になる？」

艾丁は五臓六腑が荒波にひっくりかえされるような気分だった。本当はこう言いたかった。「蝙蝠は五千万年にわたってウイルスを保有してきたのに、ヒトに感染した例はこれまで聞いたこともなかった。有名な眼病治療の漢方薬〝夜明砂〟は蝙蝠の糞だ。中国人の多くは蝙蝠肉を食べなかったが、蝙蝠の糞は食べてきたんだ！　ならば蝙蝠の糞の毒で人が死んだことがあるか？　石正麗はすでにはっきり説明している、『蝙蝠のSタンパク中のACE2受容体のスイッチを調節するだけで、このウイルスはすぐにもヒトに感染しうる』と」

しかし、彼は言えなかった。言ってしまえば、もうおしまいだ。

尋問は行き詰まった。艾丁は小一時間、沈黙したままだ。彼らも沈黙していた。彼はまぶしい光の中にいて、彼らは逆光の暗闇からじっと見つめていて、まるで彼が舞台劇のリハーサルをやっているかのようだった。車輪戦術は三日三晩続き、当初は睡魔に襲われていた艾丁は、やがてまったく眠れなくなった。そしてついに彼は独語しはじめ、自分は嘘を言っていたと認めた。

彼らは肯定も否定もしなかった。尋問はこうして一段落ついた。彼らは艾丁に水を飲ませ、食事を与えた。艾丁は少し横になりたいと言った。彼らは足かせと手錠を外し、ドアを開けて、彼を外に連れ出して外の空気を吸わせた。そこは三十階建ての高層ビルのてっぺんだった。燦《さん》爛《らん》たる陽射しにもかかわらず、うなりをあげる冷たい風が平手うちをくらわせるように彼の耳を打ち、その強さに目から火花が飛んだ。主任尋問官が笑って言った。「すまんね、艾丁先生。こっちも仕事なんでね」。艾丁は「わかっています」と言った。主任尋問官がまた口を開いた。「見てみろ、正面にあるのが漢口江岸の旧租界の一角だ」。艾丁は「ありがとうございます」と言った。主任尋問官は大画面のスマートフォンを取り出して、去年撮影された動画を彼に見せた。香港の摩天楼の窓から硬直した遺体が投げ捨てられ、下の階の出っ張りにバンとぶつかって、コンクリートの杭《パイル》のように轟音を立てて地面に落ちる様子が映っていた。「香港警察はこの件を自殺だと発表したんだとさ」彼はチッチと舌打ちした。「とんでもないよな」

艾丁は悪寒がした。警官たちは手を袖の中に押し込んで（もめごとにかかわりたくないというジェスチャー）、同情するように彼を見た。主任尋問官がふいに言った。「これを見ると、顧城《こじょう》（一九五六－一九九三。中国の現代詩人）が一九八〇年代に読んだ詩を思い出すんだよ。『君は時に僕を見つめ、時に雲を眺めている。なぜか僕を見つめている時の君はとても遠く、雲を眺めているときの君はとても近く感じる（你一會兒看我、一會兒看雲。你看我時很遠、看雲時很近、「遠和近」呉小璀訳）』」

「顧城も自殺しましたね。飛び降りじゃないですが、ニュージーランドのワイヘケ島で首を吊った」艾丁は強いて笑ってみせた。「僕は彼のファンだったんですよ」

お互いの距離が近づいたような気がした。風はますます激しくなり、彼らは一緒に中に入った。尋問官が言った。「艾丁先生、休みたいかね？」

「もちろんです。すでに三日、横になっていません」

「では、ちょっと一息いれるといい」

彼らは最上階からエレベーターで十一階まで降り、空っぽの廊下を進んでいった。艾丁の両肩を二人の警官がそれぞれつかんで持ち上げ、彼を運んでゆく。艾丁はスリッパ履きの足を引きずり、いびきをかいていた。独房に運び込まれ、薬を一錠飲まされて、リクライニングチェアに力なく横たわった。こめかみ、胸、腕に電極をつけられてゆく。四方の壁には機器が並び、脈拍測定による嘘発見器が彼の頭の先にあった。

催眠術師が彼の瞼を開いて、ペンライトで瞳孔をチェックした。そのあと主任尋問官にうなずいてみせた。催眠誘導が始まった。人生が一歩一歩あともどりしていく。艾丁はぶつぶつと独り言をいい、主任尋問官は耳をそばだて、時たま、一言二言、口をはさんだ。父親が現れた。続いて蝙蝠が現れた。父親の上空で螺旋を描き、黒々とした群れをなして飛んでいる。父親の顔は見えない。アルフレッド・ヒッチコックの往年の名作『鳥』を彷彿させる風景だ……あの映画で、サスペンス劇の殺人鬼にあたるのはカモメや烏やその他の海鳥たちだった。鳥たちは波がしらのように海面から次々躍り出して飛びあがり、空の果てから陸地に向かって急降下してきた。三十一年前、遠くの大学に行く直前に、艾丁は故郷の湖北の神農架村で初めて『鳥』を見た。山に囲まれた農村だった。県政府の馬幇《キャラバン》で映写機とフィルムが運ばれてきたのは、まもなく夕日が西に落ちるころだった。村の入り口にある放送局のところに二本の丸太が立てられ、帆船の帆のように白い布幕が張られた。村人たちは一人残らず、老若男女六百人あまりが自分用の小さな椅子を携えて集まってきた。これは一年に一度の文化娯楽のお祭りで、短いニュースフィルムのあと、二本の国産映画と一本の外国映画が上映された。『鳥』がかけられたのは夜もかなり更けたころだった。

異国情緒に主役の男女の愛情の葛藤が加わり、みんなあっという間に引き込まれた。すでに還暦を過ぎた艾丁の父親ですら、居眠りから覚めて頭を上げて、歯の欠けた口をあけて笑って見入った。開幕早々、ミッチがメラニーにつがいのラブバードの籠を贈る。すると鳥たちが、ギャアギャアと叫びながらやってきて、通りや住宅や学校の人々を、死を覚悟したテロリストのようにくりかえし襲撃する。窓ガラスが打ち破られ、屋根がつつき破られ、大人も子供も頭を抱えて狂ったように逃げ回り、それはスクリーンから飛び出さんばかりの迫力で、観衆からつんざくような悲鳴が湧き上がった。……そこに風が起こり、雷鳴と稲妻が彼らの頭上にあるかのごとく炸裂し、しかし月は穏やかに空で輝いていた。これは亀蛇洞穴から出てきた蝙蝠なのだと誰もが悟った。幾万匹もの蝙蝠なのだと。……蝙蝠は色覚を持たず、昼に寝て夜に活動する習性をもつ。洞窟はここから五百メートルのところにあり、その深さはおよそ数十キロ、そこが蝙蝠たちの大本営であり、村全体の水源地でもあった。……いまや野外映画会場は蝙蝠の群れに押し包まれ、映画の中と外の悲鳴と攻撃が一つとなって、映画の中の人々と映画の外の人々はみな頭を抱えてうずくまり、幻影と現実が交錯し、蝙蝠とカモメと鳥が一緒になって人々の肩と背にとりついた。だが艾丁の村の人たちはみな、蝙蝠とヒッチコックの映画の殺人鳥は違うとわかっていた。蝙蝠は視力を持たぬ飛ぶネズミであり、ぶつかってきても爪が引っかかるだけで蝙蝠には害意はなく、跡に点々とした痣がわずかにつくだけ。それだけだと。

「鳥や蝙蝠と、ヒトの世界は本来、交わることはなく、お互いを邪魔しない。だが鳥籠が両者をつなぐ。『鳥』の最後で、人々は屋内に閉じ込められたまま、外に出ようとしない」艾丁は朦朧とした中で言った。

「ヒッチコックが一九六三年に、二〇二〇年の武漢都市封鎖を予言していたと？」と主任尋問官が尋ねた。

「かもしれない。Ｐ３とＰ４の両実験室は鳥籠だった。石正麗たちは雲南の鍾乳洞を長年這いずり、数えきれないほどの蝙蝠を捕らえて持ち帰った」

「華南海鮮市場の蝙蝠もかね？　最初の新型コロナ肺炎はそこから来た。病は口から入った。そうだろう？」

「病は口から？」艾丁の故郷の人々はそんな話など聞いたことがなかった。だから彼は答えなかった。彼は夢の底への旅を続ける。『鳥』のスクリーンが裂けて、穴が開く。そこをまたいで行くと、そこは亀蛇洞穴の入り口で、天井は十数メートルほどの高さにあり、そこから十メートルあまり下ると亀蛇潭に着く。淵の水は深いが底が見えるほど澄んでいる。彼は丸い小石の間にクサガメのように伏せ、長い間水を飲む。しかしのどは渇いたままだ。父親が泳いでいる。そして通り過ぎてゆく。後ろに太陽の影がしっぽのように伸びている。そして艾丁は蝙蝠を見る。黒い乳首のようにみっしりと、鍾乳石からさかさまにぶら下がっている。ここは村の映画が上映されていた広場よりずっと大きなドームになっており、二千人くらい難なく収められそうで、天井はすべて蝙蝠だ。父子は地面に落ちている蝙蝠の糞をかき集め始めた。これは高価な漢方薬〝夜明砂〟になる。最後に父はマスケット銃を構え、鍾乳石を幾塊か撃ち落とす。

「表面には蝙蝠の唾がついてるんだ」父が言う。「咳止めの特効薬になる」

彼らが村に戻る頃、時は水のように流れ、漂うように去来して、気づけば彼は博士課程を終え、教師として学校にとどまり、交換学者としてドイツに一度行き、戻っていた。彼は歴史学者だ。だが彼は同郷の科学者の口から、蝙蝠がウイルスの王であると聞かされている。蝙蝠は夜に獲物を狩り、どんな毒虫でも恐れず食べる。その体温は四十度以上あり、ウイルスを抑制する高温免疫機能は唯一無二だ。——これは父に説明しても通じない。村の全員が祖先の代から蝙蝠の糞や尿にずっと触れてきて、誰もそのウイルスで死ぬことはなかった。九十歳になろうかという長生きも多かったのだ。ＳＡＲＳが騒ぎになった二〇〇三年、この同郷の科学者は測定機器を使って、彼が〝蝙蝠糞坑〟と呼ぶ亀蛇潭の水質を調べた。水の導電率指数は一〇〇に満たなかった。フランスの飲用水の基準となる指数は八〇と一一〇で……

「ウイルスは口から入ることはないというのかね？」主任尋問官が尋ねた。

「Ｐ４実験室で蝙蝠ウイルスを採取し、ヒトに近い温度の中間宿主に植えつければ、種を超えた感染を妨げていた太古からの自然の錠は、人工の罪深い鍵によってこじ開けられる……」

「その鍵はどこにある？　誰が解錠する？」

「ヒッチコックが知っている」

「なんだって？」

艾丁は眠りに落ちた。もう夢は見なかった。警官たちがそばでひそひそ囁き交わす。催眠術師が言った。「あなた方は先に彼を上に連れて行ってください。分析報告は明日、提出します」

いつの間にか艾丁はふたたび夢を見ていた――日本映画の『君よ憤怒の河を渉れ』の中にいて、彼は主役の高倉健で、高層ビルの屋上に立つ彼の背後から医者が言う、「まっすぐ、わき目もふらずに、さ、行くんだ、君はあの青い空に溶け込むことができる……」

エピローグ　武漢挽歌

たくさんの出来事が、たくさんの人たちが、青い空に溶け込んでしまう。しかしほんのひとときにせよ、神が感情を顕わすことはあり、たとえば武漢が正式に都市封鎖を解除されたあの瞬間——釈放された囚人のように数百万の市民が、山嶺の連なるがごとく起伏するアパート群から湧き出して、街中のいたるところにあふれた。すると藍天の白い雲がにわかに暗くなり、稲妻が轟音とともに平地に炸裂し、土砂降りの雨が降り出した。一人の子供が叫んだ。「神様が泣いてるよ！」。また別の子が叫びをあげたが、それはビルの屋上から誰かが落ちてゆくのを見たからで、人影は二十メートルあまり離れたコンクリートの上に音をたてて落ちた。頭は西瓜のように砕け散ってしまい、その身元は誰にもわからなかった。

さて雨にびっしょりぬれた人々は屋内に駆け戻り、釈放されたばかりの囚人はまた檻の中に戻った。ある者は窓を開き、ある者は窓を閉じ、ある者は感情を発散したいと思い、ある者は追憶にふけりたいと思った。激しい雷はなお続き、艾丁の娘が突然窓の外に向かって叫んだ。

「パパ！　早く帰ってきて！」

彼女の叔父も叫んだ。「丹丹のパパ‼　僕が悪かった、僕のせいだ！　ひどい気分だ。僕はあなたを追いこんでしまった！　ドイツから戻って、たいへんな苦難をくぐって、それもみんな家族に会うためだったというのに、もう妻は亡く、あなた自身も消えてしまった……」

正午になったばかりなのに世界は鍋底のように暗く、光る稲妻が裂いた雲は、ふたたび唇のように閉じた。遠くからダンダンと何かを敲く音が響いてくる。銅鑼か、あるいは洗面器か。やがてその音に、銅鑼と太鼓と桶と鍋と碗と盆を敲くダンダンカンカン激しい音が次々に加わった。この創造主と人類の交響楽のような音に応えて誰かが叫んだ、

――病院に行けずベランダに座ることしかできない感染者が鉦《かね》を敲いているんだ……

別の誰かが叫んだ、

――あれは深夜に霊柩車を追っかけて、かあさん、と泣き叫んでいた男だ……

そしてまた誰かが、

――あれは千人の患者が一つのトイレを共用する隔離病棟で、『政治の起源』を読んでいた男だ……

叫びは波のように次から次へと起き、武漢三鎮、江漢平原全体に響き渡って、一つの詩となった。〈微博網友《ウエイボーネチズン》@瑪麗蓮夢六《マリリンモンロー》〉の『武漢挽歌』である。


あれは高速道路をトラックで彷徨ううちに困窮し、帰る家もなくした人。

あれは座ったまま死に、家族に頭を抱きかかえられながら霊柩車を待つ男。

あれは家に隔離されたまま、餓死を余儀なくされた人。

あれは二十万元払ったのに、文無しだからと治療を拒否された妊婦。

あれは家族に感染させるのを恐れ、自分で墓を掘って、こっそり首を吊った人。

あれは治療してくれる病院もなく、妻子に伝染《うつ》すことを恐れて橋の上から飛び降りて、自

ら命を絶った男。

あの九十歳の老人は、六十歳の息子の病床を得るべく、病院の前に五日五晩並び続けた。

病院に入れてほしいと嘆く微博にこんなコメントを投稿した人もいた――私の家族は亡くなったばかりです。ベッドに一つ空きが出ました、それがあなたの助けになりますように。

あれは助けを求めて泣く人を「みんなの心を乱すな」と罵った人、でもやがて同じように助けを求めることになった。

あれは助けを求めるために微博をおぼえ、一言ニイハオとだけ投稿した人。

あれはスカーフで口元を覆っていたことを咎められ、マスクが買えないことを恥じて泣いていた人。

あれはオレンジの皮でつくったマスクを着けていた人。

あれは父も母も祖父も祖母もみんな死んで、一人で民政局に死亡届を出した人。

あれは稼いだ金をつぎ込んで、買ったマスクは結局すべて寄付することになった人。

あれは「安心して死に赴きます」「私を献体に差し出すときです」と書いた人。

あれは「能《したがえます》、明白《了解しました》」と書いて拇印を押して、二度死んだ人（李文亮のこと）。

あれは不眠不休で火神山医院を建設し、帰った故郷の村で疫病神とみなされた人。

あれは白血病で北京に骨髄移植に行く必要があったのに、街を出ることを許されず、苦痛のあまり安楽死を望んだ人。

死装束を着たあの人は入院したくて電話をかけたけれど叶わず、そのまま倒れて死んだ人。

あれは疫病のせいで透析できず、社区の入り口で懇願するも果たせず、ビルから飛び降りた人。その骸は自殺の六時間後にようやく運び去られた。

あれは派出所で罰として「外出時は必ずマスクをつけます」と百回書かされた人。

あれはマスクを着けてなかったために、血が出るまで顔をぶたれた人。

あれは「飢えて死にそうだ、妻も子も飢えている、でもおまえらは腹一杯だろう」と叫んだ人。

あれは養蜂で生計をたてていて、疫病でミツバチを移動させる方法がなくなって自殺した人。

あれは出稼ぎ仕事のために、十三日かけて七百キロを歩き通し、野宿しながら出稼ぎ地にたどり着いた炭鉱夫。

あれは治療してもらえる場所がなく、妻子に感染させることを恐れて遺書を書き、自分の遺体は研究に役立て、世の人々が二度と病魔に苦しむことのないようにと書いたあと、鍵とスマートフォンを残して家を出て、とうとう故郷に戻る途上で死んだ男。

あれは「私の遺体は国家に献体する、だが私の妻は？」と書いた男。

あれは都市封鎖で自家用車の使用を禁じられ、母を背負って三時間、病院の窓口を訪ねまわった男。

あれは生まれたばかりの子供を病院に託し、「出産で貯金を使い果たし、どうしようもなくなりました」と置手紙をした人。

あれは肉を買いに十階から這い降りてきた人。

あれはおじいさんの遺体のそばで五日過ごし、おじいさんに布団をかけてあげた子供。

あれは病が治って家に戻ると、家族がみんな死んでいて、屋上で首を吊った人。

あれは還暦を過ぎているのに、たった一人で六十人の警官のいる派出所で、野菜を洗い料理をつくり、洗濯をして厨房を清め、とうとう疲れ果てて廊下でひとり泣いていた人。

あれは武漢の街を二十日流浪し、頭が半ば白くなってしまった人。

あれはお金がなくてスマートフォンが買えず、オンライン授業も受けられず、心を病んだ母親の薬を一気に飲んでしまった人。

あれはＣＣＴＶを辞職して、最も危険な時期に武漢からライブ配信し、逮捕しにきた警察に向き合って、少年強ければすなわち国強し、少年弱ければすなわち国弱し（梁啓超の散文『少年中国説』）、と諳んじた二十五歳の人（キックリスのこと）。

あれは指導者が視察にきたとき、アパートの上から「全部嘘っぱちだ！」と叫んだ人。

あれは倒壊した泉州ホテルから三人の子の亡骸を引きずり出してから慟哭した人。

あれは六十編の武漢の日記を書いたあと、何度もＳＮＳのアカウントを凍結され、与太者どもから侮辱と打擲を受けた人（『武漢日記』の著者、方方のこと）。

あれはわずか七つか八つで、何も知らぬまま大人の後をついてきて、父母のために遺骨を受け取りにきた子供。

あれは官僚に電話して、ウイルスは予防せねばならぬ、人は飯を食わねばならぬと諫めて、結局最後にそっと嘆息した、道理と善意のある人。

あれは患者に深く慕われていた人。マスクをつけていたことを病院に咎められ、ウイルスに感染して死んだ。

あれは「もっと早くに今日という日を知っていたら、誰が自分を批判しようとも、これを言ってまわったのに」と言った人（艾芬のこと）。

（了）

二〇二〇年六月八日月曜日、ベルリンにて脱稿
六月十五日改稿
二〇二〇年十月十九日再改稿

叙事詩
私の唯一の武器は唾である

題記　さっき起こったばかりの犯罪が、まだ過去にもなっていない犯罪をまさに消し去ろうとしている。武漢ウイルスは香港での虐殺の記憶を希釈しつつあり、〈時代のボイスレコーダー〉を自任する私としては、無力感に陥っている。私はすでに十分に書いてきたし、死ぬまで書き続けるだろうが、彼らが罪を犯す速度に追いつけないかもしれない……これに意味はあるのだろうか？『ドクトル・ジバゴ』『収容所群島』『息のブランコ』、それから『一つの歌と百の歌のために（為了一首歌和一百首歌）』『銃弾とアヘン』、いま、疫病の蔓延で苦しむ多くの被害者にとって、意味があるのだろうか？

一、謡言《デマ》を流す

私は武漢の病める者
だが彼らは私を武漢病毒《ウイルス》と呼ぶ
私は祖国では逃亡者であり
職業は医者である

私はネットで謡言《デマ》を広める
あるウイルスが、ある一つのウイルスが
P４実験室で蝙蝠の体内から取り出された
新型コロナSARSという名のウイルスが
海南海鮮市場の
野生動物売り場を
徘徊していると
まるでカール・マルクスの本が一八四〇年に謡言《デマ》を広めたように
ある幽霊が、ある一つの幽霊が
共産主義という名の幽霊が
ヨーロッパを徘徊していると

私は予言する、このウイルスは未知の変異を経て

足枷から解き放たれ
全世界に蔓延すると
『共産党宣言』が書くように
この革命を経て
プロレタリアは足枷から解き放たれ
全世界を得るだろうと

二、尋問

カール・マルクスに譴責は及ばなかった
彼がすべての赤い厄災の源であるのに
私には当局から「訓戒書」が下達された
謡言《デマ》を流した八人は、八人の医者
街路で袋叩きにされるネズミのごとく
おなじ籠に閉じ込められ
夜通しの尋問の中、警察は三匹の果子狸《ハクビシン》を
数百匹の蝙蝠を、一群の猿を指さして問うのだ
こいつらは実験室のいけにえだ
どうして野生動物市場に到達できるのか

これ、これ、これらは人に食われたか？
これ、これ、これらはなぜここにいる

これらの魂はここにある、と警察は言う
これらの魂はひととき警官の制服を着て
ひととき囚人服を着る、あなたであり私だ

私は問う、あなたは狂っているのか？
パンドラの箱を開けてはならない
開けてしまったからには
人民に知らせねばならない
警察は問う、おまえは狂っているのか？
中国に不足しているのは人民ではなく安定だ
安定した中国の人民ならパンドラの箱を喰いつくす
安定なき中国の人民は
蝙蝠、果子狸、猿のウイルスに喰いつくされるのみ

私は言う、あなたは間違っている
人は蝙蝠で果子狸で猿でウイルスの実験をした
汚れた蝙蝠や果子狸や猿を売り、食べたのは人民であり

ゆえに人民は蝙蝠と果子狸と猿のウイルスに食われたのだ

警察は言う、それがおまえに何の関係がある
中国人の半分が死んだとておまえと何の関係がある
全世界の半分が死んだとておまえと何の関係がある

私は言う、私も死ぬだろう
警察は言う、おまえはまだ死んでいない
私は医者だと私が言えば、警察は言う
おまえのように謡言《デマ》を流す医者は死すべしと
私は蝙蝠と果子狸と猿と人民になりかわり、
騒ぎを起こすおまえのようなやつを殺すと

私は署名し拇印を押し諸手を挙げて投降し
籠の中で待ち続けるしかできなかった
テレビに向かって罪を認めると、あっという間に牢獄の扉は開き
冬の陽射しが噠噠《ダンダン》と銃弾のように撃ち込まれた
私たちは処刑されなかったが
太陽の核に身を隠す〈ビッグブラザー〉が
お帰りなさい同志たちよと告げた

三、封鎖都市

翻雲覆雨《ほんうんふくう》、人の世は移ろいやすく、時来たれば運命も変わる
だが共産党火線救護隊に加わるのは拒絶した
私はマスク、手袋、防護服をつけ
専用車で最前線病院に赴く
途上の地は広く、人影は希《まれ》で、お天道様よ、本当に都市は封鎖されていた
除夕の前夜、千里の江漢平原、長江の両岸
駅も交差点も港も重装備兵に守られている
ほとんど旅人の姿もなく
防毒マスクの野戦部隊が行く手を阻む
体温を測り、『通行証』を調べ、一行一行《いちぎょういちぎょう》
スマートフォンのメッセージを検閲する
次から次へデマを流す者があり
全部削除したか？　はい、はい
転載したか？　いいえ、いいえ
おまえには挑発罪の容疑がある。私が、私が

有無いう間もなく地面に倒され

後ろ手に手錠をかけられ、囚人車に押し込められる
別のデマを流した者はすでに倒され
目の前にまっすぐ体をのばしたままで
まるで沿道に投げ捨てられて喘ぐ一本の棍棒のよう
霊柩車がやってくる
ちがう、私のそばの党指導者が言う、あれは救急車だ

私は彼の顔を叩きたくなる
一か月前、彼が私に連座させられ
私を叩きたいと思ったときのように——そして全方位的なうわさの否定を
地方新聞からＣＣＴＶまでがおこない
やがて春節の休みに里帰りする人たちが
四方八方に広がる河の流れのようにここから
湧き出て五湖四海へと
ウイルスは拡散の機を得たのだ、覆水盆に返りがたし
ただ八人のデマを流した者たちが
拡散されたウイルスに救われた

四、病院

私は籠の中の鳥
羽ばたく前に
別の籠に移された
ガラス窓の外、外来診療棟の中
発熱の群衆は無限の気流のように、宇宙から
茫茫たる星空と海洋をかすめ
一波、貪欲なる一波
ウイルスは波濤に潜む鯊《サメ》のごとく、まっすぐに襲来し
我らの五臓六腑を狩りたてる
これは人類史上最も艱難な遠征
階段から廊下へ、外来診療棟から病室へ
百メートル足らずの道を
数日数夜歩き続けねばならない。少なからぬ人が
道半ばで倒れ、瞬時に死体袋に詰め込まれて運ばれる
さよならもいわず、名前すら誰かもわからない。少なからぬ人が
道半ばで眠り、診断を受けることもできず、夢の中でさえ叫ぶ、看護師よ看護師よと
看護師は倒れる、胸を波打たせ、気を失い

十二歳の子が寄ってゆき
父のように慰める、おばさん泣かないで
僕の家族は五人で、四人が死んじゃったんだ
誰も泣かなかった――僕に孤児院を紹介してくれますか？

まだベッドは空かないの？　と、ある老婆が問う
ぶつぶつ独り言のように。彼女の伴侶は
車いすに座ったまま静かにこの世を去った
夫は横になりたかったのだ、そして私も
横になりたい、わずかな間でいいから

遺体を焼く炉はあの世のように遠く、同時に近い
まるで目を閉じずに見る白昼夢か
あるいは眼を閉じたままの夜勤のようで
壁一面がしゅうしゅうと燃えあがり、移動ベッドは
輝きだし、私は葬儀屋となる
聴診器を置き、シャベルを手にして遺物を取りのけ
何百ものスマートフォンをシャベルですくいあげる
毒ガス室を掃除するナチスが
ユダヤ人の眼鏡や入れ歯や金属製品を取りのけるように

それから私の助手たちが
一人がそのまま地面に倒れ、一人は永遠に
隔離され、きっと生還できると思われた者は
突然マスクを引き下げて、機銃掃射のように唾を吐き始める
この偉大なる詩人が怒りに吼える
我が唯一の武器は唾であり
我が信念には青蠅がびっしりたかる

彼は突進してきた病院の武装警察に制圧される
がんじがらめに縛りあげ、透明で強力なテープで口を封じる
誰かが問う、どうやって飯を食うのだ、誰かが答える
やつは今晩持ちこたえられない、だから
飯はいらないさ

五、帰宅

休みなさい、と党の指導者も言う
休みなさい、一か月半も家に帰っていない
ウイルスはすでに名もなき奇形児から

分裂して無数の波瀾を巻き起こす名高き妖怪となった
この帝国で
まず八人のデマを流した者の口を封じ、
億万のデマを拡散した者たちの口を封じ、でもウイルスの口を
封じることはできなかった。この帝国で
ウイルスの言論の自由は人類に勝り
ウイルスが抵抗し暴れても
牢屋に入る必要もない。そして臆病な人類は
一つ一つ都市を封鎖し、都市の外へと逃げる者を
包囲し追撃した

疲労困憊で、家に帰ることしか頭にない、それしか
昔の暮らしに帰りたい。熱乾麵《ルーガンミエン》、暖かい寝床
酒を飲んでおしゃべりして、とりとめもなくひたすら
国家の大事など一顧だにせず
今や親戚を訪うのも遥か遠く
月に行くよりまだ遠い、そして家は監獄よりも
さらにずっと監獄だ。社区の門は封鎖され、アパートの入り口も
封鎖され、家々すべて外から錠がかけられた
鍵は親愛なる党が統一して保管し

我が妻が予備の鍵で勝手にドアを開けば隣人が
すぐ警察に通報し、家の扉が蹴破られ
仁王立ちする警官が「訓戒書」を読み上げる
我々はあなたによくよく反省してもらいたい
悔い改めぬならば
必ずや法的制裁を受けるだろう

わかったか？
明白《わかりました》——妻は答える
感染で夭折した李文亮も同じように答えた、もし
「わからない」と答えたら、生死もわからなくなっただろう
ただ、誰もがわかっていることは、正常な社会なら
答えが一つしかないなんてありえない

感染蔓延期によりを戻した一組の
夫婦はマスクで顔を隠し、マスクで顔を隠した警官に伴われて、
うなずき、ドアをくぐり、鍵をかけられ
さらに外からテープで封鎖される。いまいましいが
死刑囚の待遇よりはずっといい
私は風呂に入り消毒し、ベッドに倒れ込み、愚かな豚のように昏睡する

二日二晩、そのあとで飯を食い、セックスだ
科学研究員たちはすべて知っている、たとえ
実験室のネズミであっても
飯を食うし、セックスする

それから寝室からキッチンへ歩き
リビングを抜け、本を読み、インターネットにつなぐ
四歳の娘のパズル遊びに付き合って
中国史書にある、あの
無益に生きることにかけては先輩の、周文王が地下に幽閉され
『周易』を演繹したことを思い出した
胡風は毛沢東に三十万言の書を編み
そして労働改造に二十余年
私も筆をとろうか――だが間に合わなかった
ドアはまた蹴破られ
私たちを訓戒した警官が仁王立ちし、宣言する
この棟に何人かの確診患者が出た、すべての住人は
すぐさま隔離されねばならない

私は叫ぶ、発熱なんかしていない!

しかし多勢に無勢。怯え震えあがった娘は
鷹に襲われた鶏のように逃げ出す
家庭的な妻が最も頑固で
厨房に飛び込み出てゆくのを拒む
たくましい男たちがガラスドアをぶち破り
妻の手にある包丁を奪い、まるで
月星に向かって遠吠えする雌犬のようにあしらう
妻が悲鳴をあげる、私は自分の家で死ぬ権利がある！
直後、下半身を裸に剝かれ
パジャマのズボンは裂かれる

お天道様よ
どうしたらいいのか
恥じらい隠すことも許されず、妻は連行された
階下へと、尻丸出しのまま
車の中へ押し込まれ、電気警棒で
気を失うまで突きに突かれた
夫と娘の目の前で

六、隔離

死体が氾濫する火葬場
みな急を告げ、そして火葬場の外では
みな武漢への増援を叫び、握りしめた拳を突き上げて出発する
五星紅旗に向かって荘厳に誓う
共産主義実現のため、早く焼き多く焼き
最大の能力を尽くして焼き、数十年を一日のごとく
数百人焼くのを一人焼くがごとく

これは目に見えない戦争だ
ウイルス兵団は山を押しのけ海を覆し絶え間なく爆撃し
しぶきを上げ、地に花開き、全世界を攻撃する
しかし私は逆行する
蝙蝠のかたちの風が嗤嗤《ひゅーひゅー》と鋭く鳴く中
無限の酔漢のように、よたよた歩く
妻も娘も瞬く間に思い出となったと人づてに聞く
二人は方舟《はこぶね》という収容所に入ったと
いや方舟ではない、方艙（仮設病院）だ

『創世記』の大洪水のときの大船と
わずか半字ちがいの

しかし、私の向かうところに地名はなく
樹木もなく
不吉な鳥もおらず、ただあるのは
防弾ガラスとレンガの壁。それから
消毒液スプレー、私は素っ裸で
鱗をはがされた魚のように
水槽の底へと沈む
喉が破れるまで叫べども
自分の声が聞こえない。これは
醒めることのできない悪夢だ、医者が地獄の門の前にいて
患者を救っているが、少し目をはなすと
布団は死体袋に変わる
三人の子供が同じ袋に詰め込まれる
一人の喘息の婦人がいて
マスクを外せば看護師が飛んでくる、手には消火器を提げて
彼女はあとずさりながら、窒息しつつ叫ぶ
そのままバタンと倒れ

こと切れた

夢の中でも眠れない
泣くより笑う方が見苦しく
熱がありますか？　呼吸は
つらいですか？　いいえいいえ、私は喘ぎながら答える
有無を言わせず管を挿され、輸液され
酸素マスクをつけられる

死体運搬車が私の脳を走り抜け、私の魂が
ステアリング・ハンドルにしがみつく。私の魂は
噠《ダ》っと跳ね上がる、しっかりネジを巻いた蛙のおもちゃのように
夜勤班長がやってきて、茫然として言う
マスクをした今上皇帝が御成りだと。私は言う、
ここで死にたくありません

ならばどこで死にたいのか
家で
あなたに家はない
ならば街の中で

この街はあなたのものではない、この祖国も
あなたのものではない
誰のものか
人民の
私は人民ではないのか
感染していなければ、あなたは人民だ
感染したら違う。知っているか
チェルノブイリを？　あなたはここで死ぬしかない
放射能に侵されて死んだあわれな魂のように、死ねばただ
鉛でできた覆いの中に横たわるだけ

髪の一本一本が逆立ち
私は飛びあがる、まるでばねのように
班長は下あごに重い一発を受け
警報ブザーがあちこちで鳴り、看護師と患者たちが
連鎖的に叫び、私は手足を抑え込まれる
倍の量の鎮静剤を打たれ
次に目ざめたときには
すでに二日が経っていて、私は死体袋の中で
まるで固い焚きつけのように

山と積まれた薪の上に投げ出されていた

七、逃亡

これは残忍な季節、丁子《ちょうじ》が孕育《しげる》……
詩を吟ずる火葬場の主は、エリオットの
『荒地』を真似て言う
これは最も残忍な天国へ通じる道
門番は必要ない
死人に走ることは叶わねば……

その言葉の最後の音が消える前に、私は
死体袋の中から起き上がる。あいつは
恐怖で顔色をうしない、幽霊だと叫ぶ
ゆらゆら明るい火葬炉の口を背にして私は答える
そう、幽霊だ
それから踵を返して去る
街に入る道と出る道は
ともに遮断され、くねくねとした戦壕に

満々と注がれた水が流れ、まるで国と国を分かつ河だ
その眺めは見る者を畏れで満たす。南を見ると
通りは包囲の壁に阻まれている
連綿として途切れることなく、武漢三鎮を
東西ベルリンのように分割する
これは冷戦なのか？　西武漢は東武漢より
もっと民主で自由で、〝秘密警察《シュタージ》〟はないのか？
あるいは新型コロナと報告された肺炎の数が
もっと少なく、もっとゆっくりなのか？
壁を巡りながら考える
己が尾に咬みつこうとぐるぐる回る哲学的な犬のように
足を止めた瞬間、
二人の解放軍兵士が走ってきて
詰問する、「夜間の合言葉は？」

私は両腕を構え、「こいよ」
憤怒の人民にもはや恐れるものはない

私はマスクをはぎ取り、唾を吐く
これが人民の唯一の武器なれば

彼らはカモシカのように身をひるがえし、私はカモシカのように
車の屋根に飛び乗って、そのまま壁を飛び越える
後ろで銃声と警笛が響く――しかし私に他の何ができる
夜の夜中、いたるところに帰る家のない人たちが
行くところのない疑似患者が
あるいは確診患者が、霊柩車が
救急車がパトカーが
みんなの周りを行き来する

女の子が霊柩車を追いかける
ママが連れていかれた、きのう
パパとおじいちゃんも連れていかれた
声を嗄らし、足をつまずかせ
車は遠くに走り去り、もう影も見えない、娘はなおも追い
まだ叫ぶ、私のこといらなくなったの、ママ……

陸橋の上に誰かが立っているのを見かける
骸骨のように痩せた二人の幽霊
一人は隔離区から、一人は家から逃げ出してきた

二人はぼんやりと、真夜中に、飢えと寒さ迫る中で、
自分たちの遺言を撮影してくれと頼む、ネット動画にあげてくれと
そして欄干を乗り越えて飛び降りる
私は彼らのスマートフォンで
パトロールの警官に通報する、私自身も
飛び降りたかった

夜明けはもうすぐ、大きな雪片が舞う
高速道路も封鎖された。一台のトラックが
行ったり来たり六日間、出口を探せずにいる
七日目、神の休息の日
運転手は車を捨てて逃げる。高速道路の外から
パトロールの警官が叫ぶ
止まれ！
合言葉は！

私は遠くから眺めている
彼は別の陸橋から飛び降りる
私は再び思う
自分も飛び降りようかと

――私は武漢の病める者
だが彼らは私を武漢病毒《ウイルス》と呼ぶ
私は祖国では逃亡者であり
職業は医者――

これは私が前もって書いた墓碑銘《エピタフ》
私は知っているのだけれど
この未曾有の感染流行《エピデミック》の中で
嘘の帝国に殉葬させられた中国人には
墓碑銘など残せないと

追記

今日、二〇二一年二月二十一日、『ニューヨーク・タイムズ』の第一面は黒点でびっしり埋まっていた。全部で五十万個。ひとつの黒点は〝武漢ウイルス〟によって死んだ一人の米国人を表している。

私はこの瞬間、奇妙な偶然にもこの『武漢挽歌』という詩の作者が逮捕起訴されて、判決を受けたという知らせを受け取ったところだった。——これは小説ではない——『河北省三河市《かほくさんが》人民法院刑事判決書』の概要は以下のとおりだ。

……被告人・張文芳、女、一九八〇年七月二十六日、山東省煙台《えんたい》市生まれ……河北省三河市燕郊開発区の以前の住所地で逮捕される。二〇二〇年四月七日、深刻な公共秩序擾乱で三河市公安局より行政拘留十日の処分を受ける。二〇二〇年四月十七日、挑発罪の容疑で三河市公安局から刑事拘留され、同年四月二十九日正式に逮捕、現在三河市看守所で拘禁中……

……審理によって明らかにされた事実は、二〇二〇年四月四日一時ごろ、抗撃新コロナ肺炎感染流行闘争における犠牲烈士のための同胞による善行的哀悼活動で国家の上から下までが深い哀悼をささげるなか、被告人・張文芳は家の中で、〝マリリンモンロー（瑪麗蓮夢六）〟というハンドルネームを使って、新浪微博上で一篇の長編文を投稿。同投稿には、武漢の方艙（仮設）医院で一千人が一つのトイレを共用している、隔離中に餓死させられた人がいる、また家族に感染させないように自分で墓穴を掘って首を吊った人がいる、病院にも行けず、家族に感染させることを恐れて自殺した人がいる、自殺後六時間も遺体が放置されたあとやっと運ばれていった人がいる、肉を買うために十階の自宅からはいずるように降りてきた人がいる、派出所で百ぺん「外に出るときは必ずマスクをつけます」と罰として書かされた人がいる、重症治療後に帰宅したら家族全員が屋上で自殺していたのを発見した人がいる、といった情報が含まれていた。上述の一部内容はすでに当局から虚偽の内容が含まれるデマであると明確にされている。被告人・張文芳は上述の言論を考証もせずに投稿、この微博はすでに大量に転載・閲覧され、社会に悪影響を与えている……当日夜、二十二時九分、三河市公安局燕順路派出所は上層部から警告を転送される形でこの情報に接した。あるネットユーザーが、〝マリリンモンロー〟という微博アカウントがデマを拡散する一篇の長編文の投稿をしており、容疑者の住所は燕郊開発区上上城三季小区42－１－１００３だ、と通報した。警察が迅速に現場に赴き、〝マリリンモンロー〟こと張文芳を派出所に呼び出し、取り調べ、三日後に行政拘留を宣告した……

……『中華人民共和国憲法』第二百九十三条第一款第四項、最高人民法院、最高人民検察院「ネット情報を利用した誹謗罪などの刑事案件適用の法律の取り扱いの若干問題に関する解釈」に基づけば……判決は以下のとおり。

被告人・張文芳を挑発罪により懲役六か月に処す……

親愛なる読者よ、あなたはこの小説の序章を覚えておられるだろうか？　九五年生まれのキックリスが国家安全部に追跡され、Ｐ４ウイルス実験室付近から居住地まで逃げ帰り、真っ暗なパソコン画面によるライブ配信を四時間近くにわたって行い、最後には連行されたことを。当時私は、本書の冒頭と末尾に引用した人物の二人ともが連行されてしまうなど、思いもよらなかった……

二〇二一年二月二十二日再度補記

訳者あとがき

古い友人である廖亦武の日本における最初の「小説」の上梓に訳者として関われたことをとても光栄に思います。彼は天安門事件の犠牲者の鎮魂の思いをこめた長編詩「大虐殺」の作者として投獄された経験をもつ詩人であり、中国各地の低層の庶民のオーラルヒストリーを聞き書きしながら旅をする時代の記録者です。詩を吟じ、簫など民族楽器を操るアーティストであり、政治迫害下での作家に与えられる栄誉、ヘルマン／ハメット賞やドイツ出版協会平和賞などを受賞した国際的評価の高い作家でもあります。二〇一一年にドイツに亡命しています。

日本では『中国低層訪談録』（集広舎、二〇〇八年）や自身を含む天安門事件当事者の証言で構成した『銃弾とアヘン』（白水社、二〇一九年）といった作品が翻訳出版されています。いずれもノンフィクション作品でしたが、本書は「小説」であり、彼の日本における小説デビュー作になります。

ですが「実録小説」と銘打っている通り、その内容の多くが、「COVID-19」こと「武漢ウイルス」に関する「事実」がベースになっています。おそらく目下、中国語で書かれた新型コロナ肺炎関連の書籍の中でもっとも情報量の多い一冊でしょう。

登場人物のほとんどは実在の人物です。序章に登場する「キックリス」こと「李沢華」の事件は一部日本メディアも報じていたのでご存じの方もいるかもしれません。YouTubeに「Kcriss」あるいは「李澤華」あるいは簡体字の「李泽华」というキーワードを入れれば、キックリスが暗闇の中で国家安全当局と対峙する四時間にわたる動画や、国家安全当局の車から猛スピードで逃げる様子を実況する動画や、釈放されたあとの意味深な「尚書・大禹謨」を暗誦する動画を今も見ることができます。小説中、キックリスの動画に見入って、「中国の良き青年」たる彼の存在を世に知らしめたいと思ってペンをとった作家、荘子帰は廖亦武自身のことです。この小説自体が、キックリスの存在にインスピレーションを受けて書いたのだそうです。

李文亮や艾芬といった、このウイルスの危険性をいち早く警告した「警笛を鳴らした人」、武漢ウイルス研究所で蝙蝠コロナウイルスの研究に長年従事し、このウイルスの誕生のキーパーソンとみなされるウイルス研究者のバット・ウーマンこと石正麗、その石正麗にSNS上で議論を挑み、人工ウイルス説を主張した匿名学者・武小華、すべて実在の人物であり、彼らがインターネットやメディアを通じて発した言葉が小説中でほぼ正確に再現されています。

主人公の艾丁やその家族、王二小や王二大は創作上の人物ですが、複数の実在のモデルがあり、そのモデルとなった人物たちをもとにキャラクターを造形したそうです。引用されている論文、新聞記事、詩、SNSの投稿、ほとんどすべて実在のものです。滑稽なほどに共産党に忠実な農村の村民委員会や村境、県境、省境の検問の融通の利かなさや、封建時代、毛沢東時代とそう変わらない価値観の暮らしも、著者が創作した「笑い話」のように思われるかもしれませんが、二〇〇三年のSARS流行期の北京郊外の農村や河北省との省境の様子を実際に取材した私にとっては非常にリアリティを感じられました。こういう最悪の悲劇の最中のばかばかしさも、中国の現実なのです。

つまり、これは限りなくノンフィクションに近い小説なのです。中国では、こうした重要な時代の記録をあえて「小説」という形で出版することがあります。それは言論の自由、出版の自由に対する厳しい制限がある中国で、ノンフィクションよりフィクションの方が、検閲が多少は緩くなるからです。しかし、読んでみると、中国共産党当局にとっては不都合な真実が透けて見える。すると中国当局はあわてて、こんなものは全部ウソだ、デマだ、と怒るわけですが、著者は「だから、小説（フィクション）だと最初から言っているじゃないか」と開き直れるわけです。

本書で実際に起きたこととして書かれているものの中には、報道されている「事実」と若干異なる点もありますが、原著者の意向により、そのままとしました。

廖亦武は詩人、簫や民族楽器の奏者、アーティスト、作家と様々な顔をもつ人物ですが、最も得意とするのはオーラルヒストリーの聞き取りであると思います。日本では「オーラルヒストリー」というと、古老の昔話、祖父母の体験談といったイメージでしょうが、中国の場合は、ちょっとニュアンスが違います。

中国では、歴史というものがそもそも時の権力者が自らの権力の正統性の根拠にするために都合よく作るものであり、その作られた歴史を「正史」として、それ以外が文字になって残ることを許しません。それどころか、時の権力者は自分に不都合な過去の歴史を改ざんすることすらしばしばあります。習近平政権は二〇二一年四月、建党一〇〇周年出版事業として『共産党簡史（一九二一－二〇二一年）』を出版しましたが、この新版共産党簡史では、旧来の共産党簡史でもともと独立した一章として取り上げられていた文化大革命の十年について、第六章三節の「社会主義建設は曲折しながら発展した」という一節の中で、「辛くて苦しい探求だった」とさらっと触れられる程度の記述に短縮されました。これは文革を毛沢東の錯誤とした鄧小平の歴史的判断を否定するのが目的だといわれています。これも一種の歴史の改ざんでしょう。今は多くの中国人が文革を共産党の錯誤であり苦い歴史だと思っていますが、十年後には文革は中国が社会主義建設のプロセスにおける輝かしい奮闘の歴史になっているかもしれません。

つまり中国における「正史」は――すべてとは言いませんが――多分に虚構、フィクションが混じっています。この「正史」の虚構を暴くのが、市井の人々、低層の庶民の記憶に刻まれた歴史、つまりオーラルヒストリーなのです。ですが、こうした低層の人々の記憶に刻まれた歴史が文字になり、後世に残ることは珍しい。なぜなら中国の低層の庶民には、日本ほど文字で自分たちの体験や思考を書き残す習慣がないからです。一つには識字率の問題があったと思いますが、もう一つは言論の不自由の問題があります。万が一、時の権力者に自分が本音で思っていること、自分が真実を目撃していると知られたなら、どんなひどい弾圧をうけるかわからない。そういう恐怖心が、庶民の口をつぐませ、記憶を書きのこすことを躊躇させてきました。

廖亦武は不思議な能力をもつ人で、権力にいじめぬかれて警戒心の強い中国の低層の人々の心の中にすっと入りこんで、体験や本音を語らせることができます。そして驚くべき記憶力で、その話を後から正確に書き起こすことができるのです。彼が亡命前、まだ中国にいたころ、筆記具も、ICレコーダーも持たないで、ただ相手の顔を見つめ、簫を吹いたり、チベットのドニパトロ（シンギングボウルとも呼ばれる金属製椀のような楽器）を奏でたりしながら、さまざまな話を聞き取る様子を目の当たりにしたこともありました。庶民が内に秘めている悲嘆、憤怒、苦渋、後悔、怨嗟《えんさ》そして愛など、偽りのない思いを掬い上げ、権力によって粉飾され改ざんされた「歴史」の陰に隠れて日の当たることのない、その記憶を文字にする――それが彼の作家としての真骨頂でした。

本書はベルリンで著されたものですから、かつてのように対面で武漢の人々の話を聞き取るということはできなかったでしょうが、その代わりIT時代のSNSの海に散らばる言葉を丁寧に拾い上げ、スカイプやYouTubeなどのニューメディアも使って、武漢で起きていることを詳細に調べ、中国知識人たちや若者たちの考えや感情を知り、小説の形に再構築しました。

中国が宣伝する「正史」としての「新型コロナ肺炎疫病史」は、おそらく「共産党の指導のもと、人民が一丸となって海外からもたらされた恐ろしいウイルスに打ち勝った輝かしい奮闘の記録」になるでしょう。もし中国がポストコロナの世界で米国に代わる国際社会の盟主となる日がくれば、歴史は「ウイルスは米軍の生物兵器であり、中国共産党が世界をこの恐ろしいウイルス禍から救った」となっているかもしれない――。

廖亦武は、こうした中国共産党の虚構の「正史」に、武漢の人々の記憶に刻まれた歴史が埋もれてしまわないように、「小説（フィクション）」で対峙しようとしたのだと思います。本書の随所には、今回のコロナ禍に直面した中国の民衆による「詩」がちりばめられており、本編を閉じるのもそうした詩のひとつとなっています。これも名もなき人々の「声」を、この作品に織り込むためのものに違いありません。

中国の詩の引用は現在のものにとどまらず、古典的な漢詩にまで及んでいますが、注目すべきは、ソルジェニーツィン『収容所群島』やガルシア＝マルケス『百年の孤独』『族長の秋』、あるいはミラン・クンデラといった世界文学にも著者が言及していることでしょう。いずれも独裁的な国家で権力への批判をこめた文学活動を行ってきた作家です。これは、自身もそうした文学者たちの系譜にあるという廖亦武による宣言のようにも見えます。

なお、こうした引用・言及については、日本で流布する版と異同がありますが、これらについても著者の意向を優先し、原文のままとしたことをお断りしておきます。また漢詩については、既訳や読み下し文なども参考にさせていただきました。


本書のゲラを読んでいる段階で、米国や英国の情報機関が、改めてこのウイルスの起源について「武漢ウイルス研究所の実験室漏洩説」について調査していることが報道により明らかになりました。廖亦武がこの小説を書き上げた段階では、実験室漏洩説や人工ウイルス説は「陰謀論」と一蹴されており、人工ウイルス説について詳細に取り上げた本書は陰謀論に与《くみ》する「怪しげな本」と見なされかねませんでした。書名に含まれる言葉「武漢病毒」も政治的であり、中国や武漢への偏見を助長するのではないか、と一部の海外の出版社や編集者から懸念が示されたそうです。ドイツ語訳書のタイトルは「ウイルス」をとって『WUHAN（武漢）』になりました。ですが、こうした「忖度」こそ、中国共産党に都合のよい歴史を広め、武漢の記憶を歪曲し改ざんしてしまうことに加担してしまうのではないでしょうか。

だから廖亦武は序文にあるように、タイトルの「武漢ウイルス」という言葉に非常に拘っていました。幸いなことに、国際社会では真相を求め続ける努力が続いており、人工ウイルス説も一つの可能性として改めて注目されるようになりました。英語版には廖亦武の希望どおり「武漢ウイルス」という言葉がタイトルに入りました。

日本の読者のみなさまには、この小説を通じて、キックリスが感じた恐怖を、艾丁の郷愁と無念を、武漢の人々が味わった憤りと悲しみを共有してもらえたらと思います。艾丁が故郷にたどり着くまでの滑稽で苦難に満ちた旅路や救いのない結末に、言論の自由や人権の尊さを改めて実感できるかもしれません。

専制政治が隠蔽し粉飾し歪曲し改ざんした「事実」や「歴史」によって、庶民が血の味のする唾とともに吐き出した言葉が「デマ」「陰謀」と一蹴されてしまう、そんな不条理がこの世界に存在することを、うっすらと感じ取ってもらえれば幸いです。

最後に、この疫病によって命を失った人々、家族や友人を失った多くの人々に哀悼をささげます。一刻も早く世界がこの厄災から回復できますように。

二〇二一年六月

福島香織

著者紹介

廖亦武（リャオ・イウ／りょうえきぶ）

1958年、中国、四川省に生まれる。若くして詩作を開始、前衛詩人として「体制側」の賞を多数受賞する一方、多数の地下文学刊行物を編集。89年に天安門事件を告発する長詩『大虐殺』を発表、これと対を成す映像作品『安魂』を制作したことなどにより反革命煽動罪で逮捕、4年間の獄中生活を送る。出獄後の95年にヘルマン／ハメット賞を受賞。大道芸人として生計を立てながら中国内の下層の人々の声を収集し、2001年に「老威」名義で発表した『中国低層訪談録』（邦訳、集広舎）はすぐに発禁となるも、03年のフランス語版で2度目のヘルマン／ハメット賞を受賞、英語版も出版された。2011年にドイツに亡命、現在も同地で活動をつづける。邦訳のある他の著書に、天安門事件の当事者の証言で構成した『銃弾とアヘン　「六四天安門」生と死の記憶』（白水社）がある。

訳者紹介

福島香織（ふくしま・かおり）

1967年、奈良県生まれ。大阪大学文学部卒業。ジャーナリスト。産経新聞社に入社後、98年より上海・復旦大学で語学留学。2001年より香港、北京で特派員を務める。09年に産経新聞社を退社してフリーとなり、主に中国の政治経済社会をテーマとしている。著書に『新型コロナ、香港、台湾、世界は習近平を許さない』、『習近平の敗北　紅い帝国・中国の危機』（ワニブックス）、『ウイグル人に何が起きているのか』（PHP研究所）、『潜入ルポ 中国の女』（文藝春秋）などがある。

當武漢病毒來臨
廖亦武・著

武《ぶ》漢《かん》病毒《ウイルス》襲《しゅう》来《らい》

二〇二一年八月十日　第一刷

著　者　廖《リャオ》亦《イ》武《ウ》
訳　者　福《ふく》島《しま》香《か》織《おり》
発行者　花田朋子
発行所　株式会社文藝春秋
〒102―8008　東京都千代田区紀尾井町三―二三
電話　〇三―三二六五―一二一一
印刷所　図書印刷
製本所　大口製本

万一、落丁乱丁があれば送料当方負担でお取替えいたします。小社製作部宛お送りください。

定価はカバーに表示してあります。

ISBN978-4-16-391414-5